大江大海中的一滴水

一滴水

胡漢蕃　著

目錄

序

大江大海中的一滴水

　　台灣著名作家龍應台寫過一本書，書名叫《大江大海一九四九》，從文學的角度描述了 1949 年國共內戰的那段歷史。據說她「十年磨一劍」，訪談了許多內戰的倖存者，書中講的最多的還是她校級軍官父親和母親的遭遇。

　　如果將胡漢蕃先生的這本描寫他「容叔」的傳體性小說《大江大海中的一滴水》與龍女士的大作相比較，《大江大海中的一滴水》的主人公容少山更是一個普通士兵，一介小民。如果·把龍女士的父母比作大江大海的一朵浪花，容少山更像大江大海中的一滴水。

　　容少山先生的人生遭遇反映了那個時代。他是一個小兵，又不幸落得殘疾。他陷於內戰的無奈，敗退孤島，離鄉背井，前途渺茫。更加痛苦的是，還因為身體殘疾而飽受歧視。但容少山雖身處逆境，卻能堅持自強不息，始終胸懷一腔家國情懷，繼承發揚光大了中華民族的優良民族傳統。他愛國愛鄉，勤奮感恩，敬老念舊；他堅強不屈，奮鬥不息，永遠不向逆境低頭；他忠義俠膽，不平則鳴，不怕得罪上司，不向惡勢力低頭，哪怕因此不斷給自己帶來苦難；他胸襟坦蕩，甚至在日記中坦承自己的慾念，但總能懸崖勒馬，而守住道德底線……

　　通過胡漢蕃先生娓娓道來的一個一個平實的小故事，我們看到容少山先生既是一個普通的人，一個有血有肉的人，又是一個不平凡的人，一個始終堅守做人原則的大寫的人。

　　作者以小見大，寫容叔似一滴水，折射了大江大海的偉大和展現了中華民族文化與傳統的強大生命力。

　　這是一本值得兩岸四地和世界華人一讀的好書。

薛永興

（原新華社副總編輯、新華社香港特區分社社長）

2018 年 12 月 5 日

自序

　　寫英雄難，寫身體殘缺的英雄更難。我要寫的只是個平凡的「英雄」，並還原英雄為普通人，我要把英雄重新定義，英雄並不一定是在槍林彈雨中衝鋒陷陣的戰士或轟轟烈烈幹了大事的人，而可能只是一個極平凡的人，在自身條件極度惡劣的情況下，傲然屹立，像石縫中的小野花，無懼風雨摧打。明知條件不如人，看到自身的軟弱，縱然受盡冷眼，仍願意在挫折中自我修正，變得更老練，更堅強，自強不息，也變得包容和寬恕，但不會放棄原則。卑微的人在神眼中是尊貴的，因為他就是耶穌所說的「我那最小的弟兄」。

胡漢蕃

引子

　　那是個難忘的夏天黃昏，二嬸用輪椅推著二叔，帶我和瑞霞到他們家附近的海邊看海，太陽已很低，海天一片紅，海風陣陣，甚為舒服。這也是作者最後一次見到容少山二叔了，他是妻子的親叔叔。那天他坐在輪椅上，鼻子插著食管，吊著盛流質的維生瓶，已不能自理和說話了，但雙目仍炯炯有神，神情堅定，不脫巨人本色。作者抓緊機會，把一直藏在心底的願望對他說：「二叔，我看過一些你的日記，很是感動，如果我把這些日記整理出來，你願意嗎？」我知道我的請求唐突，因為和二叔相隔港台兩地，幾十年來見面不多，以我之才情，可謂不自量力，但人就是有這傻勁，看到他走近生命的盡頭而一生心血所在的日記未有明確著落，忽然覺得像有個使命從天而降，要為這位崇拜的長者做點什麼。他聽了有點突然，沉默半晌，眼睛瞪大，雙肩微微地顫動，「我想為你寫本書，如果你同意，就點點頭吧！」這次看到他很努力的微笑，然後點了點頭。二嬸在一旁看著說：「他同意啦，他很開心呀！」她雙手緊握著二叔的右手，知夫莫若妻！

　　作者不期然又勾起第一次和容老見面的那一幕。那是 1974 年的炎夏，作者攜新婚妻子初次踏足寶島，從台北乘火車南下，再轉長途車，穿越橫貫公路，花蓮，沿台東海岸，一路按圖索驥，終抵太麻里。入得村來，挨家挨戶地問路，最後展現在眼前的是一間簡陋的木屋，門前水泥地上一位半禿頭的，穿著汗衫的男子，約四十多歲，略胖，中等身材，腋下靠著木拐杖，在吃力地洗刷大木盆內的衣服，他肯定就是妻子常提及的少山二叔了。「二叔，我是瑞霞呀！」他抬頭，遲疑了幾秒鐘，立刻高興得叫出來，「瑞霞是你……快進來，這位肯定是漢蕃啦！」

　　當天晚上，二叔盛情接風，菜不多，印象最深刻的是桌上香氣四溢的地道名菜麻油雞，可惜是僧多粥少。當夜就入住於村口的旅舍，由於旅舍建在公路旁，這條路是東臨太平洋的台灣連接東西的大動脈，

整晚像有汽事擦身而過的感覺。一宿無話，次晨起來，踱步到二叔家，他老人家早起，正在廚房弄早點。「早呀，不多睡一會？簡簡單單，熬了點粥，一會就好了，你們先在外面坐一會吧！」二叔的廣東話看來久未操練，已顯得略為生硬了。

　　在狹小的廳中，放有一張四方桌，是主要的活動空間。朝大門靠牆見有一破舊書架，上面密密麻麻地排列著像日記的本子，少說也有數十本。真驚訝日記主人的毅力。之前常從妻子口中得知二叔的艱苦卓越，但只是一麟半爪而已。好奇心人皆有之，即隨手抽了一本來看，是民國五十八年（1969 年）的日記。甫打開，忽然掉出一張黑白老相片，是張全家福，四個小孩，一女三男，中間站著二叔，和他並排那位女的肯定是他前妻連秀了，之前曾聽妻提過，水芝四姊弟原有位生母，不禁好奇地多看幾眼。她個子不高，約有五呎三吋的樣子，臉形有小芝的影子，熨得有點僵直的短髮。小眼睛，小鼻子，鼻樑不高，肩薄，臉圓，穿著長袖衣褲，典型的村婦打扮，腹脹腰粗，看是生養頻繁之緣故。褪色的衣衫已因長年磨洗而泛毛頭。眼神似不大習慣面對鏡頭，有點憨氣。正想再細看，二叔已把早點端上招呼，讓我們有點不好意思。

　　此後一直想抓機會打開這位鬥士如何戰勝逆境的謎團，希望以他的日記為平台，把他的故事發表，以鼓勵世人，未料到他會反應強烈，點頭讚同，滿眶熱淚。最高興的還是二嬸，她說日記是二叔最寶貴的財產，重要的程度，甚至過於他的生命。想不到容老竟信賴我，藉著我的文字講述他的故事，令我覺任重而道遠。為方便閱讀起見，乾脆把大部分日記搬回家中，之後一大段日子，筆者都埋首在少山二叔的世界中，見證他生命的重要片段。

第一章

　　「少山，怎麼一個人悶悶不樂？又想家啦？」李運鈞拍拍容少山的肩膊。「哦！運鈞，」容少山猛然回頭，「給你嚇了一跳！」容少山凝望著遠處明滅的漁火，潮漲拍岸的海浪在泥灘上濺起白白的泡沫。「起風了，回去睡吧！來，我揹你！」李運鈞蹲下來背向容少山，好讓少山能抓緊他的肩膀。「真不好意思，沒有你，我真不知道日子怎麼過！」少山借著腋下拐杖的力，以左腳為重心，挨到李的背上。「拐杖我拿吧！」自從少山的右腿受傷感染被截肢後，運鈞一直是他的守獲神，經常揹出揹入。這也難怪，營房內盡是「老兄」──北方人，難得碰上操粵語的廣東人，兩人碰巧都來自廣東樂昌，同姓三分親嘛！何況是鄉里。少山靠在運鈞寬大的肩背上，有種溫暖安全的感覺。

　　運鈞急步揹著少山回營房，沙灘距營房只需十分鐘的路程，運鈞的綠色生膠軍鞋底擦在沙粒上沙沙作響。回到床上，戰友們都睡著了，有些還不住地打呼嚕。少山睡不著，眼睜睜地望著天花，思潮起伏。

　　今天是民國三十九年七月八日，是個肝膽俱裂的日子！三年前的今天，少山就在昏迷中醒過來，麻醉藥仍未完全過去，頭腦仍昏昏沉沉。一下子回到殘酷的現實，才二十一歲人，就要面對做殘廢人的日子，用一條腿走路了。一想到這事，就不如死了算。痛恨生不逢時，痛恨醫療落後，只因傷口感染，組織壞死，就要截肢變殘廢，心有不甘啊！倒不如在戰場上被敵人炮火痛痛快快炸個粉碎，為國捐軀算了。什麼凌雲壯志，什麼理想都是廢話。當年熱血報國，投考裝甲部隊，就是為了要幹一番轟轟烈烈的大事。

　　自登陸退守澎湖馬公島後已三年了，少山數著日子，「家裡二叔、二嬸他們不知怎樣了，肯定想死我啦！」天天說反攻大陸，高興了一陣子又沒消息了。「我注定要在這孤島腐爛發臭，人都要長出蟲子來了。」少山十分後悔當初入伍的決定。

　　一想起老家，少山的眼睛又滾燙了。要怪就怪自己命苦，小時候，爸爸在香港中環九如坊戲院附近，經營名叫「容光記」的粥麵飯店，一家人本來過得挺愜意的，雖然那年頭，香港大部分市民都過著胼手胝足的日子。長子容開才入讀「耀文小學」，唸到小二那年，爸爸突然患上心氣痛病，要吃鴉片鎮痛，吃多了染上毒癮，每天花費不菲，眼看店子再無法經營下去了，只好把店盤給人家，自己帶著妻小返回老家粵北樂昌去轉換環境，也好靠近以打鐵維生的二弟。返鄉後曾投資礦務和酒家，不熟不做，均以失敗告終，還欠下老友凌吉祥一筆巨債，未能如期清還，老友翻臉不認人，強行拉去大姊及妹妹愛玲賣給人作下女。可謂禍不單行，容爸又心臟病併發，死後光景淒涼。容爸生前為了治病，家裡能賣錢的東西都典當變賣殆盡。容媽孤兒寡婦，帶著三子兩女，無處容身，只好棲身義莊，那是專為窮苦人死後無力下葬，而暫時停棺的地方，環境陰森可怖。容媽每天到陸軍醫院去接些洗燙來勉強糊口。日子越來越難過，眼看沒法養活一家六口了，與其全家摟著餓死，倒不如忍痛將兩女兒，賣作人家作婢。長子容開十七歲那年，也要跑到韶關機場去學做點心，幼子送了人，剩下八歲的少山帶在身邊。其時叔叔膝下無兒，就向容媽建議把少山過繼給他，好歹讓他也有頓飽飯吃。容媽一個女人家，能作什麼呢？沒有法子，只好含淚同意了。從此，少山開始了寄人籬下的生活。二叔待他倒好，二嬸畢竟是個心胸較狹窄的婦人，到底這個孩子不是從自己肚裡爬出來的，總覺家裡無端多了張吃飯的嘴，不是味兒，打打罵罵是少不免的了。

⬤ 青春的躁動

　　日子過得飛快，少山漸長成人，關在心內的夢想也隨之發酵。他多麼希望有機會到外面闖一闖，至於能做些什麼，一時還沒想好，反正常聽人家說，「男

兒立志出鄉關，若不成名誓不還……」嘛。可是自己是家中的獨子，總不能丟下養父母不顧。但機緣終於來到，兩年後，嬸嬸近五十的年紀竟然有孕，那就是後來的幼弟開泰。少山現在可安心離家，去開闢自己的天地了。主意既定，告訴了養父母，他們也不多加阻止。

離家前的晚上，少山輾轉難眠，眼巴巴望著天花，想著明兒就要離開這生活了十四年的家了，淚水模糊，儘量忍著不哭出聲來。近天亮才合上眼，忽地聽見叔叔熟悉的咳嗽聲，少山起來小解，回頭見二嬸房裡還有燈光，門半掩著，少山往裡張望，二嬸的仍在豆大的煤油燈下縫衣。「亞山是你嗎？」二嬸光憑腳步聲都能認出家中各人。「二嬸，還未睡嗎？快天亮了。」「給你改衣服，你二叔去年做壽穿過的，他一直捨不得穿，你穿大了點，我改了一下，還有一會就好了。」頓了一下說：「我在你藤唅裡放了雙布鞋……」「二嬸……」少山嗚咽著。少山發覺二嬸因長年操勞過度，外貌看上去比實際年齡老得多，心裡不禁一陣酸。

次日天剛露出魚肚白，吃過早飯，其他人還未起來，兩老把少山送到門口。「有袋熟番薯在你唅內，餓了就吃吧！」二嬸說。二叔行動不便，右手常顫抖，塞了一疊鈔票進少山的唐裝口袋裡，說：「省著用！真呆不住就回來吧！」「二叔，二嬸……」少山霍地跪下，朝兩老叩了三個響頭，以謝養育之恩。二叔慌忙雙手扶起，二嬸則掩臉啜泣。少山往後每想起這一幕，都不能自已。

少山正要離去，突然開雲妹從屋裡飛奔出來，淚流滿面，「哥！你真要走嗎？這個你拿著！」少山一看，是去年在照相館拍的全家福，不覺鼻子一酸，一把她摟入懷，說不出話來。

少山有些哥們都在湖南混，打天下要去大城市，就去長沙吧！在路上，碰到一個要去當步兵的小伙子告訴他，長沙蔣緯國的機動部隊正在湘潭招募學兵，是個大好機會。但這兵種要考試，主要考些時事及寫篇自我簡介。「看你有唅過書的，祝你好運！我就不行了。」

那年頭，時局動盪不安，常聽人說，「天下興亡，匹夫有責」，樂昌家的街尾雜貨店強叔的兒子二牛也參加了胡宗南的部隊。聽小伙子的介紹，少山也躍

躍欲試。但壞消息是，據小胖子說，年齡要求在十八歲以下。少山思量了一下，自己已二十歲，肯定超齡，但當一閉上眼睛，幻想駕著裝甲車在槍林彈雨、炮火連天的陣地上衝鋒陷陣，那該多痛快呀，真不枉此生！

於是到湖南境後，別了年青人，少山就風餐露宿，一路輾轉到了湖南湘潭鋼山的地方投考。在申請表上把年歲少報了兩年。少山曾自修過國文，能看報，筆試不外考些常識之類，如中國最主要的河流有哪兩條？三民主義是指什麼；辛亥革命是哪一年爆發之類，再加上一篇自我介紹，難不倒少山，所以筆試能順利過關。面試時，主考官上下打量了少山一番，見這年青人個子中等，白淨面皮，仍未脫稚氣，但雙目炯炯有神，兩道劍眉，薄而堅定的嘴脣，國語不是說得很好，還有濃烈的廣府口音，但溫文有禮，談吐大方，心裡頗喜歡。雖然出示不了官方年齡證明文件，也不深究了。少山終於被取錄了。

軍旅的生活既緊張又愉快，可體能訓練要求特高，每天要揹著六十斤鐵條跑高坡，還有翻障礙、跳木馬、掌上壓等指定動作，駕駛訓練在日程上排得滿滿的。開車的訓練特別開心，有「男兒當自強」的感覺。

這些裝備是一戰後，蔣緯國將軍把美國在菲律賓、關島及沖繩島遺下的戰車買下來，打造出以 M5A1 為主的戰車團。少山隸屬於陸軍第一團二營四連為中士。能從軍加入蔣緯國的機動部隊，是當年多少青年才俊的夢想，少山一想起，心裡甜滋滋的，睡夢中都會笑出來。

少山是個完美主義者，每次訓練都要做到最好，經常被教官誇獎。然而天意弄人，往往在你最得意的時候，讓你跌一交，但這一交太重了。就是一次早課跳木馬，著地時滑了一下，失了重心跪下來，頓覺右膝蓋劇痛，昏過去了，入醫療站住了一晚，好像傷口碰著金屬硬物，開始發炎發燒，醫護人員慌了手腳，急送附近陸軍醫院，醫生一看，嚇了一跳，傷口發黑，是破傷風菌感染！要馬上打特效藥針。其時正值國共內戰，醫療物資奇缺，抗生素要急電軍部從別處調來，需時兩三天，眼看傷口已腫脹化膿，人發高燒不醒，情況危急，軍醫毅然作了個重大決定，要為少山截肢保命，把右腿下截切去，那天是民國 37 年 7 月 8 日。

少山手術後醒來，無法接受這殘酷的事實，哭昏過去好幾次。好端端的一個人，怎麼突然成了一級殘廢的呢？老天爺開的玩笑太大了。少山好幾次想尋死，什麼前途、奮鬥、為國都化為烏有了。才二十歲年紀呢，每次想起都希望是個噩夢，心都再一次被撕裂，破碎。少山在床上想著，人已精疲力倦，淚也流乾了，眼皮漸漸地掉下來……。

　　記得撤退那年是民國三十七年，1949 年初，國軍在徐蚌會戰中兵敗如山倒，繼而共軍渡過長江，步步緊迫，眼看大勢已去，國民黨的殘兵敗將已無心戀戰，裝甲部隊接到撤退命令，隨第 52 軍、54 軍先撤至長沙，然後又沿長江到上海，最後輾轉到了澎湖馬公島。那已是民國三十九年，1950 年了，剛碰上韓戰爆發。從上海上船那天，在細雨濛濛中，大部隊愴惶登上運輸艦，戰車亦魚貫在泥濘中，隆隆地駛進艦肚裡，天邊的炮聲，軍官的叫令聲、車聲和腳步聲混成一片。少山不禁想起《兵車行》的「車轔轔，馬蕭蕭，行人弓箭各在腰……」。大家心情沉重，都為此去不知何日再歸來而沉默，有人淚流滿面，因來不及通知家人了。多虧同袍李運鈞的照應，一路攙扶，少山才能順利地跟上大隊安抵馬公島。官兵也不是直接到馬公島，都是先去高雄後莊，送兵營等候，接受短訓如營規、交班程序和口令等，然後才搭白華輪至馬公。

　　這晚出外回來，風沙太大，少山累極了，運鈞又一路揹著，不以為苦，少山內心感激得說不出話來，只有默記在心頭，世間有酒肉朋友，不足為奇，惟患難與共才最難得。少山自離家，踏上征途，交了數位知心朋友，內心很是安慰。與運鈞走得最近，儼如一對情人，經常彼此勸慰，互吐心聲。

　　容少山對李運鈞的一份感激，常言道「大恩不言謝」。「老李，若我們有朝一日成家立室，有了兒女，我一定要和你對親家！」「小容，都什麼年代了！還有指腹為婚嗎？哈哈哈！」「不，老李，我認真的。」少山有點生氣。「不要開玩笑了，今晚又有聯歡會呢，要不要再去碰碰運氣？先找個對象再說吧！」運鈞千方百計想逗少山開心，轉移他的注意力，要他忘記過去。「你看我還行嗎？我這輩子注定是完蛋了。」運鈞瞅著少山，「傻瓜，男子漢心懷天下，日子總是要過的。聽過漢朝的司馬遷嗎？受了宮刑，仍寫出一部《史記》。你怎

麼知道這不是老天要『天降大任於斯人』呢？你知道嗎？世上有幾種人，一種身心殘廢，一種四肢健全，但心靈殘廢，另一種是身體殘廢，但鬥心比人強，是實實在在的殘而不廢。要成為哪一種人，自己選吧！」良久，少山默默不語，一邊熱淚直流，知道說不過運鈞，但頓覺渾身舒暢了很多。

● 馬公島回顧

澎湖列島位於台灣海峽中央，由約一百個大小不等的島嶼組成，含馬公市及湖西鄉，向被譽為海與風的故鄉，因此刮風是家常便飯。軍營近海，少山每天聽著風呼呼地刮著，愛立在兵房樓上走廊凝望海上滔天的巨浪，浪高處如山之巔，低處又如谷之底。南國冬之晨，太陽似由海底鑽出來。元月的澎湖，風越刮越大，這不速之客，或三日來一次，或五日一次。在岸上也如萬馬奔騰，暴塵滾滾。

馬公有時是少山之療傷站。島上風光明媚，但天氣變幻無常。時而金光燦爛，碧波盪漾，洗滌了抑鬱心情，肉體和心靈上的創傷。日暮金光，激發了少山對自然的愛。

但轉眼老天又會翻臉。烏雲密佈。窗外淒慘的雨聲，好像為多難的大地痛哭，和弱者的呻吟，「天啊！難道你的眼淚是為破碎的山河而流嗎？」少山的精神彷彿受霪雨影響，總是悶悶不樂，只有睡，才能逃避愁悶。

風，是澎湖的伴侶，而居住澎湖的人卻不喜歡它，它不但阻礙靠海生活的漁農作業，就連居住本島的居民的活動也大受干擾，稍有不慎，眼睛就會入沙，但日子長了，就學會了忍受它、接受它而和它共存了，視它猶如身體的一部分。少山慢慢學懂，人的命運何嘗不是像岸邊的岩石和地上的草木一樣，每天任由風吹雨打而無法迴避，反而顯出頑強的生命力來。石經沖刷，終成石卵，「玉不琢不成器」。由萬物之生生不息，少山領悟到從大自然而來的啟示，做人要自強不息，逆境求存。

海角軍旅的生活每日重覆它刻板的規律和節奏。澎湖馬公為台灣的前哨，每

17

天曉色朦朧，友軍就號角齊鳴，傳遍了每一個角落。夕陽西下，號兵們站在小山崗上，互相對著吹號，「嗒嗒嗒……」的這邊吹，那邊也回應，此落彼起。夜裡，星空是那麼寧靜，只有兵船上的探射燈掃過夜空，打破沉寂。

每天上午九時、下午六時，島上軍車隊必到山頂公所門前升旗，過街吹軍樂，成群孩子在後面跳呀跳呀跟著。當曉色朦朧，晨號已傳遍這島上每處時，青天白日滿地紅在國歌聲中徐徐上升，悠然在晨空中飄揚。「保衛大台灣，保衛大台灣！」接著而來是殺伐聲「殺！殺！殺！」和鼓聲。「努力，努力，努力奮鬥！」「一年準備，二年反攻，三年掃蕩，五年成功！」這些雄壯口號振動晨空。

每天天剛發白，晨號與晨鐘就把少山催醒，上午無聊時，站立在營房樓上的走廊，觀看馬路上的行人和港內船艦在澎湃的海浪中起伏。時有馬公中學和馬公小學的學生來營房參觀和勞軍，澎湖縣參議院長及參議員都熱心來探訪觀摩。看上去七十多的參議長，肩背雖有點隆鍾了，精神仍是挺好的。「我希望多活幾年，好看到你們勝利！」他總愛把這話掛在唇邊。

戰士常帶領學生參觀，營房內又有二次大戰時投彈留下的彈坑，足有兩丈寬、丈多深。例行節目就是讓來賓觀看隊員攀越障礙物和體能訓練，及二輛戰車表演，每次學生看了都興奮得哇哇大叫。過了兩天，又有馬公小學整隊前來參觀，一路上奏樂打鼓而來，然後整齊地在操場上列好隊。少山彷彿又重見自己的童年的樣子。

⬤ 悔恨

然而少山心情經常起落大，時而鬥志昂揚，熱血沸騰，時而跌至谷底，尤其碰上澎湖風季，月中總有呼呼風聲廿多天，聽著越發想家，戎馬海角，風雨添愁腸。少山不時悔恨當初從軍的衝動，走上了這條不歸路。他在日記中哀鳴：「當初的熱血，如今化成了冰；當初的理想，如今夢一場。為何忍心丟下親慈上路？」換來的卻是傷殘，懊悔已來不及。

又到週末，時間如輪轉。當晚的月亮特別明亮，照得小島一片奶白，勾起了少山的懷思，在樓上走廊佇立良久，遠望遙不可及的故鄉，自己似是一顆無名的小星，在夜空中將熄將滅。掙扎於人生的旅途上，人生若夢，他的夢仍未過半呢。海面微波盪漾，對面海翁島旁靜靜躺著美國第七艦隊的一條小兵艦和停泊在水上的大架飛機，少山無心欣賞，景物漸在淚水中模糊。

每日每夜和大自然直接對話、獨自冥想，感悟到世界大部分時間都是風雨如晦，上蒼從來就未答應過會天色長藍，會陽光普照。也許天要磨煉他，去忍受常人忍受不了的痛苦和孤寂，好在將來的日子裡接受更大的挑戰。

少山有自知之明，由於身心都受過傷，因此對周遭事情特別敏感，不善偽裝，緊張時連肌肉都緊繃，且自尊心極強，容不得別人的批評，即使是善意的，也會不舒服。不開心時會用雙拳拍打桌椅。大凡別人和他意見相左，他總是一言不發，但別人就誤會他記恨。他這種僻性只有他自己才知道，難怪別人會誤會。

像前天換季夏裝，沒有給少山發馬靴，令他很氣，然後平靜下來，又自省軍人要有胸襟「寧人負我，我不可負人，要多施與」，這是雙親在餐桌上的訓語。來到島上獨處時，少山不斷自我反省過去對人對事的不足，對人不夠體諒、包容。

但到底，表面裝出來的歡笑，難掩內在的悲痛，有時哪怕是件小事，都會掀動少山的舊痕，揭去表層的痂和防衛，如崩堤的黃河，一瀉千里。要跨過自己內心的障礙，是多麼不容易呀！少山明白，如不改變態度，如不奮鬥，任由青春被侵蝕，就等如自殺。

這晚，對著星稀、彎月，又有所感觸，少山徘徊在走廊上，「默默地望著那一塊塊被季風趕著的黑雲，忽然把那半月掩埋，一會黑雲掠過，光明又普照著靜寂的島夜，這些懷親夜景傳到少山心坎裡，令感情泉流。」他拿著口琴朝著天空吹奏數曲，吹罷高歌「保衛大台灣」，歌罷，臥於走廊行軍床上，望著繁星與彎月。收音機傳來嘹亮的歌聲，似在隔斷鄉愁。

「小容，你有信！」忽然傳令兵走來遞信，「哦！謝謝！」少山急不及待轉

身就把信拆開。都快兩個月了，已經連續寫了好幾封信，終於有回音了。過了一會，「小容！你怎麼啦？臉色這麼難看！」站在旁邊的戰友張福生問。「我爸，我爸出事了！」少山答道，雙手不住顫抖，接著斗大的淚珠從臉上滾下來。信是由表兄轉來，為保險計，信內有信。得悉養父在家鄉被捕，少山無限悲憤，咬牙切齒。半晌說不出話來。家中的信說，前幾封信內提及台灣。少山的身份已暴露，因近來中共信件檢查特嚴，已累及家人。「你兒子是蔣匪軍！」等帽子被扣上來。

● 生活片段

連日為老父憂心的折磨，少山終於氣出病來了。一天起來，覺極不舒服，腹痛下瀉，沒有胃口，整日混混沌沌，全身疲倦乏力。一連四天在發燒，由衛生隊醫官配了藥，每三小時吃一包，每包兩顆藥丸。「窗外雨點打得滴滴答答，颱風刮得呼呼作響，我躺在床上發燒，腦筋變得模糊，耳鼓又作響。」

呼呼風聲，好似八、九月的光景。昨天打了針，今天就痛起來，混身微微發熱，頭又痛。整天都躺在床上，營友上街溜達，少山只好在鋪蓋上閉著眼，胡思亂想，一會兒想家，一會又想到同學和老友，小痛多思，現在才嘗到此滋味，難怪文人多愛小病，原來如此。少山在病中思潮泉湧，如果提筆寫信，不愁沒有材料，可惜精神不大好。

其時國內正陷入空前大飢饉，少山覺在自由區有一碗飯吃，都要想辦法分半碗飯給國內家人吃。他還思量以後如何重振破碎的老家，資助弟妹上學。少山立下決心自學國語、台灣話、日文和英語，要殘而不廢，報父母養育之恩。但自我檢討時，卻發現自己最大的缺點，就是樣樣都喜歡學，以致沒有一樣能學好，如學日語和樂器，都是三分鐘熱度，沒有堅持到底的決心，現在既然找著了這毛病，非得對症下藥不可。

少山經常自我檢討自己對人對事，自責曾對戰友鄧新州說謊，因鄧愛借別人口琴，事後又不清潔，實在討厭。今天又來借，少山信口答：「口琴不在，已

經給李運鈞了！」但話說了後，又懊悔了。這樣不忠於友，內心實在難受。

　　近來少山精神完全寄託在書本上，環境習慣了，生活不大覺得怎樣苦惱，每日觀海或談笑，不知不覺已麻木了。「時光無情的匆匆過去，想起今後的一切，不免心寒，從幼童轉入少年，由少年而青年……一生就完了，可真是白了少年頭空悲切，不堪往後想。」少山發誓，不能再虛度時光了，「不奮鬥等如自殺，消極的度日子不是辦法，人生的奮鬥必須到最後的一口氣，方不愧為大丈夫……必須訂立生活課程表，由早上起床至就寢，須有條不紊，不良的幻想須除掉，悲觀的思想必要排除！」少山也知道自己好強，也可能出於補償作用，「每見別人能做的自己做不到的時候，內心會萬分慚愧，不管做什麼事，總要比別人好，心內才會舒服。」

　　軍中沒有副食費，飯菜差，兵士無胃口。大家都明白，台灣彈丸之地，負擔太重，處於外無援助，共軍壓境，軍費驚人，國庫空虛的局面。但開門七件事，報銷是個問題。大家無錢理髮，特務長也沒錢，連長只得叫伙委來想辦法，拿白米和理髮店交涉，每人發米半斤，大家才能理髮。大家都為每月購買肥皂、牙粉、火具和雜物等生活必需品而發愁。台灣百姓才七百萬，但軍政人員達三百多萬，七個百姓就要負擔一個軍人的生活。

　　少山捨不得亂花錢，因念及台灣社會艱苦，所以雖走近廚房，香氣四溢，原來戰友們零星的加菜，大魚大肉，一盤盤盛著，令人垂涎三尺，自己卻捨不得加菜。唯一是用月餉三十六元買了個蝴蝶牌口琴，已計劃了數月，終如願以償，以前是借李運鈞的。

　　早晨少山在被窩發現了臭蟲二隻，恨牠們營養不良還來吸人血。飯後決心消滅之，把行軍床用開水燙了幾回，並把蚊帳也洗滌一番。

　　生活是簡樸的。午睡時份，風大天涼，想起褲子破了未補，少山就在床上一針一針地縫補。心境平靜，營內靜寂，因戰友都熟睡了，只遠處傳來三數聲雞啼和樹葉沙沙的風聲。所謂軍隊家庭化，少山現在體味到了，一會看褲子補得還可以，就放下小睡一會。

　　少山經常在週日和陳兆堃結伴往理髮。陳為人忠厚，談鋒甚健。國難當頭，

彼此離鄉別井，能相互安慰，亦是快事。自別家園，投軍屈指已歷三載，唯一的精神支柱，是這大家庭內兄弟般的愛。

平心而論，比起友軍，裝甲兵是特別受到優待的，可見中央對裝甲部隊的重視。營內裝備充足，行軍床、蚊帳、棉被、黃軍毯、灰軍毯、草蓆、白被單俱備，而友隊只能睡地鋪。裝甲部隊還有行軍機動之便，因有車輛代步。

三月一日，台灣沸騰的大事是李宗仁副總統出國就醫，這個李副總統真會選時候生病！國民黨總裁蔣介石即復出視事，行使總統職權，台灣舉國歡騰。為了慶祝總統復出，馬公島特別舉行提燈大會。軍樂隊，學校團體熱烈巡行，高呼萬歲。少山所屬營與友軍聯誼，邀請首長、司令、軍長、師長兩桌聚餐，猜拳行令，上下同歡。

● 裝甲兵節

同月 3 日碰上裝甲兵節，是為了紀念民國 33 年國軍遠征緬北，三日破敵十八兵團。連隊慶祝聚餐，「裝甲保姆」曾來電指示就駐地舉行慶祝，連長接電後，甚是興奮，馬上召集官兵籌備，計劃遊藝節目，出壁報，戰車表演及與友軍聯絡感情，最後電覆司令，請求派出電影隊來澎湖放映，大夥都興奮極了，因已很久沒有看電影啦。連長知道少山有文化，令他寫一篇有關戰車的稿子，他雖然怕笑話，也不好推辭，次日就作了一篇東西投給賀裝甲兵節的壁報，看上去內容還算充實。連長說這兩天新營長要來巡視，少山是負責內務的，要特別整理好營房之儀容，樓上要鋪白被單。少山費了好些功夫才把內務各樣事情弄得井井有條。

● 抽煙風波──良師益友

霪雨霏霏，令人沉悶。午睡起來，取了支慰勞香煙，少山也學人吞雲吐霧起來。黃昏時候與友人站在走廊聊天，忽地衛兵跑來說，副連長要見他。少山心

中納悶，思量來馬公年多，副連長姓岑，從未找他單獨談過話。踏進了副連長室，行了個軍禮，大聲說：「報告副連長！容少山報到！」就站在副連長的桌前。副連長是從別處調來，四十上下，坐在一張又破又舊的藤椅上，正低頭在寫些什麼的，聽見少山來了，慢慢抬起頭，停下筆來說話了：「容同志，」少山一怔，知道氣氛有點不對勁了，副連長的目光像兩把利劍一樣，像要刺穿人的眼睛，令人不敢正視，「你現在好的沒有學到，壞的倒學會了，」少山正想申辯，「煙最好不要吃，要吃買些牛乳吧。煙不是你們吃的！」副連長繼續說。「是、是、是！」少山只覺臉龐滾燙，滿臉通紅，一直紅到耳根。「我聽說你對工作厭倦，這是不應該的，有空最好學學寫字，讀讀書，或學點技術。」容少山聽了非常難受，好像父親就站在面前一樣，副連長的話句句刺中心坎，有恨鐵不成鋼之意，不純是責備，不禁對副連長多了一份感激，心想：「說我過者，師也！」

　　一天，少山覺無聊，走到連長室，想和連長聊幾句。「小容，進來，我看到你了！不要探頭探腦啦。」「報告連長，我悶得慌，過來看看你。」「有事嗎？坐吧！」連長放下手中的文件，和藹地朝桌前的椅子擺擺手。連長約一米七左右，以北方人來說長得不算高大，國字口面，比少山長五歲，所以一直把少山當小弟看待。連長姓張，山東棗莊人，家裡種地，貧苦人家出身，離鄉別井漂泊到湖南投軍，上過初中，喜歡看書，因此對少山的遭遇多了幾分同情之外，還頗欣賞他的勤奮自學。「小容呀，近來內務幹得不錯，領導好幾次提到你呢！」張連長拿杯子客氣地倒了兩杯牛奶，一人一杯。少山倒有點受寵若驚，一時間有點手足無措。「連長過獎了，我有什麼做得不足的地方，請連長千萬要教導，你不嫌棄，我已大膽把您當做自家兄長了！」少山有點激動地回答。「近來看些什麼書了？」「報告連長，都是些日語和英語的入門書，還有，你借我的三國演義已看到第十回了。」「哦，是曹操報父仇。好傢伙，有前途！多學點文化有備無患呀！」連長用鼓勵的語氣回應。窗外刮著風，陣陣細雨，已把馬公島帶進冬季，但少山心窩是暖烘烘的。

　　「小容呀，告訴你好消息，今早內務檢查報告出來了，你得了優等，恭喜你啦！」少山聽了連長的表揚，十分高興，幾日來因刮風引起的鄉愁已一掃而空。

聽説還有肥皂獎勵呢，真不枉一番苦幹。「另一個更大的好消息是，」連長頓了頓，「上次營長來視察，瞭解到你的情況，説有機會時會把你調到後方去。」少山不禁愕然，著急了：「連長，我是不願意的，我願在前方和同學一塊，難忘兄弟情呀，離開這個連是大大的捨不得，戰死也無妨！」

戰略撤退

五月十九日，營內流傳，我軍從舟山撤退了，是有計劃的主力回師，迅速撤回十五萬都隊，還把對方蒙在鼓裡。「我們的任務更加重大……我軍有發揮成功、成仁的精神，死有輕於鴻毛，有重於泰山，人能貫切生死二字的意義，於死又有何怕？」

當天晚上來了一艘登陸艇，載來本部中隊搜察分隊。火力與裝備加強，尤其炮塔上的高射機槍，個個稱好，聽説還要來兩個分隊，這樣我們就可以啦。

大隊部及大中隊陸續抵馬公增防，同學久別重逢，當地學生及團體到碼頭歡迎。少山看到澎湖教職員集訓於馬公中學，女穿戎裝。

六月二十八日，美國總統杜魯門令太平洋第七艦隊保衛台灣，少山不時收到勞軍物品：毛巾、糖一包，當局發動群眾勞軍，激勵士氣，並有流動電影訪問。

據中央日報報導，已空投大陸救濟米三十噸，空降於廣東翁源、南雄、樂昌等地，少山頓覺心花怒放。

發餉

在軍營發餉的一天，算是每月最快樂的日子，不管兵士也好，上尉也好，都充滿愉快的表情，錢多的固然開心、可多花兩天，錢少的，發餉那天，香蕉呀、糖餅呀，也可買一些，或吃碗肉絲麵呀，這些都不會缺少。而過了這數天，錢花光了，各人又深居簡出，躲在營房內彷彿是個未出嫁的大閨女了。少山領薪俸22元，大都花在生活必需品上，包括派克墨水、牙膏、肥皂，剩餘了可用作

零食吃喝。想及國家屈居海島，軍費龐大，大家都得共度時艱，軍人也應節儉。

國防部派人來拍全體官兵半身像，胸前都要配號，以防部隊吃空缺。官兵須對照花名冊，才能領餉，以防冒名頂替，十分認真。少山的號碼是：42036。這天是入住以來最嚴格的一天，點驗官不但很仔細地核對照片，還詳細問：「你一個月拿餉多少，技術另加多少？」說的符合紀錄，點驗官就會點一下頭，兵士就敬禮下去，否則他會用一種懷疑的目光，望一下你的主管中隊長和特務長，同時問個究竟，這樣做，是希望杜絕吃空缺的陋習。

最近，大隊長宣佈，通通要剃光頭。官兵都議論此事，不打回大陸，我們誓不留髮。大隊長說，軍人雖然不准留髮，但裝甲兵例外，大家都希望收回成命，雖捨不得，也以服從為軍人天職。

● 隊友情

一天下午經過補給組寢室，「小容，進來，進來！」同學們一片呼聲。他們在喝酒，給少山倒了一碗，要他喝，其他人正猜拳行令，好不熱鬧。友愛的甜蜜，溫潤著心房，幾碗下去，少山頗有醉意，回到床上倒頭便睡。

另一天下午，少山與新民合作賒酒和牛肉罐頭，新民提了一瓶酒兩罐牛肉，二人在樓頭談笑喝酒。不一會來了個不速客，是奕忠，於是一同再飲，酒盡罐空之時，新民又提議李奕忠請客，少山答應賒鳳梨罐頭，三人都哈哈哈大笑，誰知合作社停了賒賬，於是你眼望我眼，「啊！喝酒也不喊我，還說是鐵哥？」李運鈞不知什麼時候站在背後，大家都嚇了一跳，「你真是及時雨宋江！」新民高興地說。問明原委後，運鈞大方地拍拍胸膛說，「我來請！」於是重新添了幾瓶燒酒和兩罐牛肉，直喝到月亮出來。

一天，整日下雨，午睡後少山與戰友下象棋，用肥皂作賭注，因大家都有很多慰勞肥皂。雖然不是用錢賭博，也是不應該的，但軍旅生活太單調苦悶了，沒有什麼娛樂，只好自己找消遣了。

不知什麼時候，少山「覺得無聊，總想找點娛樂來消遣，好找不找，找著

打牌同伴，自知賭錢是不對的。開頭五毛五毛的玩，以為是無關什麼要緊，到後來不知不覺輸了十五元，懊恨自己了，為什麼要賭錢呢？」以時值來算，一百五十元已可買純金四錢了。為什麼不找些正當娛樂呢？對家庭教訓對不起，對知己朋友對不起，對良心又對不起，慚愧！

尤其痛心的是讓人出了千，少山極度痛苦，人心多險惡，陷阱滿佈，總是人面獸心的多，「何苦為幾個錢折磨自己呢！輸了就輸了吧！來來，我們喝酒去！」還是李運鈞最瞭解容少山，走來拉他出外。

人很自然，來自相同地域的份外親切，何況碰到同是說粵語的廣府人。發餉之日，少山約了三位好友一同燒綠豆甜湯。三人都是廣東人，口味大致相同，晚飯點過名，大夥合力借來個大煲，打汽的煤油爐，由晚上九時半動手到十一時，足弄了兩個半小時，特地請來幾位戰友，嘗嘗廣東的綠豆沙，大家大快朵頤，少山共吃了三大碗，後來算賬，四人才各湊了一元，而九個人就吃得津津有味。

● 過小年

一天，乍晴乍雨，各友軍作射擊演習，槍聲卜卜，與島上各處響起的爆竹聲交織成一片。原來這天是農曆十二月廿四，俗稱過小年。怪不得如此熱鬧。多年戎馬倥傯，早把節令忘得一乾二淨。容少山回想小時過小年有多開心，老計算著過大年可拿多少紅包，又可穿新衣、新鞋，吃糖果糕點，放鞭炮。所以臨近過大年的十天八天，天天都在盼著。這天營裡也殺了頭羊，算是應應節了。

過了小年，島上處處有年終景象，家家戶戶忙著準備除夕，軍人也不忘過年，殺豬宰牛來慶祝，連長批准特別放假二天，讓離鄉別井的小伙子一同樂樂。吃一年算一年，明年今天不知身在何省何地了。大家互祝反攻大陸凱旋歸家，少山也遙祝雙親年安，弟妹健康。大年初一到來，老百姓都穿得花花綠綠的，讓少山又想家了。這年過年時局特別緊張，還未發餉，真囊空如洗，理髮也不行。

裝甲兵電影隊到來馬公島巡迴放電影，晚上在營房招待各友軍首長，馬公小學的小朋友也獲邀來參加，一同舉行晚會，一群小天使載歌載舞，搏得全場掌聲。

在軍中戰友想出一些排遣枯燥時光的方法，其中是弄來礦石收音機。對面床友也弄來一台，可聽時事音樂，調劑精神。晚上收音機播美國之音的粵語新聞，以解鄉愁。12 月 9 日，時事廣播透露，朝鮮半島戰事逆轉，中共志願軍源源入朝參戰，聯軍處境岌岌可危。

文娛康樂

戰友另一消遣是到中山室看書，那裡舊雜誌和書報多的是。容少山管內務，早上不用點名，飯後就看雜誌新聞，看書，他甚愛文藝作品。然後午睡到下午二時多。

又到假日，大家都到外面找娛樂或看打球、逛街或去沙灘；這日，少山本準備出外拍照，但沒有相機借到，只好躺在床上看馮玉奇的言情小說，一下子就被故事吸引住了，心內沸騰，好在靠理性能抑制衝動。

防衛部放電影，美國不斷以美式生活、文化，給兵哥們洗腦，少山對美國人民的活潑天真及妙齡女郎的愛美心，感覺非常新奇。「他們的民主，男女不分界線和生活的美滿自由等等，我們實在羨慕」；相反，「對祖國的落後非常痛心。」

晚上防衛部演戲，少山沒有興趣，往二排找了幾個白話佬，剛遇上他們把自種的絲瓜摘回來，弄了一盤瓜湯，請少山做臨時客人，吃過後便在露天裡聊天，月亮彎彎的掛在天上，星星閃爍，萬里無雲。大家談鋒頗健，由晚上的月亮多好，說說這說說那，談到家鄉，到近來營中生活，無所不談。

部隊鼓勵軍營家庭化，學校化。營內個個都是單身漢，但對於異性的慰安就遙不可及；因按規定，反攻前不可婚娶。但同性的相互守望是有的。日間忙碌，減少很多雜念，夕陽一下，各人工作完畢了，紛紛到井邊洗滌，一日的油漬及汗水，你說我說，井邊變了臨時聚談所。晚點後，營房音樂此起彼伏，陣陣悠揚樂聲，吸引了不少愛好音樂及關心時事的心。營房內有四台礦石收音機，兵哥在月亮下，汽車頂上，地上靜聽音樂和時事解悶。

九月的一個晚上，營房靜寂，戰友都看京戲去了，獨少山沒有興趣，忽然發現桌上放著一本戰友留下的小說名《摧殘》，信手翻了幾頁，不外繪形繪聲，描述男歡女愛，少山一下子就被情節吸引住了，愈看愈有味道，一口氣竟看了七章，一顆素來不輕易搖動的心，不知怎的，跳動得厲害，渾身發熱，少山覺自己太易衝動了。

戰事和演習

　　一天下午六時，雨絲中，防衛部廣播「向諸位報告，今早二時共軍機帆船廿餘艘向金門大嶝進犯，經猛烈迎擊後，三艘著火，八艘沉沒，其餘為我所獲。」澎湖戰友們聽罷士氣大振，個個摩拳擦掌。又從收音機中得知，數日來，發生了金門炮戰。

　　為了應付時局升溫，馬公島突擊演習頻繁，像上星期四，下午點名一次，七點又來一次，演習認真，模擬敵機臨空，警報器喔喔、喔喔地響個不停，整個澎湖都震動了。那悲切的叫鳴，使人毛骨悚然。拉警報時，燈火管制，所有澎湖的燈火立即關掉，軍警都彈上膛，槍上刺刀，空氣顯得異常緊張。

　　部隊經常在夜間演習，出奇不意，一天深夜三時，戰車鳴警器喔喔喔地響，吹號緊急集合，二十分鐘後各隊郊外待命，戰車隆隆。次日上午八時，突拉警報，街上百姓潮湧疏散，聽說出現不明國籍飛機三十架，飛臨台北上空，下午廣播中得悉，機群屬美國第七艦隊所有。

　　七月三十一日，本防衛區三軍大演習，深夜三時鳴警器嗚嗚大作，各人迅速奔往操場集合，隊長下達出發令後，引擎隆隆發動，容少山爬上裝甲車駕駛室，和龍友初同學並坐著，跟著 M8 砲車列隊行進，雖天上黑雲密佈，但上峰不准開大燈，前面只見隱隱戰車背影。漸漸下起雨來，愈下愈大，傾盆不止，少山那輛車連駕駛室都沒有遮蓋，靠射手找來一塊破布勉強應付。剛過交叉路口，隊長鑽進來，於是三人同坐在駕駛室內。車隆隆隆的向前飛馳，雨越下越大，耳邊的風呼呼作響，雨水由蓬布的洞灌進來，少山雖穿了雨衣，但仍抵擋不住

雨水，好在貼身穿了厚厚的防毒駕駛服，不然都變落湯雞了。到了文澳，遇上泥濘，雖然車是半履帶機動，但前輪仍打滑。車外風雨交加，野草被吹得折了腰，天際閃電不停。忽然前面陣地傳來砲聲，在二千公尺正前方砲響了，火光飛向空中。車到了堤邊，兩邊是海，路不好走，隊長連連忙下令減慢速度，因路有危險，怕會掉下去。過了堤岸，已進入攻擊位置，所有車輛都散佈在小山上，各據有利的掩蔽位置。天色漸白，不久曉拂，開始發動攻擊了。戰車掩護步兵上前，展開合圍，直逼海邊，登陸的敵人被殲。

其後戰車都到指定的地點集合。約七點，吃了乾糧，大隊向大武山開動。這時，沿途村莊的百姓已起來了，車隊浩浩蕩蕩前進，泥濘滾滾。雨停了，左右兩邊的花生地插著的國旗飄揚著，表示該陣地已被我方佔領。各隊民兵提著日式三八步槍，頭戴偽裝，向前方挺進。路邊也有隊隊小孩由憲兵率領，擔任後方防禦工作。還有騎自行車的民兵沿途搜索，穿著救護服裝的村女，從其白衣一看便知他們的神聖救護工作，在野地上也有一隊肩著自製救護擔架的民兵。不久已抵達大武山攻擊位置，遠遠看見海上數艘兵艦，砲兵陣地的砲群隆隆地發射。火光熊熊。我們的 M8 車不斷發砲掩護 M3 車前進，M3 車則掩護步兵，在猛烈的砲火中，已摧毀敵人登陸的灘頭陣地。步兵一隊衝前，在陣地開始用喊話筒發話勸降。敵人終投降，清理戰場後，該役演習宣告結束。我們向指定地點集合，這時百姓分別提了茶水和花生糖果上來慰勞，確是一幅美麗溫馨的圖畫。

近來營內伙食有所改善，每餐主食仍為白麵，但有時晚餐真來勁，有魚、有肉、有酒，戰士個個喜形於色。少山每餐三個饅頭，吃得比北方兄弟一樣起勁。伙委會花盡心思，為了改善戰友的伙食，將每月剩餘的主食米來作月底加菜，若不是月頭拿米換條豬來養，月尾恐怕吃不上豐富的會餐了。會餐時猜拳行令之聲響徹整個營房，一片笑聲，你乾我乾，大家歡天喜地盡情喝。

伙委會

月中，照舊例將上月剩餘的主食變換現金，以作月終加菜之用。一日，將四大麻袋麵粉載上卡車運往市集發賣。容少山也趁熱鬧，一同前往，到了菜市場，找著做麵商人，他只能出六角一斤的賤價，伙委會員一氣之下調頭去了湖西及西溪，很快找到了買家，一斤七角，得款數百元，月底就可打牙祭了。

為了給朱廣濟做生日，容少山下廚做了幾個菜：炒肉片、炸鮮點、炒大蒜，麵條，勝利酒三瓶，油炸花生米，請了四位戰友，參謀主任熱鬧一番，猜拳行令。晚上剩下的半瓶酒和花生米，再拿空瓶去換了一瓶酒，天來、新民、少山，三戰友快樂地飲，説笑盡歡。

意外失火

這天領得半月餉，同伴們邀打牙祭。五人合伙每人出二元五角，購了五條不大不小的魚、一瓶酒、豆腐青菜，就動手弄來吃。晚上容少山買了一斤半花生米，南乳，用來炒南乳肉，炒了甚久，汽爐熄了，同伴老陳走來加油進汽爐，又打汽呀，粗手粗腳的，不一會把火「篷！」的一聲，整個汽爐著了火，他急急忙忙把自己的被子拿來欲把火蓋熄，拿來以後，又捨不得弄髒，卒之把少山的毯子蓋下報銷了。

次日上午來電報，總隊長要來，大家緊張起來，整理環境，處理內務，清潔車輛，拖沙呀，打掃呀，大家分工合作，忙了一整天，但還未見人影兒。

歡迎總隊長的當日下午，舉行大會餐，馬公各單位都有代表到營房來勞軍，鬧哄哄的舉杯互祝勝利，情緒高漲，實年來少有，猜拳之聲，響遍營房營房餐廳。散席後，數十位戰友還包圍總隊長敬酒，輪番敬酒把他灌醉了，少山也喝了數杯，不勝酒力，回床倒頭睡去，連澡也沒有洗。

● 添新衣

一天早飯前，有人叫量身，原來要做美國夾克，大家甚開心，此動作多年罕見，以往造新衣所發的都是超大碼的，如最近發的野戰服，十之八九都要拿去重改，要花五元以上。現在比以前認真了。

島上日常生活較為平靜，除非偶有華僑來訪，像最近印尼華僑勞軍。縣府門前大道百姓學生夾道歡迎，來自蘇門答臘的華僑，車隊夾雜著號聲。其次是每年的雙十國慶重大日子。除了日間官民盛大慶祝外，當天晚上還有提燈會，無數的燈光與火炬，照耀著海邊的路。

10 月 18 日，各國都以為韓戰接近尾聲了，但據廣播，戰爭在拉鋸中，美軍突然登陸仁川反攻，距平壤只有 20 哩了。

● 總統壽辰

十月三十一日是總統六十四歲壽辰，島上舉行了座談會，與會者表達了台灣人民的守法，對祖國的熱愛，對台灣本土的安全大有信心，因為知道美國第七艦隊下了決心要保衛台海安全，保持政治現狀。同時，根據行政院長陳誠次年施政報告，政府致力於建設台灣，反攻大陸。台灣將步入繁榮。祝壽遊行人流在馬公街道歡呼口號，震動耳股。到處聽到「總統萬歲！中華民國萬歲！」

又知道總統要巡視馬公，給守軍打氣。為總統蒞臨作準備，澎湖電力在十一月廿五日特別通過，晚上全島大放光明。那天清晨七點早餐後，容少山等就要趕往機場參加校閱。把臉洗過後，就吃飯，然後裝甲兵隊員通通上車趕至機場。不一會兒一連串吉甫車馳至，很快開始閱兵，總統風采依照，紅光滿面，顯得堅強偉大。

● 決志信主

12 月 2 日，容少山看到廣告，有關美國牧師中午要在福音堂講道，就約鐵哥張福生去聽。福生已是基督徒，十二分願意陪同出席。時開尚早，兩人就在香蕉店坐坐，吃了些香蕉和花生米。進得福音堂坐下，堂內人漸多，顯得很熱鬧。牧師因與防衛部司令官談話，延誤了個一小時。堂內有唱聖詩班帶領。牧師放影片，之後牧師獨唱聖詩。新來的美國牧師講「純一的愛」，少山聽了上帝的福音，大受感動，尤其聽到神派獨生子到世上，為人釘十架贖罪，少山按捺不住了，淚水哇啦地流下來，散會後竟決志信了主，表示願意接受耶穌作他的個人救主。

容少山在日記上寫道：「主呀，請祢從今起把我的罪惡洗乾淨。請祢給我快樂，我永遠跟著主！」「自這幾晚往聽美國牧師讀耶穌福音後，我內心漸漸地轉變，每每當性慾發作時，在那一剎間心內又想起主所講的話，不要犯罪，並且寬恕，無知者的犯罪。」

第二章

● 台海局勢與韓戰

孫立人將軍到澎湖校閱後,全大隊放假。數週來緊張的情緒得以抒放。提起孫將軍,不得不打心底裡敬佩。他是一條漢子。想當初韓戰爆發,令整個世界政治佈局重新洗牌,改變了美國對蔣公的態度。杜魯門總統早已對蔣公及四大家族徹底失望,準備把蔣公棄如敝屣,一心要扶植畢業於美國西點軍校的陸軍總司令孫立人做代理人,正如美國在其他地方慣用的伎倆,躲在幕後操縱。可幸這位曾是 38 師入緬甸抗日的遠征軍司令及後來的新一軍軍長,是塊硬骨頭,拒絕出賣領袖,以換取自己的前途。

韓戰中,擁有世界最先進科技和最強軍力的美帝國主義者,碰上了拿著小米加步槍的中國窮措大,一度趾高氣揚,但飛機大炮在山地戰中,如耗子遇烏龜,無處下手,不論麥克阿瑟也好,李奇微也好,都屢吃敗仗,氣焰大減。杜魯門不得不重整和台灣的關係,欲拉攏蔣公,牽制中共,用台灣這艘不沉的母艦,讓中共腹背受敵。

台灣在蔣公復出前,猶如一葉孤舟載著一群復興之士和巨浪搏鬥。蔣公復出後,雖擁台海天險,但對岸大軍壓境,實寢食難安。韓戰讓蔣喜出望外,以為是第三次大戰爆發了,可以打回老家了。因此台灣積極備戰,加強演習操練,招兵買馬。馬公島作為前哨更形重要。今年裝甲兵節守軍就獲頒「澎湖堡壘」和「反攻先鋒」兩面錦旗。

美國顧問視察頻繁,全島三軍都視察過,軍事裝備接踵而至,也加派空軍機組協助訓練,給了國軍不少幻覺。演習頻繁,容少山要負責搞掩體,即在裝甲車表面加上偽裝。大隊不斷的演習,真累!少山所屬裝甲隊又要捆行囊、被服、鋪蓋,又要搬油料彈藥,每次須迅速發動車輛,待機出發。大伙都精神亢奮,沉醉在反攻的希望中。

裝甲車前沿已噴過漆，看來煥然一新。中隊的戰車，在裝甲部隊中，算是最老資格的款式，二次大戰在印緬戰場上唯一的皇牌。勝利後隨前輩歸國，其後先參加內戰，使共軍聞風喪膽。M3A3 只有他們隊上有這十多輛，其他都是 A5A1 及 M8 新購的車輛。

　　九點鐘左右，大隊長走來對少山説，「大伙趕快把內務整整，衣服穿好，美國顧問馬上到了！」嗒嗒的立正號剛響，顧問團的車隊已到，老美和翻譯相繼下車到停車坪巡視。所有戰車、卡車正隆隆發動。老美內行地跨上副駕座及炮塔內詳視，連車後引擎都不放過。之後往觀看戰士跳木馬、翻單槓表演，似乎對什麼都很感興趣。他們在戰車旁站立良久，臨行前説，「弟兄們好樣啊！」

　　最近，軍方發起對中共大規模書信心理攻勢。每機關、社團，學校、軍營，每人一信。戰友為這一運動，忙得不可開交，信封信紙指導員有得發，但筆墨就是要靠自己想辦法了，因此興起了借筆潮。

　　好幾天，馬公街道有遊行做勢，人們熱血沸騰，一列列學生的行列，長長的遊行隊伍、步伐聲、口號聲、歌聲與角號聲交織成一股巨流。

　　韓戰若緊若弛，麥帥在美演説，強調台灣的重要性。美政府提出二億五千萬援台。台灣孤軍奮鬥，終得到援助，自助人助。然而，戰局不隨美方的主觀願望走向，不久漢城又重蹈危境。十一月聯軍撤漢城，共軍猛烈進攻。

　　這數星期生活可緊張，為準備迎接總統校閱，一切都在加緊；且在軍風紀整飭下，外出已嚴加限制。聞説總統將蒞臨澎湖校閱，照少山推想，反攻快矣！現在發下相當多補給品，大米呀，服裝呀，及各種軍需品，在種種跡象看來，今年可回大陸過年了。

　　近日容少山之大隊和澎湖友軍及在台灣各部隊加緊作反攻前的準備，靶場日日槍炮聲不絕。後天大隊將作環島行軍，以應付未來反攻需要。怪不得李運鈞興奮地説，「根據我在軍營的生活觀察，肯定説一句，我們在台灣的部隊，可以一擋戰十，任何強大的敵人都可以摧毀。」

　　麥帥返美，在紐約受百萬人歡迎，由李奇微接替代，對付共軍人海戰術。讓台灣人憤怒的是，對日和約，美國摒棄中華民國參與，忘記了中國抗戰的功勞，使國人對聯合國憲章大失所望。

● 備戰

台灣備戰積極，政府急於補充兵源，募新兵一萬四千名，所有 17、18 歲男丁皆在被徵之列。島上，一輛輛送征車鼓噪喧天，古色古香的八音，有些奏著雄壯的入營歌曲。鄉間的人雖較窮困，仍不甘人後，拉著牛車、單車載征人，途中吹吹打打，像嫁娶一樣。各家各戶都燃放爆竹慶賀。搭著五色綾帶的入營壯士，手執小國旗，身上差不多清一色白襯衫，揹著他們鄉親的禮物和一條美式軍毛毯，雄糾糾地揮手，途人則報以熱烈的掌聲，用土語說：「卡好！做兵卡強呀！」。長長的行列在太陽下反映著鮮豔的顏色，如同進香的婦女行列。

蔣經國，國防部總政治部主任，也呼籲學生暑期到軍中作義工。學生浩浩蕩蕩在台北車站集合，反應熱烈。朱廣濟興高采烈地走過來說，「有個好消息給光棍們！聽說有女師範新兵到馬公，主副食自己帶，能唱能跳，會洗衣和替戰友補破衣，揀一個不要漏了眼！」大家都興奮莫名。八月，花蓮來的新兵抵澎湖，浩浩蕩蕩一百三十餘人登上碼頭，接受各界歡迎。

然而，隨著時間流逝，入台國軍對曠日持久的空喊反攻漸漸失去耐性。終日無所事事，現在除了校閱，不用行軍。緊張的生活鬆懈下來了，每天除了三頓飯外，沒有什麼操練。愛打球者，日間稍微活躍於球場，其他都躺在床上睡覺，或看書報，偌大之營房除了球場偶爾的三五聲「派司，來！嗨！」之外，真靜得似深山古寺一樣。這種靠吃拉和睡覺來麻醉自己的生活，極度苦悶。

晚上人自然會產生慾念，腦袋中有說不盡的幻想，只可惜容少山自己連像常人一樣幻想的條件也不具備！

少山晚上到第三排寢室坐的時候，湯烈濱拿著一本簿子來請人捐錢，「小容，你來得正好，永環病得很重，在等醫藥費呢！我們當初一塊入伍的同學沒剩幾個了！」聽來心酸，少山也寫上十元。政府窮，國家窮，百姓沒辦法，軍人也是沒辦法。

物資緊張

窮則變，變則通。日用品如肥皂、牙膏、雜誌及零碎物品樣樣騰貴。少山苦思之下，發現了商機。原來膠鞋發下來有四雙之多，穿不完正好賣掉。每雙市價六元，賣掉不是可得廿四元嗎？為了省錢，幾人每月湊三塊錢合訂一份中央日報。

少山容易滿足。「我是出身窮家，對於物質比任何人都珍惜。別人衣服破了，我的未破，別人毯子舊了，我的還好。」

郭文彬、朱廣濟生日，雖然大家都窮，但為表祝賀，少山將前購備之膠卷送給他們照相，自己也用了四張，但效果不滿意。遺憾的是沒有自己的相機，要求人借用。找到周國雄試拍，但此人敷衍塞責，沒有耐心，胡亂拍完就算交了差。

少山很久沒有和老友李運鈞一塊拍照，作友情的紀念。乘風和日麗和例假之便，大夥拍一幀，臨時加入了李的兩朋友，現在變成四人合影一幀了。一共照了三幀，算賬經已花了一個月餉了，一年一度照次相不過份吧。少山對於拍照興趣極濃，其他的花費有時會捨不得。

困難時期，大伙漸漸對素食產生興趣，伙伕用發下的數大袋大豆，每天都磨豆腐，又新鮮又美味，富營養。早餐白粥，花生米又香又脆，午餐多是菜和豆腐，人人胃口大增。

大伙的心思都花在吃上面。中午，聽説今日的魚特別便宜，一斤才一元五角，同伴提議湊錢加菜。「你們今天有口福了，剛巧我還有八塊錢，我先墊出來。」「少山真是我們的好兄弟！」李運鈞拍掌。於是合共買了三斤半魚及一些豆腐，做了菜，大伙吃得津津有味，每人才分攤二元，比獨個兒在街邊吃強多了。

容少山記道：「當兵生來就是賤骨頭，身上有個錢就不舒服。像我，前天還剩下八九塊錢，但不到一個時辰就加菜吃掉了。合伙加菜一元六角，炒麵加一盤色菜加饅頭，夠四人吃了。晚上幾個老廣湊款每人五角購麵，點名後，合力在廚房下麵，很快煮好，找了個安靜處，吃得香，連吃兩碗，混身滾燙，斗大

的汗珠從額上滾下來，無限樂趣。」

月終，伙委會和合作社老闆約滿下台，空缺公開角逐，正是「近廚得食」，學兵們都想競投，有人用送麵一個月搶票，約有百分之七十票，結果新任伙委由少山好友李運鈞奪得。三月份所領的主食百分之八十都是米，少山於是用作月尾賣掉加菜。

信主後，容少山常作自我檢討，覺得近日思想有點變質。為了幫助戰友，牽涉放債事情。他自辯放債是「人有通財之義，而且還是他的血汗錢。試想一百元借出，是我三個月的糧餉。令人生氣的是有人過了期一年仍未歸還，礙於情面又不好說話。」他也知道出於一時之貪念。就以弈棋來說，何必要一粒糖一局呢。「吃糖時，我內心受到聖靈的責備。就是別人引誘，也不該違背神的旨意而犯罪。我默默地向主懺悔。」

衝突

一天，碰到涂金華，他拍拍容少山的臉，說，「小容呀，你近來消瘦了，應不是營養不良吧？要麼就是生蟲了！」。大家都理解，一個月副食品費只得十八塊，合一天六毛。恰遇見曾志剛到市場辦採購，就託他代買隻一斤重的母雞，曾說市場裡還有隻一樣大小的，九元一隻，少山覺很便宜，不如養雞下蛋，到十月生日時就可用來自我慶祝了。當兵的，閒來搞些副業，也不違法吧。少山於是借來二十塊錢，買了兩隻雞。豈料買回來不到一個時辰，就死掉一隻，另一隻也生病了。

正氣在上頭，剛好別人的雞跑進少山的雞屋來，少山就無情地把牠們轟出去，還要踹上一腳，不給牠們取暖，然後把自己的雞隻趕進去，生怕牠們著涼，還在屋裡墊上很多乾草。少山晚上懺悔了，自覺太自私了。

近日李大水因雞得了傳染病，說了許多難聽的說話，「人是有報應的！我可憐的雞啊，冰天雪地想在別人屋裡呆一會都被踢出來，無家可歸，不凍死才怪！」少山想起主的教導，強忍著沒發脾氣。記得當日託人買了三四隻母雞，

他們見這麼便宜，都有些眼紅，及至三隻雞相繼病亡，他們就幸災樂禍；想不到他們的雞也染病，又用説話來刺少山，「真倒楣，不知道是不是中了那瘟神的邪，兵營裡養什麼雞呀！一地都是雞糞，活該！説不定哪天惹來瘟疫，咱們都同歸於盡了！」

冬衣領到多時，隊長趁寒風習習，將去年穿過的棉茄克也一併發下來。棉衣穿上暖烘烘的，步出營外吹吹風也好。當天有些微雨，剛好碰上中隊的羊群出外吃草回來，後面還跟著不知誰家的一隻母羊和一隻小羊。營內有四五個傢伙頓起歪心，追逐母羊和小羊。營外行人少，母羊跑得快，一溜煙逃脱了，小羊就給逮住，在可憐地叫著。「你們這等事都幹得出來嗎？」容少山看不過眼，大聲喝止。他們心有鬼，不得不放了小羊。願父寬恕他們！

那天，容少山到大寢室坐，碰到龍友初。龍個子小，好像老長不大，傻呼呼的，少山愛開他玩笑，把他當小弟看待。少山見龍友初養的小狼狗真可愛，「友初呀，你條狗養得漂亮，我想把牠宰來吃。」少山故意逗他，他也不生氣，「真的嗎？可以呀！」「真的？那太可惜了。」後來聽他口氣想賣二十元，可是大家是老同學，不好意思説買賣，「讓給我吧！我把一個月餉給你。」他初時半信半疑，然後連聲答應，「可以，可以！」。後來就把狗牽上樓到少山床底。這樣就養了條狗，可是在樓上的人都不大高興，「人都沒處睡了，還養畜生！」「是呀，整晚吠，吵死了！索性我們都搬出去算了。」少山聽了萬分難過。

養不到兩天的狼狗，少山的心給營友刺傷得最深，「拖去殺來吃吧！這天氣吃三六最好。」「不，賣給別人養吧！」少山實在忍受不了，但又不能説誰呀！只好把氣嚥下肚裡去。好吧！乾脆退回給龍友初算了。這樣大家該高興了吧！

◐ 旁若無人

有時早起心情好，容少山會大聲唱歌，又引起來自四川的老黃不滿，「小容呀，你的聲音多難聽！」少山一聽，覺來意不善，「我唱歌與你何干？」「但

你影響人睡覺！」「唱歌是我自由，我愛唱就唱，你管不著！」兩人吵起來，最後少山自知理虧，只好忍讓，記起聖經教導，「舌頭是最難制伏的」。難怪老朱他們都說少山有神經病，但他絕對否認。他感到自己正常得很，不過近來過於興奮而矣。他愛歌唱，愛朗讀文學作品。營友見到他唱歌或朗頌，陰陽怪氣，近乎瘋癲的樣子，都難免反感。也有官長，批評少山態度傲慢，但少山不善於掩飾喜怒，愛直話直說，容不得別人批評。

搞破壞

　　下午聽說美國顧問要來視察，大家都明白，接待顧問團是為了爭取美援。少山到把營房側之廁所粉刷一番，油上石灰水，貼紙暫封閉。也趕緊把其他內務整理，忽然發現行軍床有異，掀開毛毯一看，「哎呀，是誰把我的床弄壞了？該死！」橫木折斷了，不禁無名火起三千丈，但耳跟立刻響起主耶穌的話：「應該寬恕害你的人和你的仇敵。」故此把火吞下去，不再追究是誰幹的了。少山默默向天父禱告：「我原諒那弄斷我床腳的人，寬恕他的罪，如同主寬恕我的罪一樣。」雖然恨那個惡作劇的人太缺德，淌下幾滴淚，禱告後，就覺渾身輕鬆了。

與郭隊輔的過節

　　夜幕低垂時，中山綜合活動室內打鑼打鼓，拉胡琴，各種音響迴盪。樂也融融。今後合作社又在旁邊設立，增加了中山室的熱鬧。

　　每次容少山到中山室，只要碰著郭俊隊輔，總被他挖苦幾句。少山對此人一直無好感，瘦削身材，頭尖額窄，臉無四兩肉，從不正面看人，少山沒法不把他和電影中的歹角對號入座了。少山明白，在這個道德淪亡的世代，這種人著實不少。唯有裝聾作啞忍著他，雖然有時給他氣得淚水也跑出來了。為著這事，少山曾站立在營房邊默默地自我檢討，自己有什麼地方惹著人呢？究竟問題在

哪裡？不能說自己沒有短處，待人處事應仍有不盡善的地方。「今後應如何改變他人的態度，使恨我的人愛我呢？」想起馬太福音說：「別人打你的左臉……」

李運鈞是瞭解少山的，找著四下無人的機會就提醒過少山：「你什麼事都要強，不論是技術或是學識的，都不放過和別人較勁的機會。」靜下來時少山會檢討為何總遭人嫉妒，是否過於自私，有野心，不顧同袍的臉皮，使人難堪。如果是，就注定要失敗的，因此要學習謙讓。

一天，郭隊輔替營友黃鶴休補習英文，容少山趁機走近旁聽，忽然隊輔抬頭向後一望，和少山四目交投，郭立刻拉下臉皮，以厭惡的語氣對他說：「怎麼你在這裡？小黃，明晚搬到我的房間去！討厭！」少山吞聲忍氣，仍站著旁聽。補習完結後，少山回睡處，邊走邊想，「我有那麼討厭嗎？可恨自己英文沒根底，否則何需仰人鼻息。」不過天下竟有如此自私的人，真少見。不肯教人就算了，連佔點小便宜也不行。真是一種米養百種人。「我沒有對他不尊重。只有咬牙切齒想法子找尋英文導師，不讓他看扁。我不恨他，反而要感謝他。」

這兩晚有戲劇勞軍，有話劇和京劇，也有電影，是美國第七艦隊自己的影片。傍晚六點多鐘的時候，兩個美國水兵及防衛部的翻譯官托著放映機就來了。隊員把兩個老美圍得水洩不通，郭隊輔嘰哩咕嚕地和老美打起交道來了，然後又帶他們到處玩去，參觀營房等，真讓容少山這些不會英語的人羨慕死了。

黃昏後，容少山如常到中山室玩乒乓球和口琴等樂器，適遇隊輔郭俊，「小容，想好了沒有？這樣吧，看你還有點誠意，給你特別優惠，一口價，十五塊一個月！怎麼樣？」少山現在明白了，為什麼前次旁聽他不許。當長官的教部下英文都要酬勞，真是躺在棺材裡也要伸手要錢。這人狗眼看人低，「好吧！」少山咬咬牙，就拿半個月薪餉來當學生吧。早知道他是個貪財鬼。

● 島國生活

雨在澎湖確是稀有的，整個月甚至一年都沒正正經經的下過幾天雨。在台灣的氣候來說，澎湖算是雨量最少的地方，故此比任何一個地方都要乾燥，一顆

米也種不出來，終年都以雜糧佐餐，白米在他們看來比珍珠還要珍貴，就是他們所種的花生，也收成差。這幾天降雨給澎湖百姓真無限恩典。雨在我們這個落後國家仍然掌握著農民的生死。

由於久晴無雨，各地災情告急，澎湖鄉下迷信，善男信眾組織了龐大的求雨大軍，廟宇門口豎著各式各樣的彩旗。島民抬著宗廟偶像，沿途打著鑼鼓，吹奏著八音，浩浩蕩蕩地遊行，蔚為其觀，為島上一特色。

不知是否善信說的菩薩顯靈，忽地沙沙的大雨一陣緊似一陣，轉眼間，低窪地帶頓成澤國。看時針指向十一點了，而雨勢未減，做禮拜做時間快到了，故容少山急不待雨停就披上雨衣前進，幸好穿的美國大皮鞋一點也不滲水，雖然泥濘滿地，但不礙事。抵福音堂後，脫下雨衣就開始禮拜。這麼大的雨，教友仍不少，信徒愛主的心是風雨無阻的。

● 風季

風季又來了。澎湖之天氣長年都是夏，一雨便成冬！昨天還好好的，只穿單衣，今天便得穿上棉衣，而天氣也陰陰沉沉。

昨晚少山起身下樓小便的一剎那，真怕人！那風之厲害，只好拿鬼泣神號來形容。樓下左側兩個大帳蓬給它刮得七零八落，裡面的人已通通搬家。帳蓬還是給刮倒了。要是沒有避風牆，不知道後果會怎樣了。小便時打了幾個寒噤，渾身發抖，趕緊上床鑽進被窩。窗戶給風敲得咯咯響，少山的行軍床彷彿在搖擺，真擔心晚上營房會給吹倒。窗外的風如萬馬奔騰，它嗚嗚的聲音遮蓋了一切。不一會，豪雨來了。天呀，窮苦人家今晚將如何過？少山睡在冰冷的床上，思量蓋著露棉花的破褲子的戰士瑟縮一團，究竟這寒夜怎樣過？

建得不牢的擋風牆，被每秒鐘五十米的颱風吹倒。實在形容不出這急風驟雨的情景，忽地屋頂的厚瓦片已給橫風橫雨掃掉兩三塊。門為了關牢就用傢具頂著。電燈晚上肯定是沒有的了。外面大雨，屋內細雨霏霏，間中雨水滴在床頭，也沒有辦法。

居住在這荒島的居民只好聽天由命。澎湖人真命苦，一年到頭難有幾頓白米飯，都是以雜糧佐餐。如風季稍長的話，就連雜糧供應都成問題。

風雨過後，少山把所有淋濕和發潮的衣物、行軍床、鋪蓋雜物，統統翻出來曬，並且把臭蟲見一個殺一個，免得晚上受其滋擾；且冬天快到了，把床鋪整理一下也好。

這個霪雨天，容少山也患傷風感冒了，整天躺在床上，難得有閱讀聖經的機會，看了新約馬太福音和約翰福音，更深一層認識主耶穌。早飯後往衛隊看醫官，拿了六粒阿司匹靈，先服三粒，微有好轉。中午把餘下三粒也吞下去。少山知道傷風發一身汗就會好，故此特別多穿衣服。

● 青春的迷思

軍營內都是光棍，受外面影響較少，雜念都轉移至康樂活動上，但近日青年暑期軍中服務隊到澎湖以後，引發了小伙子的激情，黃昏時分，常見營外島民相相對對。少山觸景生情，「難道當兵的就這樣一輩子打光棍，不能跟平民百姓一樣過生活，結婚生子嗎？」

容少山自問，近兩年在軍營中，生理需要當然有，但不會想得太多，故夢洩這類事情發生的頻率少，關於自慰，很多年青人都不能免。少山明白這種害處，要用高度之意志力去控制。兩年來從未破戒，可是偶然也會有遺精的現象出現。什麼原因呢？白天又未想及此事，但它是自動流出來了。「喔！我明白了，月尾伙委會加菜，敢情是多吃了肉，產生燃燒作用，情不自禁地湧流出來。」

● 多愁善感

容少山個性實在太多愁善感了，這性格帶給他莫大的苦惱。

「前兩天，煩惱絲纏著我，沉重的心，負荷百斤，而頭腦又昏昏庸庸，坐立不安，做什麼事情都提不起勁，了無生趣。唉！人好苦，而精神無依託，壓

迫感愈來愈兇，弄得惱袋都快要爆裂了。實在再忍受不下去了，」李運鈞拖著疲倦的步伐來了。少山知道他整天忙著做掩體累壞了。「你輛車掩體做好了沒有？」少山問，「攪死人，車兵真當不得！」「不要發嚕嘛了，快換衣服吧！趁早我們去看話劇！」少山催他。「先去把餉領來，我立即換衣服。」他又催促少山去領餉，待領來了，他也換好了，一道往中山堂去。入場之後，悠揚的音樂把少山的苦悶驅走了，疲倦的身體也振奮了。《台北一晝夜》演來活潑詼諧，笑中有淚。

● 澎湖馬公洗禮

　　容少山已經好幾個星期都沒有上教堂了，只在營房內獨自做禮拜，閉上眼睛向主禱告，為人類、為窮苦百姓、為雙親、為家人祈福。

　　這天，少山踏進禮拜堂後，就開始祈禱，完畢後坐下，靜聽講道，禮拜堂分別有國語和台語講道。因當地牧師國語不流利，教堂由資深教徒輪流主講，今次由 96 軍衛兵營長講道。營長聲如洪鐘，堂內肅靜，連呼吸聲都可聽到，最後唱聖詩，牧者用留聲機播聖詩，全場肅靜。莊嚴的音響打破了教堂的靜寂。大家低下頭默禱後就散會了。晚上舉行音樂會。

　　隔了一天，兩位主持國語禮拜的教友到營房看少山，隊長接其到營內，閒談一會，少山呆呆的不知說些什麼。事後覺得自己太古板了。少山缺乏信心的性格，確實有無限苦惱，記起新約馬太福音的一節經文：「你擔心你們的飲食麼」，但他回心一想，不能光靠上帝，這樣依賴上帝，不是等於試探主麼。必須篤信主，並且努力求自主自足。

　　前一個禮拜日因種種妨礙，容少山未能上教堂，感到萬分遺憾，這週無論如何都不能錯過。他這顆空虛的心，唯有主真正瞭解，聖靈才能填滿他苦悶的心，只有主是他唯一的慰藉。從禮拜堂出來，心裡充滿了喜悅和盼望。

　　訂了下一個禮拜洗禮，少山聽了不知怎解，整個人有點心事。後來聽道，心境才豁然開朗，重新充滿勇氣、信心。「願主賜我勇氣，接受靈洗，做個誠心

的基督徒。」牧師用馬太福音五章十四節至十六節作受洗前贈言：「門徒應為鹽為光」，容少山徹底明白當門徒的意義。當牧師宣佈少山在受洗名單上，他感到心都跳出來了。

少山回去後，興奮得整晚睡不著，思潮起伏。想想還有什麼遺漏的：所領準備洗穿的服裝須預備好，棉質的汗衫、白襯衣、綠卡其褲和茄克上裝，皮鞋已刷得光亮。身體也沐浴潔淨過。揭開蚊帳，探頭一看，天已露魚肚白，天上仍有幾顆星。少山起來運動一番後，起床號響起。他哼著「南海之晨」興奮地去洗臉。

受洗當天，牧師講道畢，開始施洗。「第一位是容少山」，牧師唱名。少山羞答答的走到前面……一共三十四位成年男女，五名小孩，祈禱後，第一個領洗。待聖靈的印記降在他額上後，少山感到今後責任重大。接著牧師和長老分別與少山握手道賀。就坐後，聖餐開始，長老端上蛋糕代替餅和葡萄酒到少山面前，少山等舉起酒和蛋糕祈禱。「這就是父獨生子的身體和寶血」，像徵聖徒合一和罪被赦免。一想到自己今後就是一個重生的人，感覺非常快樂。

● 家信

家信是個大問題，容少山每次要千方百計通過香港的哥哥轉給雙親，又怕被共幹發現和台灣的關係，惹來橫禍，尤其中央日報曾警告，凡由共區截獲國外來的書信，都有被判刑的危險，因此信中行文頗費思量，不讓馬腳露出，累及親人，就得移花接木，先寫幾句無關疼癢的話，並假裝收信地址在香港，避免有書信偷渡之嫌。

其後一段時間，哥哥不知什麼事，老不覆信，真令人望穿秋水。就算忙，一個月也該寫封信吧。可能中秋忙於做月餅之故，因他在酒樓做點心，又是否新婚出問題呢？

信終於來了，傍晚傳令班長老戴匆匆遞來一信，得知老家已經破敗了，且各種捐獻重，如「抗美援朝飛機大炮的捐獻」是一例，加上生活壓力，老姨母的

日子很難過。容少山讀後心情沉重。

　　手在洗衣服，人在沉思中。以前在家，不知其中艱難，稍微髒的衣服就換下來丟在一邊，自然媽和嫂子就會撿去洗，她們每天都有一大盆衣服要漿洗，可是少山一點也不覺察。今天才洗了一件駕駛褲，因為布料厚，衫刷也不管用。還好，營房自來水方便。少山把衣服上了肥皂後，刷了兩個鐘，已累得渾身酸軟。

● 中秋

　　中秋節又到，總統關心部隊，每人津貼一元過節，發四兩豬肉代金。澎湖又發動中秋勞軍，每人送月餅一個。今天政工主任送給少山一張勞軍電影票，兩點鐘到龍宮影院，看了一場古裝片「千里送京娘」。

　　營內過節熱鬧。所有駐馬公島部隊都集中在營房球場會餐。酒菜由各中隊自己在家裡弄好攜來，五點半過後，開始就席，繼大隊長致詞，當值官大喊「開動！」隨即猜拳行令之聲響遍營房一帶，笑聲洋溢。過這個節要比其他中隊豐盛得多，雞、鴨、魚、肉足有五六個菜，大伙開懷暢飲。把一切煩惱都置諸腦後，暫且自我麻醉。一邊猜拳一邊飲酒，飯也顧不上吃了。晚上還有賞月活動，少山不能參加了，因為要去教會的音樂晚會。

● 除夕

　　除夕，中隊宰了一條肥豬，大隊部也宰了一條，營房三個單位就宰了一條豬。還有雞鴨其他呢。雖然異鄉人最怕過年節，但這樣的過節也聊解鄉愁於一二。

　　外面傳來零零星星的爆竹聲，倍增惆悵，無聊中，三五異鄉客圍坐一堆，談到在家過年，舞龍舞獅之樂，眉飛色舞，你說湖南過年的風俗有趣，他說山東過年好玩，有的說廣東過年如何如何的好，全場氣氛熱烈。

　　大年初一起床，大家互祝「恭喜恭喜，祝新年快樂，身體健康」，營房裡洋

溢著一片笑聲和恭祝聲。「過年啦！等一會我們猜兩拳。」很快時間到了，擺上酒菜，請來副大隊長一眾之後，就開動了，熱熱鬧鬧的整個餐廳給猜拳之聲籠罩著。撤席後放假。晚上點名後運鈞邀出外館子吃肉絲麵，少山本已就寢，但盛情難卻，即披衣出外，在麵館邊吃邊聊。運鈞叫了麵，一瓶金門高粱，打開了話閘子。

「老李，你知道嗎？往年在家過年多熱鬧，一家人洗傢具呀，寫春聯呀，煮油鍋呀。」「大姊的年品每年依例都是前兩天就送來外家，那時心裡多高興，腦裡只有過年好。現在農村人被鬥爭，大姊恐怕不能像以前那樣送年品給爸媽了。」「我弟妹恐怕也沒有所新衣新褲穿了。樂昌城恐怕是死城一個。」老李喝了一大口酒，滿有感慨地接上去，兩人相視，眼中有淚。

元宵

元宵，勞軍團招待看京戲，少山沒興趣，黃昏營房格外清冷，除了幾個當班衛兵外，鬼影也不多一個。適逢元宵夜，倍增惆悵。少山到香蕉店購了一大把香蕉，獨個兒在那裡過元宵，邊吃邊想些什麼也不知道，「砰！」冷不防給店門口一個小孩放的鞭炮，嚇了一大跳，驅散了凝思。歸途中，斷斷續續的爆竹聲震耳欲聾。

孤獨之餘，容少山常感懷身世，為著這世界充滿恨而哭。「我躺在床上縱情地哭，起初儘量吞著淚，無聲的哭。漸漸地無法忍了，一發不可收拾，為怕別人發覺，只好大被蒙頭。哭著，不知不覺起床號響，一邊洗臉一邊滴淚，哭勢未止，索性跑到停車場背後盡情地哭個夠。」

悲觀主義

現實環境太苦惱了，情緒不斷波動，但要抽身不容易，整天地在容少山腦海裡盤旋。若轉換環境不成，在這個不友善的圈子生活下去，只有痛苦！難道就

沒有勇氣改造環境？難道就如羔羊般要接受惡劣環境支配嗎？

憶以往同在漢口同班受訓的廣東籍同學越來越少了，有的受不了軍營的苦，半途開小差跑回老家去了，有的在徐蚌戰役被死神召去，有的跑到別的單位去了，現在剩下的可説寥寥無幾了。人本是感性的動物，豈有無動於衷。故少山今日抽空修書，慰問在台灣醫院被病魔糾纏的粵籍同學盧君，想在悠長歲月中未嘗有一字慰問，似乎有點不近人情。

長期離鄉背井，令人發瘋，甚至有輕生之念頭。這兩週間，大隊裡出了許多怪事。自殺的有兩三宗，跳海、上吊，可總算萬幸，都能從鬼門關跳出來。一天，大隊部的好友劉兆銘跑來，把少山拉到一邊，悄悄地告訴他；「你知道嗎？近來營裡真邪門！流年不利，我們中隊的李芳亭排尉，白天跳漁港自盡，被人救起。大隊部有兵士晚上在郊外的樹上上吊，要不是被大隊長路過發現，及時解下來，早歸西了。」「真嚇人！」少山瞪大眼睛。昨晚半夜，救護憲兵接百姓電話，説有士兵在漁港投海，被漁民撈起，正待急救，原來是失蹤的電台士兵李龐秋。經急救後，已無大礙。這兩晚，常有失火事故。大家都説是多事之秋。「這幾位自殺仁兄，都是精神受了刺激，心中充斥著國仇家恨。總之因素複雜。還有，不要問，也不要對人説！」劉叮囑。「兆哥呀，這樣下去我怕我也會發瘋！」兩人相對無言。反攻的角號似乎是難產的胎兒，令人望穿秋水。

● 副隊問話

一天，容少山正在埋頭寫覆信給他哥的時候，政工室幹事上樓來叫，「副隊長找你。」少山把紙筆收拾好後，即穿衣下樓去。什麼事呢？自問沒有行差踏錯。莫非前次向中華日報副刊徵文的稿件退了回來，給他看到認為不合法嗎？但這篇稿件應沒有絲毫反叛呀，純是愛好文藝之作。正納悶，已到了副隊長室。「報告！」即踏進室內，「坐吧，你籍貫在哪裡，確實通訊地址在什麼地方？在什麼學校讀過書？讀過中學沒有？畢業有沒有等級？」副隊長帶著嚴肅的口吻向他詢問，後來乾脆自己把答案詳細記錄在紙上。副隊長看了看容少山寫的地址，

然後說，「好，你回去吧！」「報告副隊長，什麼事？」「你心裡明白，以後規矩點！」他說了這句話就不說了。少山滿臉狐疑，只得離開，雖然丈八金剛摸不著頭腦。大膽猜想，可能在非常時期，和香港、大陸的書信往來，以及向雜誌投稿，引起了當局注意，觸動了反諜政工的神經。

打出一條血路

聽說以前在大隊部當文書上士的胡可珍，近日考取了師範學院，容少山非常感慨。試想別人孤零零一個女孩子都能夠憑努力，創造自己的前途，反觀自己堂堂男子漢都自愧不如。他覺這種思想雖然有些封建，但比她差是事實。

少山昨天收到志珠、鐵克兩位由台醫院寄給來的信，閱後頗感快慰，即寫兩封覆信，準備明天寄出。台灣即將舉行在營知識青年普考，少山知道後又驚又喜，驚的是一點準備也沒有。

自學計劃

容少山近來很難一覺到天亮，每每到三、四點鐘就醒了，思前想後，再想入睡就難了。雖有心學英語，但苦無導師。看到別人學識和英文比自己好，激發了少山的上進心，也認識到無學識不能適應社會的需要。

要詳細計劃未來，珍惜寶貴的時間，首先要有細密的自修時間表，以利用分秒。昨天進新民書局，想購一本自修書；英文書買不起，買了日文。之後到英文補習班報名，學費每月 10 元，可以負擔，但班已開課多日，錯過了發音及拼音之課，且來回行動不便。又不想就此作廢，十分掙扎，腦袋好像要爆炸的樣子。

容少山恨自己，為什麼會畏縮不前，為什麼每件事情都只有五分鐘熱度。英文，在這個年代是需要的，若不懂英文，會給人瞧不起，這一點並非不明瞭，奈何沒有恆心。看到有些營友也學文化，改變了以往散漫的態度。少山怕面對落伍的恥辱，因此發誓要迎頭趕上，要分秒必爭。

大隊長

　　每天晚上，容少山在中山室玩罷歸來，途經大隊長窗下，總見到隊長在燈下埋首學習；有時在中山室聽流行音樂至十一點，返來經過他窗下，仍見他伏案握筆。看來整個營房都睡著了，他仍孜孜不倦地工作。少山看了敬佩不已，又覺非常慚愧。為什麼自己這樣懶惰呢？大隊長一天的事這麼多，年紀又大。

　　營中也有開心的日子。一天早上全大隊集合，升旗後，司令台上擺滿獎品，其中以膠鞋白襪最多，皮鞋亦有三雙，頒給射擊第一……。最後呼到容少山的名字，大隊長表揚，「容少山同志這次總隊部通訊實習，非常努力，使我們獲得最優成績。除報總隊外，特獎給皮鞋一雙，以資鼓勵」，台下即時響起一陣掌聲。今天在少山生命史上寫下了燦爛的一頁。

生日

　　向來軍人四海為家，不大重視過生日這回事，但自今年三軍推行慶生節後，各部隊都熱烈響應，此間防衛部每月都有一次晚會，專門招待當月慶生的官兵。早會時，大隊長必請壽星出來，叫大家鼓掌一番，並和他握握手，贈送雞蛋兩隻或壽麵，免去當天勤務，特別放假一天。

　　十月二十九日晨早，參謀主任來，「容少山，今天是你生日是不是？」「是的。」「等會紀念週您也要參加！」「是的。」到紀念週開始時，主席說，「今日一中隊容少山生日，我們大家鼓掌鼓掌！」少山站司令台上，接受數百戰友官兵的祝賀。參謀主任講了很多激勵的說話，表揚少山的服務精神，差不多講了三十分鐘。參謀主任的褒獎令少山有點臉紅。散會後，少山準備了壽麵並幾款菜餚招待參謀主任和老友。中午十一時，共有十六七位朋友，圍坐一席，歡天喜地舉杯慶祝，直至十二時，共喝了三瓶梅酒，少山微有醉意。

第三章

◑ 自尊心受損

容少山接獲通知，政治考試，黨義成績考試竟然不及格，頗覺意外。上天往往讓我們在最有把握的東西上栽跟斗，受點教訓。同日，投稿雜誌的兩短詩遭退稿；少山又寫數百字去教會週刊，這次有信心被採用。技巧尚幼嫩，自知要用恆心、毅力鍛煉。

部隊令容少山負責譯電報，頗疲乏，不怕工作多，只怕拖泥帶水。這天一直工作到晚上十時，感到有點餓，才想起要吃東西，就與朱廣濟他們吃夜宵。少山有時自尊心過強，外表看似孤傲，別人不諒解。彷彿人人恨他，他又憎惡人人。常有「恨」字寫在心中，但信徒不應有憂鬱，應常常喜樂，少山偏做不到。他不斷祈求主帶領。

少山痛恨自己不論學習或靈修皆缺乏動力，好像原地踏步，像寫字，一曝十寒。學如逆水行舟，不進則退，懺悔完了又忘記了，有什麼用呢，還不如不懺悔的好，要下決心讓生命迸發火花，擺脫暮氣沉沉。少山把聖經函授課本的習作寄出，才放下心頭大石。只有看書才能滌盪心內的污穢。

◑ 唱歌

音樂在少山的人生中佔著重要的一環，沒有音樂就沒有人生樂趣，故他愛引吭高歌，「把我愛、我恨，我的熱情由心內唱出來。」關於無線電報務，本來少山不感興趣，但在這個圈子裡混，也不能落後於人呀，因此要埋首努力追趕，誓要超越別人，連午睡也放棄了。

少山曾自剖：「人人都說我神經有問題，是的，我有神經病，那又怎麼樣？我這顆心本來已經破碎了。好在主給我修補完整，可是這麼一來，這顆心就變

了，變得和從前大不相同。以前裝老成，現在愛狂笑，有時愛獨自站立在月下，低頭思想，直至疲倦時才鑽進被窩去，在夢中尋找失去的青春，失去的愛，可是哪有多麼飄渺，醒來還不是一片迷惘，失去的已失去，逝去的已逝去了，一切不會再回來了。」

● 教會生活

與教友聚於教堂做禮拜至正午十二時，回營已錯過了午飯。幸好早前有參謀主任定下每人一個飯盒的規定，為遲到者留下飯菜。匆匆回營吃畢，下午一點又與教友拍照，齊唱聖詩，甚樂。

少山常希望為教會盡點力，託了林牧師借一輛車去苗圃運幾株樹苗回來，好種在禮拜堂前面，副隊長答應了，發現沒有油，他未打油單，臨時借來了兩加侖油，約好了趙國強兩兄弟、張福生、永良一行六人在教堂等。又發現輪胎氣不夠，於是用了後備輪。真好事多磨，樹苗雖終運回，雖副隊長不說什麼，少山心裡頗過意不去。

少山知道，一遇不稱心事情，就會顯得非常暴躁，張福生曾開解過少山：「信徒應不會有煩惱，因為一切重擔已交給主，但人仍反覆。」他承認信心不足，不夠堅強，知道靠自己所能力是無法解決問題，希望上帝給予力量，好重新得力。「發覺自己禱告時沒有聖靈全在；讀經少，三分鐘熱度。」

少山退役申覆不准，還是要轉役，給他高漲的情緒迎頭潑冷水。理解是軍中制度，但老被一層陰影蓋著。明白是主的安排，其實所得的往往已超過所求的，內心不樂是對主信心的不足！

台北換義肢

四月二十九日由圖書館回來時，朱廣濟前來大叫，「你有好消息！」「什麼好消息？」「你猜猜。」「是不是有家信？」「你再猜猜看。」少山實在猜不著了。他笑笑說，「你要到台灣去。」「真的？」「真的！剛才譯台北旅部來的電報。」少山催他把電稿給他看，果然是旅長來的電報：「少山戰士即返台裝配義肢，請將此信轉參謀主任副大隊長看。」配義肢若非公費，非一般百姓所能負擔，因此少山非常興奮，飯也吃不下了，即電隊長商量借薪並和第三組查詢旅費事項，同時整理一下輕便行裝。

下午動身，教友李君及加拿大籍牧師送至碼頭，贈少山十元程儀，雖一再推辭不果。少山在熙熙攘攘人群中踏上輪船。船徐徐開出，在艙底的窗子外望，見女青年王韻鳳、相國慶也趕到碼頭，少山揮手，他們看不見就回頭走了，船開了約十五分鐘，星羅棋佈的小島群仍未過盡，斜陽照著海水，揚起金色的波濤，蔚為奇觀。夜幕漸漸低垂，大海漆黑一片，人在搖晃中睡著了。

船跑了九個小時才抵高雄，到聯絡站，在軍公服務本大隊的女青年陶、廖二位趕來接送，共進麵食後，十一點一刻，即趕至火車站。途中，車在稻田中行駛，稻香陣陣，綠樹花草令人醉。黃昏，見農家炊煙處處，車抵台北火車站，已是晚上十點廿分了，少山就地打開行軍床露宿一宵。

第二天給嘈雜人聲吵醒，車聲隆隆，汽笛聲，車站的大喇叭唱著國歌和反共歌曲，馬路上遍佈吉甫、小包車、汽車、街車、三輪車，熙來攘往。載來一批批小學生，早晨百分之九十都是學生，不一會卡車來了，把少山載到松山工兵中隊所駐的學校中作落腳處。該學校正升旗奏樂，原來是一隊女學生鼓笛隊。

「不是自己做事，總漠不關心，這是社會一般壞習慣。」前一天實在太急了，不管三七二十一，少山自己乘車直接與義肢工場洽商。在松山過了兩三天，到醫院又拖一兩天，悶了就睡覺，不敢亂走，生怕歸程旅費不夠。

軍醫院效率奇低，紀律散漫，到旅部軍醫室找到一軍醫，同往聯勤第一醫院，等中午院長回來，但不一會又下班了。

醫院寫了張字條叫醫官下午找容少山，那醫官索性把字條交容少山，讓容下午再來。主任說不如先把伴同的李運鈞和容少山送到裝甲兵招待所，並給每人三元到外面用餐。到下午兩點，兩人步行回醫院，找徐課長，一人出來說，「徐課長忙呀，今天沒空，明天再來吧。」於是又另找陳課長，找著了，但他不能作主，傷透腦筋，失望極了。相互之間缺乏溝通。

裝義肢事無著落，聽說要兩月多，「煩透了，傷透了心，我真受不了，我的心破碎了！對那些人辦事的效率徹底失望。」少山偷偷地垂淚。決定不顧李運鈞的勸阻去旅部報告總隊長，請求幫助解決義肢之事。總隊長不在，碰到副總隊長，報告了事件，仍不得要領，少山心情沉重。

● 生病

天氣乍晴乍雨，加上心情抑鬱，少山傷風感冒了，感到渾身不痛快，真想立刻返回馬公去。

至八月中旬，少山終於生病了，整整一週，不住地發燒、感冒、喉痛。醫官須再三邀請才來，少山不得已撐著兩根手杖到醫務所去求診。醫官看了看說，「沒有什麼，準兩天就會好的，這不過是重傷風。」開了三包奎寧、阿士匹靈，吩咐每三小時吃一次。

病後貧血，要多加營養。最近軍人調薪，少山可多拿十五元，每天吃些雞蛋、豆漿。少山在吃方面比以前肯花錢，著重營養了。悶了就想去所住的學校裡彈琴，可教員向少山透風，校長不大願意別人彈他的琴。李運鈞自行外出探朋友去了。

真相終出來了，旅部軍醫李主任打電話來說，「上面批不下來，要旅部花錢就沒辦法，不用花錢就可以！」唉！真想不到犧牲了自己的腿，而裝配一隻普通的義肢都不能。「裝木的就可以。」少山聽見「木」字，就淚如泉湧，不知是失望抑是憤怒，問：「裝橡皮行嗎？」李主任冷冷地回答，「旅長說不行！」這句話未知真假，少山不相信旅長會說這種不近人情的話，且前兩次旅長到馬

公時曾當面答應過給少山裝橡皮的。求神全在！

　　少山到台北半個月來從未開懷過，每天百無聊賴，光躺在鋪蓋上怎樣也睡不著，唯一打發時間只有讀讀聖經。經常有空襲警報，人們慌忙向外疏散，少山寧願留在鋪上。這天，少山乘衛生隊的車，往旅部軍醫室找承辦軍醫，瞭解到義肢事比想像中複雜，因牽涉到五百六十元之費用，數目頗巨，這使少山太難堪了！回來後計劃如何取得上峰的幫助，一方面打電話給總隊長，並提筆寫信給旅長求助。

　　白天上禮拜堂透透氣，也可彈奏風琴。彈琴靠自己摸索，無師自通。少山晚上致函馬公諸友，訴說苦況，人好像在鍋上煎熬，飯量減少，體重驟減，精神萎靡。衛生隊之人只支吾以對。現寄望在給旅長的信了。只有交給主，呼求祂了。

　　過了兩天，旅長那邊覆已批，但只能裝木肢，仍要在台北等候兩個月，少山覺得留下來很沒意思，雖然參謀主任提議他留下。

　　一天中午，終於見著大隊長，如見故人，少山把數月來之苦況盡情傾訴，「真難為你了！」大隊長忽然從口袋掏出廿元鈔票，「拿去加加菜，買些雞蛋補一下！」「隊長我⋯⋯」「自家兄弟！」少山對此出人意表的熱情，不知說什麼好，唯有尷尬地接受了。

　　少山接通知能和訪台北的馬公球隊一同回馬公，興奮得失眠了。義肢裝不裝配不重要了，把現在的修理一下就算了。只求能留在前方部隊服務。參謀主任好心建議，木頭的好作後備，即使多呆數月也值得。和學校教員聯絡，爭取放學後練琴的可能性。少山早餐後隨車看了一場慰勞電影，然後瀏覽了一下市容。戰時的台北感覺不出異常氣氛，街車及人群熙來攘往，為什麼台北如此繁榮安靜呢？這要歸功於國軍掌握著制空權。

　　台北天氣與澎湖兩樣，上午天氣好，中午熱死人，濕悶，就是站著不動也會冒汗，到下午就陰雲密佈，天天如是，下午總要落場雨，晚上若不小心就會受涼。初來時對這雨有點討厭，但現又覺得有好處，因為下午落雨能將暑氣沖掉，不然就悶熱得喘不過氣來。

　　6 月 21 日，台北三級地震，屋內的人湧向戶外，少山給湧出來的人推倒在

街上，幸無大礙。晚上忽然又地震，整個房子都在搖撼，人們慌忙往外跑，少山不想走了，為應付一旦房子倒下時如何應付，他先把義肢放到床底下，然後睡在床底。

少山請求主任想法子讓他到總隊部譯報室幫忙，好打發時間，總隊部回覆次日可去報到。少山現在可睡在士兵大寢室的鋪蓋上了。行軍床暫且擱一邊不用吧。少山開始白天隨號音上班下班。樓上琴多，可隨意彈奏，環境令他開心。他有一個理想，就是做個鋼琴家或風琴家。

每天少山的生活流程是整理一下內務，下午五點即利用約一小時練琴，直至晚飯號響。指法和琴譜的根基已有。有時整天在琴鍵上消磨，整日由上午八點多至十一點半，又由下午兩點半至六點半，晚上又彈了一會，感到很愉快，雖然腰酸背痛，但不以為苦。

等待造義肢已一月了，容少山打電話詢承辦醫官的進度，答覆是仍未開始造，簡直是晴天霹靂！少山情緒壞極了，傷透了心！寫信給老學長龍洪濤營長，現任旅部副處長，求幫忙義肢事。越難過時就越勤寫信，分別給四方朋友。老營長來電安慰少山有關義肢事。熬到月底 30 日，終於接電話到總醫院去試腿，幾經設法才坐上總隊長的吉甫一塊到台北，試後，仍需半月始能造好。

半月後的一天早上，有車接容少山去總醫院。少山先到旅部與承辦醫官會合，把手續辦妥，包括拍照存案，就把義肢取回，試看著走路，感謝主！晚飯後，連絡部通知即晚九時上火車，樹樸、劉兄、全惠及其他友好送別。少山在貨卡上顛簸了一夜，次晨吃些乾糧，心中快樂非常。直到下午五時才到高雄，吃了碗麵當晚飯，但馬上要上船。晚上擠塞，勉強捲曲著身軀睡下。半夜裡嘔吐大作，好容易才找到水桶方便。

● 退役制度

接汪啟榆來信，說隊上已經和少山辦了退役，看少山要不要申覆。少山甚難過，走到第一課承辦參謀申辯，澄清退役不是他的意思。他說公事已出，無法

逆轉，且是國防部之措施。覺世界一片灰暗。

　　大隊的幾位年長的戰士退役，來台都被集中到總隊部的老弱殘障營房，前天晚上才來，隔天齊來總隊部報告，現在他們住在山邊茅草蓋的營房裡。晚上下了場雨，漏得連睡的地方都沒有，請求予以解決睡的問題，「兄弟你有所不知，我們當兵的都是窮苦人，但求有飯吃，有個草窩過夜已不錯了，但總不能站在水中睡覺。你看看這是人住的地方嗎？」其中姓陳的老兵向少山吐苦水。「你們有告訴長官嗎？」「長官？長官哪有空管我們的事，都是十問九不應，推來推去。我們這些人不中用啦！兄弟你好自為之吧！」少山聽了寒心。政府原來有政策安置年老退役和殘障士兵到社會各部門去，可是下面執行的幹部往往不配合，使人難堪，受盡折磨。

大隊長逝

　　回馬公不久，大隊長病了，忽然不能說話，是患心臟炎及腦溢血，故來往電報頻繁，少山忙得不可開交。那天晨早天色迷濛，突吹號緊急集合，宣佈大隊長於零時病逝，在哀樂聲中，全體低頭默哀。生命像曇花，人只是小小的過客，轉瞬即逝。曾幾何時，仍是同一台車，在他常坐的駕駛座上。今已變成了一盒骨灰，怎不令人感慨萬千。聖經說，人出於土而又歸於土。全大隊的官兵都因大隊長的死而非常哀傷。少山在淚光中又重現在台北待換義肢孤立無援時，大隊長雪中送炭，出人意表地自掏腰包為他打氣那一幕。骨灰運返其老家，親人不知要傷心到什麼樣子了。

大隊移防

　　「好消息啊！我們要移防了！」士兵相互擁抱，聽到大隊即將移防的消息，都哄動起來，十分興奮，因為一中隊自民國 38 年抵澎湖後，四年來，駐地一直未移動過，委實太長了，大家心裡都想移回內島駐一段時期。連日來士兵都忙

於收拾行裝。

　　二月中旬那天，大隊熙熙攘攘搬運東西上船，貨物一車車的運上登陸艇，卡車在風雨交加，新鋪成的柏油路上爬行。裝甲兵出發多麻煩。什麼東西都多到不得了：油料、彈藥、行李雜物，都比其他部隊多，假如不是有的是車輛，有的是油料，這麼多東西哭鬧著也上不了船。大家期待到台灣換個環境，不再受風沙之苦。有兒女私情的，則對澎湖難捨難分。

　　聽說大隊將駐防的地方是東部礁溪。這地名頗富詩意，帶來無限幻想，聽說到處是溫泉。東西已搬得差不多了。只待一聲命令，就人車登船。少山讓其他人帶走行李三件。下午不參加登陸演習的人都上了一艘登陸艇，接著四三大隊忙著搬進來接防。少山隨著前進指揮組到一、三、九隊的營房。晚上申報特別多。

　　晚上八時，開動的命令下達了。少山把揹包帶上，跳上了指定編號的吉甫車與參謀主任同乘一車，來回指揮行動，同伴看到都覺訝異。沿途戰車浩浩蕩蕩，隆隆的馬達聲伴著路旁小孩的嬉笑聲，使少山快樂極了。只一小時三十分鐘，三十多輛戰車已全部駛上登陸艇。上船要大睡特睡，因翌日才起航。

● 船上失火

　　開航命令還未下來，大家都沒事幹，睡在艙底分不出日與夜，只看見微弱的燈光。大家都躺在鋪上，看書的看書，睡覺的睡覺，或吹吹牛皮。處於演習中，一切都是戰時狀態，並有戰時演習如防火、防空、防潛……各種鳴警訊號測試：敲鐘是船頭失火；兩下是船中失火，三下是船尾出事。各人聽見要急往救援；又有緊急集合鐘，一天內已敲過好幾次了。行動要迅速。副總隊長和美國顧問已隨船行動。內務要整理好，服裝要整齊。

　　船開了，各種標旗升起，錨收起，跑到船頭一看，船在蠕動，馬公別了！澎湖別了，一個個小島由遠而近，然後消失在遠處，只餘下海面的波痕。不久進入大海，天連水水連天，太陽無力的發著餘暉，點點光影浮動。

　　前頭一艘護航艦帶領，後面跟著登陸艇。少山忽然想吐。登陸艇的船身平

坦，因此晃動得厲害。少山睡在艙靠近機房，震耳欲聾，但畢竟睡意來時，還是能呼呼入夢。醒時發覺很多人在暈船浪，一時嘔吐大作。起來上廁所又感到頭暈，要返回床上。早晨船駛近中部海灘，只等潮漲，就即進行登陸演習。

● 誤入共區

昨晚原定搶灘登陸，但據說判斷錯誤，無法實行。指揮官下令改駛基隆。這晚感覺好多了，行走很平穩，大家都沒有吐。天亮後，在甲板上進早餐，靠欄桿聊天。約十一時抵基隆，見綠水青山，大家興奮極了，因在馬公多年見不到山。上岸只一小時就完成。在碼頭候火車花了半天。不知誰傳來消息，昨晚真驚險，我們誤入共區，發覺附近的船艦都飄著五星旗，共軍發覺追趕，我們也發現航線有錯，急忙掉頭，跑了四個鐘頭才脫險，指揮官已嚇得屎滾尿流。「多謝老天爺，撿回性命！」

第四章

● 礁溪治療

民國四十二年二月二十四日大隊從澎湖航行到達基隆，晚乘火車向宜蘭礁溪出發。

大家擠在黑洞洞的車廂內活受罪，自晚上九點多一直熬到次日。到了此青山綠水，鳥語花香，溫泉處處，疑是天堂的新駐地，心情豁然開朗，泡入溫泉，真舒服死了。晚飯後容少山與吳逸到當地禮拜堂崇拜，一同唱詩。來了位女傳講道，少山頗有感覺。「礁溪」是一條沒有沙石的河床。礁溪多雨，一下就好幾天，下雨感覺是討厭的。天上濃雲密佈，滿地泥漿。其他時候，少山覺消極洩氣，對生活像失去了動力，而精神也疲憊不堪。「以往的活力都到哪裡去了？為什麼會一蹶不振？如我不改變自己的心，除非把自己提早結束，否則只有永遠痛苦！」少山又怕行經鬧市，每次從街上回來，情緒總惡劣得很，而身體缺陷的痛苦就如一枝利針在刺他。學英語舉步維艱，使他更加難過。

● 內心交戰

少山消極、頹唐、洩氣了幾天，思索為什麼要把生命的意義，用世俗觀去衡量呢？為什麼他不把心眼朝大自然去看呢？為什麼不好好去欣賞？這是主的偉大。為什麼非要把自己關在狹隘的小天地，無謂的痛苦中？「我不能讓生命就這樣無色無聞地凋謝。我要生命迸射出火花。但是不能光空想，什麼事情都要有個計劃，有個方針。」少山計劃走音樂的路。他知道這條路崎嶇，非有恆心和毅力不可。

「煩惱是自找的，要自我毀滅的也是自己，要追尋找快樂幸福的亦是自己。我為什麼這樣傻，偏要自我虐待。心靈上綠色與灰色的力量老在角力。我和魔鬼交戰，我要奮鬥，不讓大陸的雙親失望，更不能辜負上帝在我身上的意旨！」容少山把停頓了一段時間的操琴又重拾。

● 補償作用──學音樂遭白眼

　　容少山要買個小提琴。明麗來信告知，小提琴已被人買去，少山覺甚惋惜。翁明來信：台南友人有一小提琴出讓，經張先生鑑定為鈴目四號，四號是最好的，要價三百大元。少山大喜，答應購買。少山體力不支，虛弱，到衛生隊看了病，醫官說他營養不良，要多吃水果維他命，少山為著把錢存起來買琴，一塊錢都不敢花。終於狠心賣了大衣，得九十五元，添上二百元去買小提琴。琴現在有了，但煩惱也多，一是提琴的保養，可是如果不自私的話，隨便讓人借用，琴很快就會弄壞，但如自私一點不借出，心又不安，矛盾得很。上午練了一小時琴，下午兩小時，少山要在苦練中熟悉基本技法，以備日後遇到內行者得以指點。

　　廿四日早晨洗臉時，吳逸試拉少山之小提琴，不知何故弄斷了一根弦，很不好意思，少山安慰他，並大街小巷去尋供應店都找不著。

　　自搬至樵溪的小房子後，營友每晚都到此打撲克牌，以香煙下注賭搏。煙霧彌漫，容少山心裡異常憤怒，斥責他們也沒有多大用處。若阻止他們打牌，又會傷感情。回心一想，實在沒有必要犯眾憎，讓他們玩玩吧，反正生活實在枯燥。

　　一天上午約十點，少山準備練琴，正在調整琴弦時，對面上鋪一個惡漢很凶狠的叫著，「同志，請到外面拉！」意思是吵著他不能睡覺。少山見其態度如此惡劣，甚為氣憤，但仍儘量控制情緒，只答他一個「好」字，其他什麼也沒說，並把琴收起，提到外面找地方去了。這個大太陽天，風沙滿佈營區，哪能尋到適合練琴之地？

　　另一次，有位戰友名周吉，在容少山練琴的時候不客氣地說他：「我覺得你拉琴沒有什麼用處，勸你還是學別的好，最好能學些實際一點的，將來才有用！」他說的話，少山知道出於善意，但是聽來猶如一盤冷水迎頭潑下。他不能對別人的善意不加理睬，雖內心不能接受他的觀點，但也應回應一下，免得別人說他態度傲慢，瞧不起人。儘管別人有洩氣的話，但動搖不了他堅如磐石的心志。

　　容少山常思，欲提琴練成，非持恆心、毅力、熱情不可。這幾項他都俱備，

因此有信心把琴操好。雖然常人說，沒有人傳授、指導，單靠自我摸索很困難的，但他絕不同意。他常從上午七點半直練到十一點半，下午午睡起來，兩點半至五點半。吃飯、午睡、看看報、讀書、寫日記、寫信等都在一天的日程中。身體的鍛煉也不忽視。

容少山把生活的程序排得密密麻麻。連大小便、進食、喝水都有一定時間。早晨和往日一樣的課目，早飯後練琴至十一點，讀報畢剛好近中飯，飯後午睡至三點，起床洗臉喝水，把日記寫寫之後，洗個冷水浴，洗衣服，若時間許可則拉一會琴。否則晚飯後再拉琴，一直至九點半吹號點名。

鍛煉身體方面，卓有成效，容少山走到大鏡面前，前後左右照著，看一會，並撫摸腋下的兩塊三角肌和突出的左右胸肌，這是恆心換來的成績。「當我練琴有困難和低潮時，我自己把衣服脫下看看壯健的胸膛，摸摸胸肌邊突出的肌肉，心內湧出安慰，重又握琴弓，拉、拉、拉，信心大增。」現在少山十分鐘運動，十分鐘祈禱，十分鐘橫隔膜呼吸，十分鐘練發聲，如無特別事故，每天一定如此。

元月廿八晚十二點正酣睡，被韋學勤推醒，告知有一急件，通知少山次晨乘五時班車往台北總醫院量義肢，少山聽後一夜未眠，三時半就爬起來，見風雨交加，於是改乘十點四十分的車，已因遲到白跑了一趟，蘇醫官轉述副大隊長的話，說須由少山負責。少山氣壞了，覺得長官毫無同情心，死抱公文辦事。

🔵 學習外語的曲折

容少山是一株不甘心被壓扁的草，它要冒出頭來，目標清晰，雖然內心有無數掙扎、反覆、哀痛，儘管對他的不順服，在前路迎接他的是無數殘酷的打擊。

譬如拿學英語這件事來說，少山覺得不懂英語很吃虧，因此用廿五元購了三個月英語函授講義。花了很多時間在英文函授課本上，從 ABC 學起，把萬國音標熟讀，讀出來時不在乎別人詫異的目光。他們說，「沒有人教，自己怎麼樣也學不成的！」讀英文時，他們都在恥笑少山和模仿他，使人十分難為情，但管不了那麼多，音準不準以後再說，他等不及有人教才學，否則一輩子都不用學了。

容易受傷

可是外界的刺激有時令容少山的情緒惡劣到極點。他的個性與這個社會格格不入，一切都使他煩厭，一切都看不順眼。其實他需要的不是同情，而是鼓勵，陌生的朋友見到他盡說同情的話，可是他卻尷尬，雖心裡不喜歡，但表面又不得不應酬一下。況且別人是好意的，只是不知他心裡怎樣想。少山的個性看似孤獨，其實他並不喜歡孤獨，但是在這種境況中，他寧願把自己關在個人的小天地中，不想與那些麻木不仁的人相處。

有時他真恨透了這世界，除了恨之外，他再找不到第二個能形容他內心憤怒的字，處處是陷阱，處處是荊棘。容少山想不到有人故意和他過不去，更想不到這天有人會當面罵他，他假裝聽不到，但對方越來越過份，口口聲聲「那團體的敗類」，少山抑制不住怒火了，就回敬他「我們寢室裡有個好類。」少山壓抑不住激動，全身都在顫抖。以他的性格，已表現出最能大忍耐了。真是做人難。晚上少山在禮拜堂向上帝懺悔了，「如我不是基督徒的話，早和他拼了。」

颱風

七月三日，有颱風警報，收音機整天播著，說烈風晚上九點將在花蓮登陸。下午風漸大，豪雨襲來。晚上風聲怒號。寢室內起了一陣混亂，大家急忙搬床鋪。可幸容少山的床位於背風處，雨打不著，賴以偷安。整晚狂風大作，幾株大樹被刮得東歪西倒，房頂呼呼作響，好像隨時要塌下來的樣子。

颱風過後，營房內凌亂不堪，濕衣服東一件西一件掛著，操場上，瓦碎和敗葉滿地狼籍；據報導，河堤已成澤國，四千多人飽受災害。待太陽出來，少山把數月來積下的髒衣服都一一洗淨，今天應是洗衣服最多的一次。人們問少山為何不拿給別人洗。他是捨不得，光洗被單就要三元，這些錢，不是可以用來補營養嗎？少山把棉被、毛毯，蚊帳統統拿出來曬太陽，下午把衣服睡具都弄好了，心感快慰。保存了數年的舊軍衣也捨不得丟棄，因少山出身貧窮，別人

說他什麼破東西都當寶貝藏起來,他聽了苦笑。

行軍床壞了要修理,上午把它拆下來,把臭蟲弄乾淨後,再拿去修理,床的隙縫不知怎地躲著那麼多的臭蟲,令人觸目驚心,每晚吸血。少山誓要把臭蟲搯死,免牠們再作惡。

歲暮

十二月廿四,寒氣襲人,細雨紛飛,時屬歲暮,益增鄉愁。黃昏,黃家小妹來喚,其母邀赴晚餐,容少山始知是度小年,席間黃家不停地勸酒,令少山重拾家庭溫暖,看著對面的小妹,令少山想起年前一別的二妹。席上的臘肉臘腸已久違了,饒有家鄉風味。

容少山把配給的四色軍用「33」香煙,轉贈給一位相熟的商店老伯,他很高興,囑咐年初一定要到他家裡飲兩杯。

休假,少山從軍營信步到村民黃家去,不過十分鐘的功夫。路上遇到阿忠、阿滴兩兄弟,大家天南地北扯起來,少山問阿滴,「你為什麼叫張福生做哥哥,不叫我做哥哥呢?」他答,「張福生比你大,他的腳沒有壞,你的腳壞啦!」並模仿著跛的樣子。少山立時如被針刺著一樣。面對兩小孩,自卑感令他低下頭來。「完了,完了,這不是明明告訴我,一切都爭不過人嗎?他們叫聲哥哥也有選擇身體的好壞。我啊,完了,今後還有誰家小姐,肯來愛我這殘缺的人?天啊,為什麼你這樣折磨我!」

榮譽之家

戰友李鐵克離開了隊上,除役到榮譽之家去了。相處已有一段不短的日子了,情感上兩人仿如弟兄一般。他的離開當然捨不得。李鐵克未老先衰,背已彎曲,視力減退,內心痛苦,少山盼主幫助他恢復視力。

最近接李鐵克來信,得悉他生活安定,但每月只拿八元零用錢,連買日用品

都成問題，相當清苦。他還說勉強夠用，以安慰大家。少山欣賞他的堅強、謙卑、虛心和正直，讀信後無限感慨，想李半生戎馬，鞠躬盡瘁，最後落得如此下場，要在榮家度其殘生。少山寄他郵票和上面發下來的鞋襪。

少山開始思索前途問題，離開部隊或留下，是否應犧牲安定，他認為男人應有丈夫志，不要安於死水般的生活。

部隊又要轉移了，一卡卡車的東西開往宜蘭火車站，公路上塵土飛揚，一片黃霧。少山匆匆地往黃家辭行。最後，少山背著心愛的提琴上卡車，車在黃霧中飛馳。向礁溪投下最後一瞥。抵宜蘭車站後，即卸下裝備待發車。車皮要明天早上才到，因此全隊晚宿於宜蘭車站和街上走廊，得席地而睡。少山就入住軍友社，在樓上打地鋪。軍人隨遇而安，四海為家，也顧不得什麼骯髒了。

翌日上午十點火車開了，大家稍為放鬆，一些人在打撲克打發時間。火車必須穿越礁溪南下，少山站在車門向礁溪老鄉揮動手杖，看見老公公家的人歡呼揮手作別。再回頭轉過黃家那邊，車速太快未看到。後來聽張福生說，他看到黃家的人了。

戰士們為打發時間就聊起天來，容少山說：「至今我仍是個愛國家，愛領袖，愛軍中生活的人，但是那些地位不高不低的幹部的所作所為，卻沖淡了我以前堅持非留在軍營不可的決心」。「山哥你說得太高深了，我們都不明白呢！」陸如風問，少山沒有理會，繼續發表偉論：「他們只知抱著情人，為自己前程著想，如何才過得痛快，從不真心地為士兵著想過。」提起女人，大夥興趣就濃些，「天天說反攻，再不反攻，就要討個台灣老婆啦！」陳念慈加入話題。「再過三年，我都三十歲了，」黃麻子說，「三年再不反攻，就要自殺了。」他們當兵的心態和情緒，不知上頭知道否。

移師湖口

三月三十日史太林死了，真大快人心了。聽說大隊移師「湖口」，不在礁溪，以便改編，集中訓練，令大夥異常惆悵。又一年了，有點依依不捨之感，因在

本地已留下不少足跡。

　　運兵車下午六點到山崎小站，到晚上三四點，一場驟雨令人活受罪。早上快到八點，副大隊長大喊「起來啦！」大家揉著惺忪疲倦的眼睛，官兵不分，一起搬運物資。湖口營房頗大，有四十多棟，睡的是兩層通鋪，據說我們這營住進了一個裝甲師。營房大體不錯，就是水太缺乏了，打盆水都要跑下山腳。容少山所在部被改編為工兵營，一般帶兵官多被換掉。在此營房，每兩人分睡一大鋪，容少出和韋學勤睡一個被窩。

　　下午跑到山腳洗了個澡，那裡的水少而不潔，滿山滿谷都是來洗澡的人。軍隊裡就是這點與社會不同，不要説這些二十歲的小伙子，就是五六十歲的老兵，有時也會忘形地蹦蹦跳跳起來，簡直就像小孩。

　　晚上副大隊長召集各中隊長開會，討論移交的事情，大家情緒都低落，瞬間窗外傾盆大雨，繼而燈光全滅，狂風大作。

⬤ 性苦悶

　　近來容少山睡在鋪上感到很罪疚，雖然未犯罪，但內心被引誘起了淫念，亦是等於犯了罪。肉體的煩惱不住地侵蝕少山的心。人是軟弱的，很容易被環境引誘。移防至此，天天都聽到他們談論女人及講人肉價錢多少，少山在寢室內起初聽到甚鄙視他們，但聽多了就有些心動，可是心靈深處有聲音在指責他，「你又在犯淫念了！」這是污穢的，骯髒的，犯罪的念頭。就在這生理迫切需要下產生之感受，和由上而來的理智夾擊下，理智戰勝了。「雖然慾火曾熾烈地把我肉體的每一個細胞燃燒，但卒之給靈水撲滅了。」欲防淫念，非得設法築一道防波堤不可。

　　説實話，小伙子沒有一個不喜歡女人的，尤其是大兵。不論當官的，當兵的同樣一有空就談女人。少山本來自制甚嚴，可是睡在大寢室裡，耳朵聽見的盡是女人經，因此也不自覺地加入了他們的談論。這樣彷彿很痛快，心內的動物本能得以發洩，得到精神滿足。事後心內很平靜。發現這負面的東西中還有點

積極性。

終於，一天早晨，乘車至宜蘭做禮拜，途中給魔鬼引誘了，少山的眼目接觸到路邊檳榔店的婦人，豐滿的體態，挺拔的雙峰，像要從薄薄的上衣彈出來，看了難受極了，不期然動了犯罪念頭，過後少山大大的責備自己，並求神赦罪。

週末，看了一部美女如雲的西片，其中有極盡挑逗性的鏡頭，睡覺時身體仍然興奮發燙，心房卜卜地跳。晚上臨睡前，春潮泛濫，卒用理性勒著如野馬般的感情而未洩慾，但腦袋老是盤桓在女人的事上。後來漸漸入睡了，而且發了個美夢，夢見自己訂婚了，與一個美麗的姑娘步入教堂。真快樂透了，醒來竟是南柯一夢，但彷彿餘香猶在，就是褲子黏黏的。

● 軍樂園

異性的吸引，對青年人充滿魔力。性在枯燥的軍營中是一種迫切需要。最近礁溪又新設了一所「軍樂園」。當兵的又多了一個消磨青春的去處。在寢室裡關於女人的話題特別多，許多時候，連少山這圈外人也聽得心動了，但終給理智抑制住。少山發誓，要在遇到他愛人前保住童貞一樣，骯髒的地方不得去。情慾在目前的確是誘惑的，「我非聖人，內心的衝動實無可奈何，只有讓情慾昇華於藝術中，算是自甘虐待也好。」

前天聽了營友胡家祺追悔他受誘惑的事，甚為擔憂，他說：「我現在彷彿有病？不知是不是得了梅毒？」前一個星期他去了一趟軍樂園，他很懊悔。他周圍的同事一天到晚都在談女人，有聲有色，把他的心搞亂了。他害怕生病，但又熬不住性衝動，於是不顧一切去了，他之後匆匆忙忙地回來了。他苦著臉說，「我根本啥味兒都嘗不出！」「何苦嘛！」少山說。

記得在年初一，少山感到特別空虛時，過到宜蘭去看電影，進到空虛世界去逃避現實。在路上見行人都滿臉春風，相形之下，創傷之心更創傷，電影看來無法給他安慰，轉而往教堂去尋求精神解脫，但和別人的眼睛接觸時，他失望地退出來，在街上想把心一橫走進妓院去，當經過時，眼睛不期然轉過去——

罪惡，罪惡！在心坎裡出現上帝的說話。又走進另一間禮拜堂，雖然不是禮拜日，但奇蹟地有燈火，容少山在主懷把自己拉回來。

人在世上，什麼事情都會發生，一日少山與同伴李大海在竹北鐵橋底下洗澡。歸途中藉向農家取水喝，被他騙到樹叢下一所茅屋內，好在發現得快，原來是一處私娼。後來少山要李大海揹他下山，當是給他的懲罰！

一次營中上演話劇，台上的美女坦胸露臂，高聳的乳峰若隱若現，「把我平靜的心掀動。平時不敢把眼睛停在異性身上，可是今晚千百對眼睛都在看。青春之火燃燒得每個細胞都在發漲。我身後側站著兩個少女，在擠壓著，下意識想用身體或手肘去碰碰她們。不成！我不能如此卑污，如此的不要人格。聖靈幫我壓住陣腳了。別人向她們擠碰我不管，自己要看緊自己才對。」

兵工營胡家祺晚間來訪，告訴少山，他昨天又去柳巷尋歡了一次，事後總悔恨，但事前卻又沒法用理智控制得住自己，嘗試過第一次交歡後，便忘記不了。少山一連四天晚上都發生夢遺，每天都要洗一次褲子，傷透腦筋。「我不知是是青春期的現象呢還是病態呢？弄得我白天一身疲累，假如今晚再發生的話，就要看醫生了。」

第五章

　　寢室十足個賭場，這裡一檔天九，那裡一檔撲克，旁觀者論牌助戰，摻雜著爭吵的聲音，亂哄哄的。參謀主任貴名楊走來，用教訓的口吻命令說：「你們那兩桌人注意啦！除禮拜日外其他不准賭牌。年青人不知道時間寶貴，我現在三十多歲了還想求學，你們年青人就不利用點時間看書，我現在這年紀才追悔。」這一說，他們馬上收攤了，看來他們聽命令多於受主任的話感動，他們早已麻木不仁了。

● 屠狗驚魂

　　營內意想不到的事天天有。一天下班回來推門一看，容少山被眼前的景象嚇呆了，黑黑的房內吊著一頭血淋淋的狗，幾乎氣暈了，非找對面床那傢伙算賬不可，找了許久找他不著，就不客氣地拿起剪刀把吊著狗的繩子一把剪斷，一頭把牠扔到外面去。一肚子氣無處發洩，真豈有此理！「這是睡覺的地方，不是屠場！」看少山火在上頭，那些所謂官長都不敢張聲。豈料這個目不識丁，頭腦簡單的笨蛋黃少南，趁少山去井邊打水洗那血污的時候，他又把狗拖回來，想在此剝狗皮，少山的火壓不住了，高聲喝止「不准在這裡攪！不准在這裡攪！」「為什麼？」他不服氣，「不准就是不准！」少山開始失控了。他們的同夥見狀知道理虧，立即出來打圓場，叫黃少南把狗拿走。少山要他們清理地面之污血，一場腥風血雨終於落幕了。

　　兵哥生活頹唐，平時不是往軍樂園跑就是喝酒。三中隊的「酒瘋」又喝醉了。攙扶「酒瘋」回營的戴松坡說，「酒瘋」在外面一連喝了四瓶酒，醉臥在路邊。走路也走不動，連連向車上的隊長哀求，「不要關我禁閉呵！」隊長見他怪可憐，頻說，「不關，不關！快去睡吧！」他始給衛兵扶去睡了。他時以酒來麻醉自己，定有其隱衷。

近日營中新聞特別多，孫懷同學自殺未遂。他因關節炎，身體一直被折磨，而醫院多方責難，致有輕生之念，他不知從哪裡弄來一顆手榴彈，被院方發現，召憲兵把他送台北，他乘人不備，自行割喉管自殺，所幸未觸及致命處。

「捉小偷！」一晚深夜少山給寢室一連串怪叫驚醒，嚇得渾身發抖，趕忙爬起來看個究竟，寢室一片混亂，少山急忙把琴抱緊。軍營近來鬧鬼。人說「財不可露眼」是對的，昨晚寢室對鋪的王金發的財物被盜了。說昨晚所縫的藏金戒指小布袋，裝在褲袋至今晨不翼而飛，而金戒指據說有三錢多。

容少山聯想起自己，真有點擔心。撫卹金領來三百零六元，加上元月剩餘的卹金一百七十元，政府新預算下又多發一年卹金六百十二元，除了借給朋友一百元，準備買金三錢以作不時之需。少山有強烈的積穀防飢之意識。或許一直在窮困中長大，故凡吃穿少山都不大捨得，上次全大隊買衛生衣，獨他不要。最近恰巧別人還他三十元，而眼睛又缺乏維他命Ａ，只好忍痛買了一瓶魚肝油。

少山的稿費寄來了，大家都投以羨慕眼光。陶某見他獲此意外之財，欲迫少山借他十元。少山沒答應，但也不願得失他，此人非善類。一般不管誰向少山告貸，都來者不拒，斷不會身上有錢推說沒有。惟獨不可把買菜錢用作尋花問柳，作犯罪的事。

這天，新大隊長情緒不穩定，忽地在室內吼叫：「真倒楣，真倒楣！輪胎只有二十磅氣，電瓶水也沒有加，機油、黃油都沒有。這些駕駛員害死人！」大隊長滿臉通紅，脖子青筋盡露。不一會就傳開了，這位新接任的大隊長想是受了氣回來，運氣不佳的人碰著他，不是被關閉，就是賞頓官棍，因此大家都陷入極度恐懼的氣氛中，人人自危。

● 被歧視

每當高級官長到營房巡視，大家就忙成一團，內務環境衛生統統要加強，這表面的工作，已被視作家常便飯了。上面一聽說頂頭上司來，就緊張得團團轉。一會說總隊長八點來，一會又說下午兩點到，副大隊長看見容少山，覺有礙觀瞻，不客氣地說：「你找個僻靜地方迴避一下，不要站在這裡，免得我難做。」少山覺是極大的侮辱，但也唯唯諾諾。只有合作社後面是可以藏身的「死角」。可是不到一會，副隊又來，要他躲到病房去，他又從命。心想，要把他趕到什麼地方去，內心萬分不舒服，為防止情緒升溫，把曾國藩「修身」一書打開閱讀，始心平氣和。

容少山一想起這些所謂長官就覺可恨。他從早到下午五點都忙報務，譯電工作。但冷眼見官長多未能身先士卒，官僚習氣重，遇事逃避卸責，如衛生隊隊長對病患工兵所要解決的問題莫不關心，但動用公費卻比任何人都熱心，又如大隊指導員嘴巴很會說，但至今未有康樂計劃，連最簡單的中山室綜合休憩處也未設立。

最近士氣普遍低落，很多第一師的人開小差，施萍、姚瑞庭都在裡面。晚上台北有關單位打電話來裝甲兵營說，他們那裡有百多人自動向陸軍總部投案，都是裝甲兵。他們對補充營的處理不滿，因為他們很多身有疾病的，而調回第一師事先未徵求其本人同意。「不管陸總怎麼處理都好，把我們關起來也好，就是不要回來當裝甲兵了。」這麼說，裝甲兵帶兵的幹部真是徹底失敗了。

● 道德淪亡

整個早晨，容少山情緒激動極了，充滿仇恨。真是道德淪亡，公家發的冬季新服裝每人都有一套。「誰這麼缺德，偷了我的褲子？」若不是禮拜日要換衣外出還不發覺，最後在行為不檢的人高天賜身上，把褲子找回來了。他還砌詞掩飾。但把褲子還給了少山，少山也不讓他下不了台，假裝是他錯拿了去穿罷了。

說人家壞，少山自我檢討，所作為所為也好不了多少。少山有過「吃空缺」的「壞紀錄」，就是常吃掉出外未返，缺席同伴之菜餚。這天合該有事，適逢加菜，鄰鋪莫二牛出外未返，少山吃去了那人一部分菜。晚上他回來，知道後大怒，把所留菜之碗當眾摔個粉碎，「是哪個王八幹的好事？」大罵不休，而少山當時在辦公室，旁人奔告，少山悔不當初，想向其賠罪也太晚了，雖未被當面罵，但已感羞辱透了，不禁流下了懺悔之淚。

● 創傷年祭

每年 7 月 8 日這天，少山都覺心情沉痛無比，為失去身體一部分而哀痛，因為這部分影響了全體。「我恨！我恨我的身體，因為它總是破壞我的計劃。」知道只有奮鬥，才能奪回失去的，他要比常人付出十倍努力。少山默默禱告。

中午去禮拜堂彈琴，走路時義肢發出咯咯咯的怪聲，令途人觸目，弄得少山很不好意思，於是儘量抄僻靜的小路避開熟人，但偏偏又遇上。當他們用奇異的目光看少山時，他恨不得找個洞鑽進去。

在等待改編期中，裝甲車操練停了。尤其在下雨天，大家在寢室睡覺、吹牛皮或打撲克，主管也不管。腦袋唯一想到的就是——開飯。

● 改編的慘痛

下午拔營換了個新單位。次日上午國防部來檢查病況，據說少山被調榮譽軍人臨時（療養）院。少山聽後很不滿意，因為他目的是到榮譽之家。

補充營就是休養的地方，每天少有不聞爭吵的事件。有的持老賣老，吵起來不讓年青人。到補充營未到兩個月，已好幾次被反覆的編隊編班折騰，因每次要把床鋪搬來搬去，傷透腦筋，讓少山大大的發了一次脾氣。

少山渴望早日往榮譽之家去，俾能生活安定後，能實現他的理想：能往台北師範學院讀音樂系，旁聽也好或往台中東海大學作半工讀也好，能將來任音樂

教員，實現在音樂教育上的抱負。

明天國防部來點名，少山看不慣這些門面工作。此處名為補充營，實是個病老弱殘障的單位，還需要那些門面工夫嗎？

大隊被改編，同處五六年時間，一旦被拆散，真慘不忍睹。九時正，第一批撥交四十一大隊的幾十人上車了，大隊長依例和每一官兵握手，神情難過。想不到雄糾糾的阿兵哥都有兒女離情。到第二批時，有哭哭啼啼的不肯來集合，直至大隊長親自拖勸才來，大家都淌淚了。一百多人被撥去四五個大隊，其餘的就編入工兵營各連了。

新環境一下子不習慣，大家擠在一起的都是老弱殘障士兵，有六七十歲的老兵，也有病患者。八幢房子睡了兩百人。

● 監控的年代

下午少山接哥哥信，始知前日已經寄來一封信，於是往第一營及三連去找，那還能找得到嗎？因此對指導員一類人心裡更增一層負面看法。他們不分青紅皂白，以為所有香港來的信都有問題。檢查信件不能反對，但拘押信件，裝作沒有收到，令人實在氣憤。少山本欲與他們理論的，憑良心，拼頭顱，也要與他們幹的，不怕他們是否官長或是指導員，可是他們狡滑地推說沒有看到，令少山無可奈何。哥昨日來函中，告知堅弟現正在遼寧省營口，明顯被迫當了共軍，不然哪會去得那麼遠。這條重要訊息幾乎被漏掉了，誠可恨也！

據排長通知，調養院總隊的名單上有少山，令少山不勝驚訝，於是立即擬就報告反對，豈料被連長打下來，少山氣憤質詢，為何連長不上報營長，他已是無病無疾之傷殘者，為何仍要入療養隊。營指導推說是國防部的安排，氣得少山七竅生煙。知道抗爭也無用，只好逆來順受，見一步算一步再說。

這個連長，容少山早就對他有不滿，他自到任以來，就和士兵動肝火不知幾回了。而他的一切措施，實在也太不合情理，六十幾歲的幾位老戰士，走路都龍龍鍾鍾，他還要人早晚點名。今天走來要少山搬到距寢室幾百公尺的小房子

去，「試想眠食分開這麼遠的所在，叫我怎麼辦呢？」若堅持不去，他說不去就要參加點名，因此激起少山如火山爆發般的情緒，罵他不配當國家幹部，全連的弟兄沒有一個不恨他的。

一說搬家少山就頭痛，自己行李又多，來此補充營後，搬家不知多少次。好在同伴們肯幫忙，自動的一一把少山的行李搬過來，友情可貴。搬過來後，連長要一一檢查各人行李，這麼大風沙擺在外面心裡實在不舒服，其實這種檢查只是象徵式而矣。少山把東西都擺在操場，任他檢查，但是他又沒有來看少山的。反正真金不怕洪爐火，要怎樣就怎樣吧！

幹事叫少山進去說，「我們談談。」少山的性子是心口一致，什麼話都不包藏，結束後他在文書上士的手裡拿來一張紙要少山簽字，少山不由一愕，無可奈何的把內容校對一遍，簽上名，蓋了指模。原來他誘少山把話套出來。

回到床上，少山身上每根毛孔都在冒火，因為覺得中了圈套。假如他事先通知要錄口供，「那我就心服口服，而且不會那樣語無倫次。好在我的話是頂天立地的，不然就上當了。」那天的事是吳明遠關禁後在他書本上搜到吳密告連長的紙條，有牽涉到容少山的言語。

朱連長把少山調往合作社隔壁的房間，原來居心不良。他冷冷地說：「合作社隔壁的房間是給有傳染病隔離的人住的，其他房間都住滿了，沒辦法。」原來他這麼毒辣，要公報私仇。隊友都說他平時走路光看地，為人陰濕記仇，不好開罪，吃過他苦頭的人不少。

今天算是容少山第一次接受突擊檢查了。又是值得榮幸的，因為他畢竟能值得營指導員的特別注意和親自檢查。他把容少山行囊內每一件東西，每封信件，每本日記和廢紙都不放過，直至全連都檢查完畢了，尚未結束對少山的檢查。大家都非常不滿，有人被收去了書籍雜誌，有人被收去了小工具。反而指導員沒有收去少山一針一線。

時局緊張，吳逸說：「警察已有公事到隊上，」說容少山等在禮拜堂活動已引起注意。吳說不用害怕，少山不信他們敢干預宗教信仰。等安頓下來後，少山又回復教會生活，參加當地教會崇拜。引領由汪啟榆負責，證道張福生，司

琴容少山，三人十分合拍。幾個人就憑著熱血做起國語崇拜，傳道的工作。少山等經常去附近村莊佈道，都由黃長老推自行車接送。

◑ 呂學勤自殺

　　連日來人心不穩，呂學勤昨天整天都未見到，他是容少山之好友。他們找遍營房見不著蹤影，而他外衣和帽子尚未穿戴。最近他心情極其惡劣，消極到頂點，少山真怕他會尋短見。因此約了戴松坡去看看他。在原野槍聲卜卜的射擊場走了幾十分鐘，終於到了，看見一堆人圍著吱吱喳喳地說，見少山等來，都讓出路來。呂躺在土堆上胡言亂語，見到少山都不認識了。後來旁人說他神經錯亂了，昨天他身穿衛生衣，一條長襯褲，拿著根小棍子就跑到台北去，沿途坐車不買票不打緊，吃飯也不給錢，到彈子房打了一會彈子，又到乒乓房拍了一會球，也是沒給錢，到了大旅店去睡了會，別人見他這副樣子和裝束，曉得他神經有問題，都不敢接待他。

　　「你不要這樣！」少山把他架起來，搖搖墜墜的，到病房去坐，他坐下但仍語無倫次。一個青年人弄成這樣子，少山忍不住淚水，看著他坐在屋牆腳下。

◑ 凶殺

　　繼呂學勤自殺，早晨營房又出了一樁大事。營房內大家都在談論郭培振自殺的新聞。他自殺前槍擊毛隊輔，連發兩槍皆未射中。毛在四、五點鐘時，起來見郭在走廊拿著本子在寫些什麼，於是上前問他為何起得如此早，郭不理他，於是毛返床續睡，未幾聞澎然一響，子彈在耳邊呼嘯掠過，毛本能地哎唷一聲，向外一望，見有黑影，心知不妙，本能地蹲下把頭一縮。緊接著第二槍又響了。人們聽見槍聲都趕過來看個究竟，毛始敢站起來。驚魂甫定，下意識摸摸腦袋，出了一身冷汗。檢視床鋪，發現穿了兩個彈孔，而郭跑到後面的乾河灘上，朝太陽穴一槍了結自己。毛被擊兩槍仍安然無恙，看來有點詭秘，大難不死。

前些時候，軍需處餉銀給人偷走，迄今仍無下落，弄得滿城風雨，讓官兵都背上嫌疑，弄得大伙很不開心。

韓戰停戰簽字

廣播傳來，韓戰停戰談判恢復了，兩方都傷亡慘重，自一次大戰，世界從未安寧過。是上帝對人類犯罪的啟示嗎？終在 10 月 27 日簽字，歷時一千一百廿七天。

另一同期的大事是，容少山之雲妹染病不治身亡，少山在房間大聲痛哭，飯也吃不下。她只不過十七八歲，在家幫家務。少山心如刀割，一邊哭，一邊修書經港轉寄，以慰二老，想去年 12 月中旬，天天眼皮跳，真那麼巧，家中就出事了。不解為何苦難多臨到窮人身上。

台灣醫療

當兵千萬別生病，病了就活受罪，因為醫官不光醫術不高明，且態度傲慢，凡事老愛理不理。差不多每天下雨，少山到私立醫院神經科檢查一下腦部，因最近經常腦神經痛。次日又到另一私人醫院求診，據說是神經衰弱症，從藥房購了一瓶健腦丸。英文學習等等都停頓了。

中午少山腸胃不好，大概吃了健腦丸所致，肚子又痛，連去解手三次，病上加病。近來給腦病繞纏，連信都寫不了。這樣一病，把所積之款用掉了一部分，買琴又無法完成了。

衛生隊醫官都查遍了，他們根本就不關心，問多了就很討厭地走開了。少山說他的病不簡單，他們根本就不想追問下去，只「唔、唔！」就應付過去了。少山只好禱告去依靠神了。少山又獨自乘長途到宜蘭醫院看病了。耳鼻喉科檢查之下，原來得了耳痛。知道後，病已好了一大半。感謝主！少山從中領悟到自己信靠神之不足，缺乏信心。

海戰

　　近一、二日隔海炮戰，共軍向金門發射炮彈數千發。後來知道是蔣總統和毛澤東為對付美國玩的心理把戲。新聞傳來不好的消息，國軍太平號遠洋驅逐艦昨日在大陸海面被共軍四艘魚雷艇偷襲沉沒，令人痛心。大家整天都心情沉痛，有好幾位弟兄連飯都嚥不下，提起此事就氣沖沖，指責艦上人員失職疏忽，船長應受處分。

　　全台發起捐獻建艦復仇運動如火如荼，彰化女中一天就收到捐款一萬多元。青年學生紛紛請求參加海軍。前天是國民黨建黨六十週年紀念，容少山是非黨員，沒有什麼感想，可是想起那些竊小之徒掛黨員之名，連三民主義都不曉得，光在部隊裡混飯吃，製造隔膜與恐怖氣氛，著實令人痛心。

　　一天，容少山正在拉琴，朱連長走來告訴他，「你明天跟著他們一起走，現在馬上整理行李。」少山聽了急忙整裝。一切完成後，忽然有人通知少山說，不用走了。後來有人悄悄地告訴他，「他們想把你們和臨教院的幾十個人與療養隊一起送走，等那邊把你們代轉，而只有兩個老經驗看出此事不妙，堅持明天不走，並要看查公事。」這樣他們要調走少山等的陰謀被戳穿了。

第六章

　　出發往台東入住榮民之家的命令到了，少山又興奮又感慨，可以離開這前不近村後不鄰店的旱地。離開駐了八載的軍營，老營長邀便餐。次日，車轔轔離湖口踏上征途。副營長送上車，握了手，車遠去了還站著。

　　乘了整天車後抵屏東，胡亂在車站候車室，找個角落躺在地上或長凳上。次晨再乘越山的公共汽車。陌生的地方，一時又要適應了，連一張熟面孔都沒有。然台東的特色是遍佈山胞，尤其是阿美族。

　　那年頭，天天談反攻，口號喊得大家都有點神經衰弱，更過份的是，都不讓結婚。兵哥們大多在適婚年齡，都有自然的生理需要。強行的壓抑，只會造成精神上的鬱結。尤其駐地在東部，山地姑娘開放，對離鄉背井的大兵是難以忍受的誘惑。

阿美族山胞

　　離了湖口，移防到台東的「康樂村」，恰巧容少山所在之十二隊是臨教院的康樂隊，住進十幾間草房裡。田間見稻秧，有小火車鐵道。康樂村是阿美族的聚居地，少山有空就到村內逛，雖然不懂當地阿美族語，也能心曠神怡。

　　吸煙、嚼檳榔是當地男男女女共有的嗜好。女人抽煙，少女也口含煙斗，司空見慣。檳榔是她們的至愛，每到一村舍，男女老幼皆伸手向少山要檳榔，要香煙。阿美族女人美，眼睛大，水汪汪，長長的睫毛。每當夜幕來臨，他們在茅屋內圍著火堆，男女老幼，每五人手握木槌，圍著木臼椿米，作有節奏的律動。

　　他們椿米採互助方式。一晚，容少山一家家去看，見少婦也像男人一樣脫光上衣椿米，天乳搖動，初時不習慣，看多了也不當一回事了，後來知道，她們勞動會冒汗，脫去上衣是無所謂的。

　　族人貧窮，且面對省外人更有自卑感，碰面常對少山說，「阿美族不好，當

兵好！阿美族沒有香煙，阿美族做工苦！」少山聽了，常為他們打氣。「阿美族有家，有爸爸，媽媽，哥哥……當兵的沒有。」他們生活的確艱苦。有一次看他們吃飯，圍著地下的飯鍋，用湯匙掐飯吃，菜只有少少的一碗，不覺心酸。

　　一次訪阿美族村，村民對少山已不陌生，他口袋裡的幾角錢悉數被她們搜去買枳柿和糖果吃了。她們恰巧吃晚飯，只有一點點地瓜（番薯）稀飯，也要給五六個人分吃。菜簡直沒有，只有一些海草之類的東西。為了不讓她們難為情，少山也陪她們吃了點，她們都快樂地笑了。後來一位小店的老婦說，「她們太可憐了，根本沒有米，地瓜還是檢來的，米飯都讓給孩子吃，大人光吃地瓜。」真令人嘆息。原住民但求有基本的衣食就能過日子。少山和村民簡單的溝通就憑身體語言，笑笑或點頭，慢慢學了不少阿美話。

● 求偶舞會

　　各村經常有求偶舞會——晚上在廣場中央燃起溝火，男男女女手牽手，繞著熊熊烈火跳呀跳著，手腕上的鈴串響動著，伴著原始單純的歌唱，盛裝的少女先立於圈外，三五成群，搜尋心中的對象，一旦鎖定目標，就進圈內拖著愛郎的手隨歌起舞。男女的人數比例懸殊，女的約兩倍於男，因此男子成為被爭奪的對象，同一時間圈外還有不少女孩望舞興嘆。

　　少山的艷福可不淺，像一晚，七八位婷婷玉立的阿美族少女和他並肩圍坐月下，縱情說笑，少山不時用一兩句發音不準的土話引得她們捧腹大笑。一切如幻如真，連他自己也不相信這種事情會發生在他身上。

● 青春的煩惱

　　也許南部氣候影響，人特別易衝動，渾身上下都像有蟲子咬一樣，少山不欲用自己方法解決，但書看不下，琴也拉不起勁，總是坐立不安。想喝些酒來麻醉一下，於是邀一位戰友去打了一元米酒，要了一包花生米，就地喝起酒來，

卻未能遏抑原始的衝動。晚飯後去洗臉途中，見水溝中雌雄兩鴨正進行交尾，少山站著不禁怦然心動，直至鴨已飛走，仍凝望著。春火在燃燒，人多難受呀，恨不得找個異性來抱緊。

男女共浴

聽說附近糖廠有一條熱水溝，由廠內源源不絕流出熱水，晚上男女都往洗澡。碰上一天天熱，拉琴罷，覺疲累，就往水溝走去。天呀！真的男女共浴呀，而且多是女的。起初尚猶豫，繼而咬咬牙，悄悄脫衣滑進那冒著煙，有糖味的水溝裡去。容少山兩旁的少婦特別多，她們吱吱喳喳地邊洗邊說笑，裸露在水面的乳房上下跳動，在夜色濛籠中仍依稀可見，「要命啊，我這個尚未經人事的一顆心，像鼓膜一樣卜卜地跳動，腦袋像發高燒，迷迷糊糊，無法形容是怎樣的感覺，渾身被熱湯泡得直冒汗。我的心站不住了，三番四次想正面飽覽一下。但當視線移向她們身上時，電光火石一閃，這不是下流的行為嗎？基督徒是不應該這樣做的。」於是立刻把視線收回來。可是不一會，先前那群阿美族少婦又慢慢地移近過來，好像有意向他展露春色的樣子，他的心跳又加速了，想看看究竟有多神秘，但當眼睛停在她們身上時，腦瓜又好像被人打了一棒那樣。前功盡棄。於是急忙穿褲上岸，落荒而逃。感謝主，少山沒有讓慾念得逞。歸途中，少山內心仍波動不已。在床上有種內疚感。

生理衝動

性衝動那幾天來得特別頻繁，腦海裡盡是性的邪念，令人忍受不住，驅使容少山忘記一切德行，想探究一下性的神秘。黃昏後的原野染上神秘色彩，在一所茅舍裡，兩個山地婦女向少山招手，眼目的誘惑觸動他的生理反應。他渾身顫抖，這時幸好尚有一位年長的山婦在，致使他不敢造次。那位年青山婦挨著他坐，遞給他香煙時，少山乘機撫摸了一下她的手指，但看不見她的表情。山

婦其實也對異性也有慾望的。此時容少山真想不管三七二十一找個僻靜處，犧牲自己的童貞。可是固有的矜持令他難以啟齒。夜已深，喚醒了理智，因此慾火徐徐降溫。歸途中，無限痛苦煎熬。離犯罪只懸一線了。

　　春潮使少山苦惱不已。若純為滿足生理需要，那還好辦，只化上十塊錢，去一趟軍樂園就能解決，但他不願貞操葬送在軍妓手上，更不願背負心靈上的愧疚，肉體上的煎熬和理智的壓抑互相交戰，感受到無比的痛苦。

● 做媒

　　畢竟是未婚男兒，有心人總願意穿針引線。經常探訪阿美村，和一個叫阿育的小伙子閒聊。他住在村口一所由茅草、泥巴和竹枝搭成的村舍，簡陋的居室家徒四壁。他大約二十上下，但可能是長年生活在山野的緣故，經常日曬雨淋，外表看起來要比實際年齡大。他一次忽然認真地提出：「我介紹我妹妹給你做太太好不好？」「什麼？」容少山半晌說不出說話來。「我妹妹做你的太太。」他不似說笑。「別開玩笑了。」少山說。他兩個妹妹，大概十七八歲，正在桌上吃飯。「真好，真好！」他有點得意的樣子。「真的嗎？」少山帶玩笑的口吻問。「真的！家裡事我作主，」他邊說邊指著房子和自己的心，臉上顯得很莊重。「那麼，是哪個妹妹？」少山半認真地問。「隨便哪個都可以。」少山相信他的回答是由衷的。「我不行，一隻腳怎麼行？我幫她們介紹個長官好了。」「不要，不要！他們不懂阿美話。你會。要你，要你！」「一隻腳怎行？」少山低聲地說。「我幫你介紹個『打板』（長官）好了，」少山誠懇地說，「隊上有官長要我幫忙介紹對象。」「我不要『打板』，你會講阿美話，又是信耶穌，你最好嘛！」他說。少山沉默了。「天晚啦！我要回去了。」少山指著夜空說。「好，明天來啊！常常來啊！」他央求，「好，再見！」少山揮手辭別。途中思潮起伏，晚上又要失眠了。

大自然的感悟

田園曠野已經成為容少山生活的一部分，密不可分。每日晨昏，他例必到田野躑躅和寫讀一番，始覺舒服，否則渾身不自在。大自然的一切都是赤裸裸的真實、善美，不似人的虛偽、庸俗。為避開寢室的喧囂，少山寧願跑到樹底下的石塊上午睡。有說不出的恬靜，鳥語花香，水聲、清風入夢來，除了偶爾遭螞蟻打擾。

最難忘的是秋收季節，農人忙著收割，把一束束金黃的稻穗餵進打穀機，軋軋聲響中，婦女忙著拾穗，篩除碎稻。小孩四處奔跳；滿載著稻穀的牛車，踏著黃昏的霞光移動，牛兒搖著脖子，掛鈴響個叮噹不停。牛背上的少女銜著煙斗，口嚼檳榔，悠然消失在炊煙中。

一年春耕周而復始，隴畝初穗齊發。少山記得早晨在田野引吭練歌，土尚未翻，之後一天天看著犁田、放水、插秧、施肥、除草，轉眼已發穗及膝，但回顧他自己依然故我，沒甚長進，禁不住傷感。

容少山在馬蘭阿美族人身上找回了自尊。阿美族人給少山溫暖，煩惱都被原始的真純洗淨了。她們每見他來，臉上立時展現親切的笑靨，如春風拂過湖面，帶給少山無比的幸福感。尤其少山之前自學之阿美族語，正好派上用場，溝通無阻。

很難找到志同道合的人郊遊，有時唯有獨自行動，帶備所需物品，在石壁凹處取出約翰福音，讀十五章其中兩節：「凡屬我不結果子的枝子他就剪去」，容少山得到啟示：風雨過後，要繼續行程，不怕涉水過溪。看到溪水通過頑石，悟到人生如溪水，若沒有頑石的阻擋，怎顯出溪水的沖力。

感懷身世

每逢不開心，少山就會感懷身世，回想父親撒下孤兒寡婦，獨自上路的慘痛往事，甚少對人提及，除了對摯友朱廣濟和李運鈞。少山回想父親因病回鄉，

一病就幾年，直到所有能典當的都當光賣盡，父親就撒手而逝，「我們兄弟三人，大哥只十一二歲，小弟剛出生半月，被人趕出來在停滿沒入土的棺材的義莊棲身。那晚，母親跪在草席上父親的屍首前，捶胸蹬腳，不懂事的我，不知發生了什麼事。母親見我如此，一巴掌劈向我臉上，我立時哇聲哭出來。母親的目的是要我為父親哭喪。兩個姊姊為著父親的病，已欠下人一身的債無法償還，而永遠抵押給債主了。媽牽著我和弟弟，到處流浪。那時家無隔宿糧，不光常斷糧，能每餐買回來斤多米，倒入飯鍋已算不錯了，碰上雨天，母親眼巴巴望著天發愁，欲哭無淚。記得一個雨天，母親借了幾兩米回來，燒了一窩稀粥，我不小心一腳踏進去，燙得眼淚直流，但害怕母親知道，若她知道我弄壞了這窩粥，我這晚就必別想活了，謝天謝地，她沒有發覺。」

痛苦、悲傷、寂寞、空虛、煩愁把少山團團住。世界對少山來說是灰色的，幸福的人是不會感到幸福的，只有失去了幸福的人才知道幸福是什麼；同樣，健康的人是感受不到健康的可貴的。

國軍節節敗退

台海局勢對國府日趨不利，國軍節節敗退。悲觀失望瀰漫營房。「這樣下去，祖宗留下那點的家當都要打光了，還說什麼打回老家去！」容少山在飯堂吃早飯的時候對炊事事員老方說，一邊擦掌磨拳，「聽到廣播真氣，飯都吃不下了！」他悲憤莫名，極度失望，認為守勢是消極的。近來的新聞都是壞消息，不聽也罷。先是一江山島的守軍七百五十人，被圍如鐵桶一般。空中投彈，火焰噴射，全部壯烈成仁。一江山島陷落後，美艦隊駛台海協防。繼而大陳島又撤下來了！在空軍的重重保護下，轉移金門。美國海空軍協助掩護大陳撤退，雙方投入達三萬四千人，擔任運輸的美艦有一百三十多艘，國軍二十多艘，一切軍事設施都予以破壞，由中美工兵爆破。

● 榮軍轉業除役

最近聽説政府開始辦理榮軍轉業除役，就是讓兵哥脱下軍服，回復平民身份，投入社會工作。大家都在緊張談論，當然希望能分派到舒適的工作。目前退役官兵達六萬人，都可轉為生產者。早上宣佈了一份名單，著往豐年大隊部去候檢，據説是國防部派員來檢核，合資格者送往榮譽國民之家。聞訊後，大夥皆雀躍。

早上，分隊長特來宣佈，次日早上拔營轉移。少山一聽到轉移就頭痛，才住了三個月呢。一番折騰又把少山等帶到陌生的營房去。在台東車站看見一群除役老戰士，隨身行李凌亂，行動狼籍不堪，一張張飽經創傷的臉，慘不忍睹，在多難的時代，青春不斷被吞噬著。像劉芳和陳良信，就很有怨氣。

一晚他們兩人喝酒回營，劉芳就忍不住了，「老陳，你知道嗎？天天説反攻，要反到什麼時候？老婆不讓娶，不知打光棍都什麼時候。」劉芳提高了嗓門。「瘋啦？小聲點！」陳良信用手堵住劉芳的嘴巴，望了容少山一眼，「你大概活得不耐煩了，隔牆有耳！」「怕什麼，大不了槍斃，總比有家歸不得好。」劉芳聲音哽咽，雙眼滿佈紅絲，推開陳良信的手。「我説的不是事實嗎？38 年過來，當士官的，廿八歲可以結婚，而我們這些老粗就沒有份兒，送死就有份。我家只我一個人，哥早死，我劉家沒指望了！」

● 醉生夢死

在軍營裡許多人都不知自己為什麼而活。常聽到他們説的一句話就是，「混一天算一天吧。」如前天，發了半月餉，營友都一早外出尋樂，有些喝醉了回來哭哭鬧鬧，甚至在地上打滾，失態忘形。皆是精神無出路，前途渺茫，薪餉少，有家歸不得，只有醉生夢死了。

少山晚上十點多才就寢。有時因天熱乘涼晚了睡，也被夜歸的室友吵得難以入眠，第二天依舊五點多就爬起來。算起來有時只睡五個小時而已。室友的作

息時間和少山剛相反，他們晚上愛泡茶館，回來後，各自把花邊新聞說個不停，次日早餐後一直睡到晌午，起來又打撲克，極之頹廢。少山本可籍午睡彌補晚上睡眠不足，也頂多能睡一個小時。

碰上狂風暴雨之夜，室友會燃著洋燭，大談其肉麻露骨的淫行，夾著污穢的嬉笑，真替他們悲哀。他們似有意激弄少山，提高嗓門說話，最後還點了少山的名，說他：「這麼清高，怎不照照鏡子，你有本領就跳出我們這狗窩！」無論他們怎樣說，少山也不會和他們同流合污，改變自己的價值觀。

但他們步步進迫，不放過任何攻訐的機會，少山已成為眾矢之的，但又不能發脾氣，稍有不滿，他們又會說，「喲！你這個信耶穌的，專門和別人抬槓？一點也不肯接受別人批評，修養不夠。」少山告訴自己「不管怎樣，我不能有辱我的宗教信仰，你罵我打我都可以，但在大事大非的問題上，我不會退縮，縱使全寢室的人都反對我。」少山明白，讓他成為箭靶的原因是他不肯隨波逐流，和他們一起泡茶館，嫖軍妓，有空聊聊低級的性事。因此他們早把少山視作異類去排擠、打擊。

● 春情勃發

自然規律使容少山煩惱，大概是春天吧，荷爾蒙的作祟使他難受，視覺或觸覺稍受刺激，就會產生機能性勃起，使容少山萬分苦惱。雖然春情勃起不是什麼罪惡和羞恥的事，但仍是頗尷尬的，所以要清心寡慾，極力避免一切觸動五官非禮的東西。消極方面，盡一切方法去轉移自己的注意力，而積極方面則多讀一些修身的書，務使自己心如止水。

但少山恨自己是個無用之人，白天能克制情慾，晚上卻無法抑制。春情泛濫時，問自己，究竟去「走私」一次，還是自我在壓抑？怕性苦悶有一天會衝破理智的防堤。慶幸這內心犯罪只有上帝知道，也僅對他個人伐害，不及其他，但這畢竟是一種毒素，若不除去，會成為毒瘤。最根本的解決辦法，當然是結婚，但目前環境還不許。用藝術來轉移，把能量昇華，已進行了好幾年了，此方法

僅介乎消極與積極之間，最後決堤仍在所難免。去一次是否就會得病？放棄自己的童貞是否值得？

● 不懂人情世故

營內連接發生的事，衝著容少山而來，令他大動肝火。晚餐吃麵條，不知是誰把吃剩的半碗倒落桶裡，當然引起很多人不滿，其中綽號紅鼻子的劉教仁破口大罵，「瞧你們老廣做的好事！」不料此人走到少山面前，指著他的鼻子說，「盡是你們老廣幹的好事。」這下子少山光火了，回敬他，「你不能因一個人而罵別人全省呀！你是哪一省人？」「河北省。」他答。「你河北省有沒有壞人？沒有？沒有。算了，算了！」此時他自知理虧地走開了。少山事後很懊悔，為什麼不能包容吃虧到底呢？

一天傍晚從田野讀罷歸來，見賀榮在修理收音機，剛踏進去，隊長就指責容少山，「收音機是你和陳信良兩人弄壞的。整天都是你們在弄，又不懂！」天呀，這真是天大的冤枉，少山立刻提出抗議說，「你說整天都是我們弄收音機。我一天開收音機平均不過幾分鐘，說我們弄壞，真是武斷，說我不懂更是侮辱人。」少山據理反駁，最終與隊長不歡而散，事後又懊悔又氣憤。為何大家都搞針對。少山撫心自問，沒有做過對不起他們的事呀。「每天，我看我的書，拉我的琴，除了心中覺得他們庸俗不堪外，很少與他們攀談，難道這也不對？」

容少山覺人處處針對他，終於忍不住問賀榮原因，賀初時不答，後來禁不住少山的糾纏，就說：「你做了很多錯事，知道嗎？」「我不知道，你說！」「我不告訴你，你自己想想看！」「我實在想不起。」「你還說沒有？你侵犯了別人的權利，別人背後罵你的話，我聽了都替你難為情呢。」這一來更讓少山丈八金剛摸不著頭腦。少山越著急，他越發吞吞吐吐，「人家罵你不懂忌諱，不懂人情世故，沒考慮別人的感受，穿著他的木屐去洗澡。」少山一下子想起來了，真有穿過劉芳的木屐。「我以為這沒有什麼要緊，誰知道這小事會挨罵。別人每天用我的牙膏我都沒有說話。」「小容呀，這叫做自高自大，不理會別人的感受。」

有感於營友一天到晚沉溺於醉生夢死的生活，浪費光陰，少山不願與他們為伍。高個子老張嘆道，「你我不是一路子上的人。」少山也回敬，「我有同感！」他們視少山為怪物。當天受了老張一頓奚落後，只好把淚嚥下。

可是庸俗之人愛惹事生非，攻擊愈加激烈。少山與鄰床鋪位陳信良一向相處甚洽，感覺上應該不分彼此的了。一天因用刀片修面，少山把那面掛在兩鋪中間的小鏡子拿到自來水管處去盥洗。這位往日談笑甚歡的室友站在寢室門口，臉色很難看。還以為他有什麼心事或身體不適。「老容呀，」他終於開口了，「以後洗臉，不要拿我的鏡子去，」他冷冷地說，「鏡子浸了水會起化學作用的，日後就不能用了」。他用粵語沉重地說。為使對方不尷尬，少山裝作若無其事似的，以掩蓋心內的難過，其實真想掘個地洞鑽進去。

容少山與一位年青的張姓醫生在看病時閒扯，他語重心長地勸少山：「以前我也和你一樣，什麼也看不順眼，眼裡只有自己的理想，但社會是不管你這一套的。我嘗到了教訓，現實不易改變。因此希望你到彰化後，不要光依靠榮譽之家。它不過是個中轉站，這裡的頹廢人士趾高氣揚，自以為對國家有功，我希望你遠離他們，別浪費了大好青春。」少山默默地聽，明白他用心良苦。

● 信仰的疑團

容少山有時百思不解，為何基督徒經常成為被外人攻訐的對象呢？是否期之越嚴，責之亦苛。難怪往日少山到阿美族村逛蕩回來，他們都議論紛紛，居然說少山吃豆腐去了，假正經呀。當時少山頗覺奇怪，為什麼別人去可以，他去就受非議呢？

中午那位常與少山作對的劉芳，偏要用話來氣少山，說什麼「信耶穌的都是狗屁，有膽子就來和我同枱吃飯。」心想他為什麼這樣說呢？「基督徒的生活是一種定罪的生活，基督徒常定不信者的罪。他不服氣這無形的定罪，並作垂死的掙扎，不然為什麼他老是無緣無故要反對我所信的基督耶穌。」人們喜歡找少山辯論，而少山覺維護基督教真理重要，不得不爭論至吐血，尤其有些人，

説基督教具侵略性。談到信仰和政治，大多不歡而散。

● 謀求突破

　　容少山希望進師範學院進修音樂，本以為到臨教院後可能有就學的政策，優待殘疾軍人。少山浮起一線希望，可以嘗試轉往「榮家」工作。師範學院已改組為師範大學，下學期開始招生了。趁這時機少山想上書師大校長，請准予深造。又想又怕。可師大校長寥寥數字的覆信，解釋不可破例，少山失望，但他不會因此就向環境屈服的。

　　週日到學校彈琴，少山出來時和校長打了個照面。閒談中，他鼓勵少山下年參加教員檢定考試，少山答沒有學歷證件，因此連考試的資格都沒有，他說可代準備。少山在路上思量前面路如何走。若走藝術的路，肯定是清苦的。

第七章

⬤ 政工陰魂

農曆九月廿九，往年今日在部隊總要邀約幾位朋友共度生日。中午細雨綿綿，但仍阻不了少山既定的活動，戴上斗笠，風雨中獨行。晚飯突然宣佈要保密檢查，意會到去年在補充營那一套玩意又來了，內心有種反感；因少山的東西多，必定麻煩。他們把少山在行囊裡的家信統統拿去檢查。少山請他們就地進行，但他們以沒有時間為藉口拒絕了。查就查吧，事後少山覺得很難受；因為這些都是民國 37 年在大陸的陳年家書，沒有必要留難吧。

上午幾個便裝人員協同家本部及隊上指導員等，突擊寢室，搜查「聾子」徐德量的床鋪，把他的書籍用具全裝進一個布袋裡，隨後帶走了「聾子」。寢室裡各人面面相覷，誰也不敢說話，心裡也許有同一想法，不是政治問題就是思想問題，可是誰也不敢談論，害怕惹禍上身。正好是午睡時間，大家趕緊鑽進被窩裡去了。

在部隊門口，指導員帶著深不可測的口吻問少山，「容少山，《黑格爾哲學概要》是你借給徐德量的嗎？」「是的。」少山知道事情不簡單。「怎麼啦？」少山問。他注視著少山，頓了頓說，「你為什麼要看這種書呢？」少山心想，「這書有問題嗎？」他百思不解，但覺得這是光明正大的書，心就坦然了。「沒有一定的，我什麼書都有興趣，宗教、哲學都看。」此事就不了了之。

⬤ 擇友

容少山擇友條件高，劉振星是一個求上進的人，這學期考了第一，品格比時下青年高，雖略欠志氣，仍夠得上做少山的朋友。

聽隔床梁某被請去台東師附小代課的消息後，少山心裡很不是滋味。梁是少

山最合不來的一個人，少山鄙視他做人缺乏真誠，損人利己。他為著代課，許多地方需要少山幫助找資料。走來找少山，本可以不理會他，但回心一想，不該這樣。按聖經的教導，「要愛我的仇敵」，就決定幫他一把。

　　情緒低落時，少山常沉溺於自戀自憐中，他選擇了孤獨，只有在大自然中，才沒有威脅和人的壓力。「大自然就是我的朋友，大自然是我的知己，大自然是我的母親。」。少山喜歡單獨與書本交往，與古人交，與大自然交，少與庸俗的人交，以免浪費生命，以為將來的事業鋪路。好好地練琴，好提升個人情操。

　　容少山之愛孤獨並不是因性情孤僻，而是為了逃避庸俗的人，為認識自己，認識宇宙，好保持清醒。有時在黎明前，踏著月色，浸浴在星光中，另有一番浪漫。

　　其實人最大的敵人是自己。要戰勝這敵人，就得運用最大的智慧，有毅力和決心。這是容少山被情慾試探後所感受到的。他有自知之明，不能像其他人一樣「君子好逑」，趕緊把這「性」轉移到功課方面去吧。「色」能亂性，是心魔，時刻都得設防，和它鬥爭，稍一鬆懈，就會被擊倒，爬不起來。「我應順從肉體或順從靈性？」很多罪惡都源於眼睛，要避免犯罪，就要約束眼睛，避開誘惑性的事物，管制發號施令的大腦，使自己不往外跑。

　　這幾天開始發除役金了，營房裡一片熱鬧，發錢窗口如同電影院的售票處，擠滿了人。容少山當上了下屆伙委，精神緊張起來，不住盤算著下月的伙食問題，就是走路，做夢也想著。

● 親人蒙難

　　容少山的哥哥來信說，叔父臥病，家裡生意關掉了。嬸娘出外幫人做傭工，一家大小靠她過活。兄弟倆無論如何都要想辦法救救家裡。假如真的全家能逃

89

出到香港的話，少山可全力申請叔嬸弟妹過來台灣，不管怎樣，就是討飯，也要讓他們吃飽，萬一不能申請來台，在香港當難民也比在大陸強千倍。

哥哥説，叔父沒有被關起來已是萬幸了，別再想申請出境了，那比登天還難。三反五反時，叔父曾被審問多次，追問少山的行蹤，看是否有和他通信。叔父未有透露半點訊息，才倖免於難。少山之三叔在解放初期參加過當地游擊隊，被捕後，判處勞改十年，不斷受到折磨。

少山向黃弟兄商借一百五十元，並將存在他那裡的八百元索回，悉數匯寄回家，以盡人子應盡之責。眼看家人在挨餓，而自己還在儲餘錢的話，那是人嗎？

工作人員説，先申請始可匯兌，規定要居留港澳之直系親屬及配偶，要造具名冊送三個機關以上批核，真寸步難行。

小學專科教員特別檢定試的報考手續辦完了，容少山心情既欣喜又緊張，欣喜的是已經順利通過兩關，已取得應試資格，緊張的是只有二十四天作準備，但功課達六門之多，除風琴與鋼琴彈奏不花什麼時間外，其餘四門須從頭準備。少山很感謝師範學校兩位老師，熱心地把所需要的書籍找來借給他，並指導該溫習的重點。也感謝康樂國校校長的鼓勵和幫助。最重要是上帝的保守。少山太緊張了，緊張得吃不下，睡不著，一想這事，胃就打了結。

● 潑冷水

容少山將全副精力集中到考試中。從嫉妒裡發出來的話語像毒箭，最易傷害人。下午在屋旁的樹蔭下正全神貫注誦讀課本，那位走路光看地下的劉興旺分隊長，走前來沒頭沒腦地説：「你容少山如果考及格的話，我把腦袋劈下來讓你當凳坐！我並不是澆冷水，事實如此！」他那態度和語氣充滿了嫉妒、輕蔑和揶揄。少山一下子反應不過來，「究竟我什麼時候得罪過他？」坐在那裡呆若木雞，難過死了。他沒有反駁，理智提醒，「智者不惑，勇者不懼。」

考試前夕，提前上床，卻怎樣也睡不著，睡不著就汗流滿席，直到深夜兩點始朦朧合上眼。到四點鐘，再也躺不住了，連忙起來上廁所，然後到廚房弄些

熱水洗了個澡，到吃完早點，天還未亮。

　　進試場了，第一場考教育概論，手開始顫抖，汗在流。其實所有試題皆理解，繳卷後尚餘半小時，八題皆已答得很滿意。第二場考唱奏与風琴之伴奏，因時間緊迫和臨場害羞，以致考得不理想，但每科六十分是會有的。下午續考學科、標準課程教法、音樂概論。容少山考得非常滿意，這天在考場算是滿載而歸了。

　　勝利帶來的興奮達於頂峰，有說不出的快樂。少山何能竟在二十四天「急行軍」，急就章修畢師範學校三個學期的課程。即使那些參加檢定「教學相長」之教員，也得準備一年或兩年，而仍難通過的比比皆是。若及格，乃出自上帝之力量也。

　　休了一週假。下午還書康樂國校校長。他說：「如你一次及格的話，我校聘任你。」還說，一次及格，教育廳就會特別派任，少山聽了暗喜不已。

有志者，事竟成

　　「報告主任，我考到了！我考到了！」容少山揚著報紙一邊奔向主任室，一邊喊著。「恭喜，恭喜！」主任緊握少山的手，神情驚訝，「少山，你真行，替我們國軍增光了！」頓了頓，他掏出雙喜牌香煙請少山抽，並令王指導員馬上發一則新聞到「成功之路」去。四周營友向少山恭賀之聲不絕於耳，夾著羨慕的目光。少山歡喜得發了瘋，不停地感謝上帝。

　　午後走告張校長，感謝他的激勵，他為少山快樂，說，報紙一到，他就第一時間搜索容少山的名字。友人劉振也替少山高興，想想茫茫四千零六十人應試，才只有一百七十三人及格。主任要贈少山一面錦旗，一本日記簿，並專印一百套信封信紙。

　　少山在豔羨的目光和熱烈的掌聲中接受了主任那綴有「有志竟成」絳色的贈旗，接著，主任在升旗台上當眾表揚了少山一番。世上只有錦上添花，沒有雪中送炭。但許多人因容少山及格而益加發奮。他就好像一粒石子，投落在寂寞的湖沼中，激起串串奮鬥的漣漪，又似一股巨風，搖撼著靜默的森林。

一登龍門

人是勢利的，前兩月，袁樹安老分隊長曾詢問容少山是否願意入黨，少山沒有表示意見，後來就沒有了下文。今天與隊長閒話家常，他忽然走來，「少山，上次入黨的事考慮了嗎？」說在外面做事，沒有組織照應，是很難站得穩的。少山早信奉三民主義，因此就答應了入黨，但這不是基於功利的想法。隊長即給少山兩張入黨申請表，填畢，介紹人一欄仍空著，隊長一看，叫少山填上主任的名字，想必定是主任的意思。劉興旺和少山談起入黨事。他給少山的印象很壞，常愛狐假虎威，組織選他做小隊長，簡直是瞎了眼，他只會給黨友帶來災難。

中央日報的記者來採訪，香港時報的通訊員也來要照片，「成功之道」家本部的教導組也來要去了總統二公子蔣緯國暨夫人和容少山的合照及一篇報導文稿。

生命的轉捩點

一天早晨，郭君告訴容少山康樂國校校長擬聘他代課，要他自己走一趟。下午到學校去。那裡的環境相當優美，背山面海。校長昨天想把少山分到四年級或三年級，但兩級的班主任都不願意接受，後來又與二年級班主任商量，勉強應允，真難為了校長。

這是容少山人生的轉捩點，做夢也想不到會當起老師來。第一次入教室正式開始上第一堂課，孩子們的天真無邪使少山感動。但他們多喜愛課外活動，而少山有身體缺陷，不能滿足他們的需要，真令人難過。這班四十八個小生命都交在手中，感覺責任重大。

現實是，當老師地位被提升了，但瘸腿的容少山在這個梯田式的學校，益加彆扭，上上落落尷尬極了。瘸腿的痛苦只限於行動不便而已，而容少山須負擔枷鎖式的一具義肢，時時刻刻讓他提心吊膽，恐怕損壞，因有責任把去它保護

好，不比以前在榮家，可以隨意戴或不戴，撐拐杖就成。萬一義肢損壞，那叫他怎辦？

星期日，少山開始艱苦地備課，在教材教法設計方面，感到不足，作為音樂專科老師，感到不足，琴要練，發聲要練。

已一週了，大抵已適應，學校分上下午兩部制，學童家境窮困，有些連起碼的書簿文具也缺乏，有些還是家中的主要勞動力。一天下午，一個叫林應雪的學生問少山：「老師，我下午要不要來？」「要來，你是運動選手，當然要來練習。」「媽媽說要種地瓜啊！」。

到天黑始散會，孩子們耽心得很，因為他們的家都離校很遠，有的還隔個山頭。他們上車了，在這崎嶇陡峭的河岸小路上走，真耽心大家的安全。在「南坑」車停，落了部分學生時，有些因天黑夜深路長而哭起來，雖然囑咐了稍年長的學生送較小的回家，但仍掛慮著。最後還剩下三、四個學生因路太遠回不去。容少山留下三個男生一同吃晚飯和住宿，使他們有安全感。盡了責任，才鬆了口氣。

建在斜坡的小街使少山苦惱萬分。每次出來，事後腿要疼上好半天，人疲勞不堪。該校位於華源山麓，梯狀的道路，梯狀的操場，上上下下，令少山行動倍感困難。而低年級的課程又注重唱遊，作為導師不得不扮作獼猴王，但少山既不能跑，又不能跳，頗為尷尬。

任教尚不到一個月，就開始擬月考題了，頗感棘手，在於無例可循。覺得應該看看別班老師怎樣做，自己依樣畫葫蘆就是了。於是開始織編試題，寫臘紙，印試卷。終於完成了，鬆了口氣，慶幸沒有落後於人。

聽說校方要增加少山中高班的音樂課，那下週會更忙，改作業、寫日記只能移至晚上進行了，若增課，則非要購盞油燈不可。

● 歧視

晚間民教班有一節音樂課要容少山上，少山懷著試試的心情應允了。上課前

心裡就開始緊張了，少山年紀和她們差不多，心內澎澎的跳，教學時一直不敢正視她們。踏上講壇時，隱約聽到有學生低聲說，「這樣的人也來教書！」少山裝作沒聽見，但心房好像被射了一箭，傷口在淌血，因此這課表現就最差了。

少山之缺點是對人對事過於認真了，可以說是近乎苛刻了，因此往往招至許多痛苦。像榮家的早餐米下得太多了，剩下桶桶稀飯，要拿去餵豬。這種浪費米糧之事，少山看不順眼就要指責，因此伙伕、伙食委員都恨死他；「出風頭！他以為他是誰，又不是咱們的頭兒，頭兒也從不說過我一句。這跛子憑什麼說我？他再多事，我要他好看！」伙夫咬牙切齒，捏著拳頭。

容少山往往心情苦悶時，帶上書本，撐著傷兵拐，獨自漫山遍野地走，有時碰上鄉村學校放學，被成群學童攔住，有些扯他的衣角，有些抓他的拐棍，非要他講個故事不放，於是就在小溪旁坐下，東拉西扯地編個故事來逗他們，最後說得大家都哈哈笑。

少山不斷的繼續做夢，夢想在師範大學進修。乘著滿腔激情，少山鼓起勇氣，上書教育部長、師大校長，要求免試進入師大音樂系旁聽。這個夢並非不可能。少山在一步步鍛鍊基本功，用作要求保送的理由。理由有二：檢定考試及格，成績在甲等以上；二、是國家的榮譽軍人，有權要求政府讓他進修；三、當過小學教師。聽說家本部有個公事，山地茶民不受殘障限制，只要不患傳染病就可報考，同時大專院校各方面的尺度皆放得很寬，少山聽了很開心。

發撫卹金了，容少山領到三百八十三元。許多人錢一到手，就大嫖大賭，吃喝玩樂，「小容，晚上來兩手吧！人無橫財不發。」少山真感謝上帝的愛。自六年前與友玩紙牌，深深地受了教訓，輸了一條金子，因而下決心終身戒賭，紙牌等玩意從此不碰。「不客氣，你們玩吧！」至於嫖，少山至今從未涉足花街柳巷。大吃大喝也從未試過，可能與他窮苦的家庭出身有關。

上次防癆檢查報告來了，陶老師與少山赫然在重照的名單上。回想近來常感疲憊不堪，頭痛欲裂，再加上大半夜爬起來讀書寫字，得病是有可能的。得知肺纖維鈣化，即曾有肺結核病灶。少山沒有擾憂，生命在主手中。

第八章

盡心竭力

是日台東師範派來輔導員兩位至學校輔導。在座談會中，兩人對容少山任教班之週記、作文極備推崇讚美。記得上學期省督學來視學時，亦對少山所教一班作文、週記異常賞識。但少山覺得還須精益求精。

開教學研討與批評會時，師範學校的李校長對少山大加讚賞：「剛才我看了容老師的音樂教學，真使我佩服。」畢竟有人認識他了！這三十分鐘課，是少山多年努力進修的結果，但他不能自滿，還要大步向前。郭志老師告訴少山，他寫的論文已入選了，全縣初選合格共十二篇！

可是正當容少山興高采烈的時候，接獲師範學校的覆函，説：「教員檢定及格證書不能代替報考大專學歷資格」。少山欲叩大學之門要止步！少山告訴自己，別亂了陣腳，要繼續自修。

休學

這暑假的第一要務就是自修算術，循序漸進，從四年級上學期課本開始。現在已修至五下了，離六下僅差二冊而已。可以歇一歇了。晚上，月色下踱步，欣賞太平洋波光鱗鱗，泛著淡淡的乳白色，輕柔地蕩漾著，有時怒號的太平洋，入夜竟靜如處子。少山急披衣起來，踏著銀色的山徑，遠眺無垠的汪洋，太美了！樹梢上星星眨著眼，在哼催眠曲。

少山欲向單位申請脫離榮家自謀生活的申請，據説不准，並説不日將調撥花蓮榮家。今日容少山一早趕回豐年村與有關負責人商議，最後請其出具證明，證明他業已脫離太平榮家，復原普通公民身份。

君子好逑

容少山雖然身體有缺陷，然而畢竟是位年青才俊，加上孤冷的舉止，對異性是有一定吸引力的。少山之身旁一直不缺紅顏知己，但他有自知之明，始終未能衝破心理關口，直至方柳出現。

第一位帶給容少山青春的煩惱的，他記得，當然是鍾教官，那是在馬公軍營的日子。

鍾業軒

那歲月，在軍營呆久了，容少山腦海經常浮現女性的影像，多希望能遇到個志趣相投的女性做朋友，例如馬公中學特訓班李援小姐。另一位吸引少山的女子是名叫鍾業軒的女教官，隸屬於馬公女青年大隊，負責軍方的文宣工作，脣紅齒白，略高的鼻子，襯在飽滿的前額下，雙目有神，眉宇間透著英氣，說話爽快，平易近人，來自廣西桂林，兩人很快就熟落了。

又認識了兩位女舞蹈教師，少山祈求主給他智慧，好引領她們歸主，於是鼓起勇氣遞上新約聖經，給她們講解約翰福音。感恩，她們沒有抗拒，還答應了星期天同上教堂。少山自覺說話不自然，況且是生平第一次接觸異性，有點手足無措，反而兩教師落落大方，無嫌棄之意。

不多久已和兩女青年打成一片，但少山甚少與異性接觸，說話時不免心跳加速。與她們上課討論，格外愉快。很想和她們交個朋友，但不知如何入手，反正坦誠地面對吧。在隊上最後一天輪到小組討論，「大家談一下復原後的計劃吧！」組長鼓勵。少山想發言，無奈舌頭老不聽話，最終還是鼓起勇氣站起來，慢慢地也不再慌張了，且有理有據地分析問題，一切尚算滿意。

十二月廿六那天是年夜，廚房炊事員宰雞殺鴨。次日發了半月餉，扣掉十五元，還有十元，買了些糖果去找鍾教官不著，因為鍾去了海邊。後來鍾來營回訪。到營後，她一手扶著容少山，另一手挽著他的手，少山沒有推卻。別人大

大方方的，難道還好意思推開嗎？「早上去找妳不在。」少山感受到對方的體溫的幅射，有種莫明的快感，立刻把注意力收回來，「不好意思！我剛去戰友處借書。」「我欣賞妳的好學！」少山大力吸了口氣，以抒緩內心的緊張。「什麼話，和你比還差遠呢！」少山聽了頓覺雙頰滾燙。「我們有很多共通的地方。」鍾教官瞟了少山一眼，微微一笑，「和你說話，我感到很舒服！」少山感到整個人一下子被提到空中了，「和妳做朋友，我高攀了。」「什麼話！」她輕聲說，少山覺不行了，有點暈眩。

文宣隊到別的單位工作去了。少山突然覺空虛非常，晚上約了朋友一同去看望她們，不知是否想多了，感覺她態度忽然冷淡，像被澆了盤冷水似的。歸途中有說不出的痛苦，自以為一向最理智。這麼容易就被傷害，尤其是他這遠離親人的小伙子，感情特別脆弱。世界殘酷，真想哭一場！為什麼感情這麼容易斷裂呢？是否患了單思病？一連幾天，少山患得患失，為什麼自命理智堅強的人都會給情感俘虜了去呢？極力要擺脫情感的漩渦總不能。別無多求，只想和她做個精神上的朋友算了，自卑感作祟，從未有過非份之想。「她對我印象愈好我就愈痛苦。為什麼感情這麼脆弱，稍一觸動就像決口的江河？」

週日，少山忍不住搖了個電話給女青年大隊幾位教官，邀請同去做禮拜。在營門口，鍾教官未見來，就和戴松波去找她們，遇上毛教官，說鍾和別人上船去了台灣。不等了，回營房後始知道鍾來找少山幾次不果。少山聽了後悔死了，真是陰錯陽差。其他教官朋友來營房玩了一會就離去了。

一天鍾出外歸來，少山與吳逸去看她，相見甚歡，她送少山一方手絹，少山高興極了，但儘量克制，不形於色。鍾談及血型與性格的關係，猜中了少山的血型。「我猜你血型Ａ型，有沒有錯？」「為什麼？」「因為Ａ型的人和善怯懦，外表軟弱，且有點神經質。」雖快人快語，少山不知她是開玩笑還是認真的，「說我神經病，是個瘋子，是不是？」少山自我解嘲，兩人相對大笑。

元宵那天，少山做完禮拜和鍾業軒教官回到她那裡，直呆到四點多才返營。和她閒談了個多鐘，出門前對方把棉衣脫下給少山，送他到外面，她態度熱誠，反而少山有點自慚形穢。「不論她是不是默允我是她弟，我內心已認她做姊。」

臨別鍾大姐送少山一本筆記簿，上寫：

「敬愛的容少山弟：工作使我們相遇，而認識至今，終有別離的一天。願仍能在不同的角落裡攜起友誼的手，朝著我們的目標——反攻的路上邁進。我們都來自大陸，流落異鄉，唯有真誠的友誼才是我們最需要的，所以我們應珍惜機會。」

少山看著，不禁淌下熱淚來。多情自古空餘恨啊！

青年節前一天，黃鶴休告訴少山，鍾業軒病了，少山急忙向張福生借了一元五角，再加上自己的五角，買了斤鮮番茄和罐牛奶上她寢室去找她，怎知她已在前天下午回台灣去了，非常失落，不知她何時才能回來。

青年節（黃花崗七十二烈士）那天，睡夢中被吳逸叫醒，告訴少山，女青年們在康樂車上廣播，故意把車停在少山的營房門口，提高嗓子！晚上她仍要在火炬大遊行時廣播，她邀少山同乘廣播車。盛情難卻，此車作軍前導。少山的同伴趙國芳嗓子太大，不時叫口號，在麥克風唱宣傳歌曲。「趙教官，你的嗓子頂呱呱！」少山誇她，她深情地笑笑。

容少山知道「自己已作了情感的俘擄。說來慚愧，個人不但不能支配情感，反被給它主宰。明白情感是苦果，但偏偏要去嘗試。撤下吧！免得庸人自擾。」少山愈想把感情包袱放下，但愈是不能。整日都鬱鬱寡歡，滿懷心事，只有到圖書館去，把自己埋在書堆裡。讀到蘇曼殊全集，蘇曼殊原來是一位厭世文人，為情感的苦惱而出家做了和尚，看了益加惆悵。

爾後少山往台北換義肢，只和鍾見過一次，而鍾與蔣淑萍、趙國芳、毛莉梅調往最前線大陳島，大部隊也調往台北換防，這段情就只能埋在記憶中了。

● 阿香

令容少山痴念的另一位女子是阿香。部隊移防宜蘭時，少山經常去姓黃的教友家，做家庭崇拜。黃家的養女阿香，癡癡的樣子，好像向少山發出訊號，她的女性魅力，令少山聯想起熟透的木瓜，汁液幾欲破瓜而出，芬芳如蘭，正堪

擇取，每次見她，臉頰都像喝了酒一樣，透著紅暈，眼神像長了勾，不管你坐在哪個角落，都把你牢牢勾住。「假如不是礙於禮教，我真想給她個初吻」，但是啊，世俗的利害關係使少山不敢放出太多的情感，怕收不回來，他的多情，加上目前環境，少山懼怕。

真不知道，過中秋有多少人高興，多少人悲傷，少山一陣思鄉湧上心頭，晚上和戰友李運鈞過節，李觸景傷情：「我未想到和家裡一別就回不去了！看樣子我們下半輩子都要在台灣過了！」倆人抱頭大哭，衣襟都濕透了。

晚上黃姓村民派第三子來邀少山往賞月。看球賽之後，買了兩元糖果至黃家玩，各人談笑甚歡，惟少山斯人獨憔悴，其後各人被他感染，都不言語了。少山偷偷把錢塞給他們的養女阿香。養女的存在是台灣一個最壞的風俗，可是他家待養女還算不錯，但內地人看來還是不平等。德利他媽把他們父親的歷史娓娓道來，直到十點才完結，令人感慨。

另一晚至黃家，只有容少山與阿香在，兩人四目交投時，彼此都有一種難以形容的感覺，心裡又甜又怕，少山歸隊後暗想，與她已生曖昧了。呵，這怎麼行呢？想想自己的處境，自己的身世，簡直不敢想下去，少山陷入苦惱矛盾中。

一天去台北新竹測量義肢，次日早上趕回礁溪至黃家吃晚飯，是其大兒子退伍還鄉，舉家歡騰。晚上八點，他們都去車站迎接，只留少山與阿香在家。她兩三次在少山面前微笑示意，屋中靜寂無聲，幾乎連倆人的呼吸聲都能聽到。青春之火在少山心中燃燒，雙手不停顫抖，一個慾念催著他——吻她！少山強制著自己，他心不停跳動，把顫抖的手按著一本聖經禱告，欲緩和心中的激動，但是越壓抑越衝動，最後忍受不住了，他走上前去，魯莽地抱著她的頭欲吻她的芳脣，她害羞地避開，少山只吻到她的鼻子，她就推開少山走了！少山回到座位坐著，心跳得更厲害，手顫動得更劇烈。臉一直紅到耳根。他又害怕又懊悔，伏在桌上求上帝給予平靜。他責備自己又為自己辯護，求上帝饒恕。

一天天氣很好，少山把被單衣服換下來拿去給她洗，欲乘機表達他的歉意及請她原諒那晚的魯莽。但總不敢接近她，好像做錯了事的樣子，心內悸動不安，也不敢抬頭望她，彷彿滿屋的人都知道了此事，但她每次見著少山仍然如前一

樣，若無其事，表面看來她還是那樣對少山好，但少山連瞧她一眼的勇氣都沒有！

很多時候，大家在玩，而黃家養女阿香則在做餵豬等苦差事。少山對這家人極為不滿。

大隊再移防在即，容少山上街買了條手絹，為免生嫌疑，在眾人面前送給阿香。她快樂極了，好像有很多話要跟少山説，但當著養父母面前欲言又止，少山也不敢説什麼，這是難處。離別是苦澀的。阿香凝視少山時，眼神裡藏著許多離情別緒，也有恨。少山無能為力，徒增斷腸。找著一個機會，少山顫顫抖抖地對她説，「我去了，我替妳祈禱。」然後就語塞了。

⬤ 愛的幻滅

離開了礁溪一段日子，少山仍日夕思念心愛阿香，「我不能忘懷那處女的初吻，她不嫌我外在的缺陷。我有缺陷，她仍愛我，我也不因她是文盲離棄她。我祈求上帝能幫助我倆成為夫婦。」「阿香啊！自從我吻過妳之後，感覺彼此的心已結連在一起了，我永遠都忘不了妳！」

過了段日子，接黃家仁勇的信，聽他爸媽説。要請容少山和福生回一趟礁溪，少山猜不著用意。到村才晴天霹靂，據孫國勝説，「阿香早許配了同村的德泉！」最近婚姻出了問題，阿香父母想少山等幫忙作調停。的確阿香年紀也大了，若德泉不要她，恐怕她會想不開而做傻事。明知此行只為他人作嫁衣，少山仍忍著痛，祈禱祝福她，祝她有個好歸宿。

早上四點車抵新竹，至水果行買了個大西瓜，乘三輪車去進早餐及買些糖果。車至八堵，換東行線至礁溪的火車，在車站又多買了個西瓜。車抵礁溪，但見茫茫大海，天上白雲朵朵。仍坐三輪車經過街上。抵黃家，一切依舊，親切溫暖。阿香摘了串洋桃笑哈哈地進來要少山吃，她太可愛了，現在更美。

對面阿公孫女跑來拉少山到她家，他説阿公説的。去到那裡，她們把少山圍住，問長問短，老阿婆盛情，非要留少山吃飯不可，「阿婆不要弄菜了！」少

山勸阻她，桌上還是弄了不少菜餚，有自家母雞生的蛋，有街上買回來的酒肉。小孩子不停地喊哥哥。

● 與丘初枝一段情

回到豐原，見到阿水兄、大兄、阿伯、阿姆。他們見到容少山都快樂到了不得了，忙著殺雞宰鴨。席間，老阿伯乾了數大杯酒，「少山你回來就好了，你不嫌棄的話，就做我的乾兒子吧！」鄉下人心直口快。黃昏上學的弟妹和在紡織廠織布的大妹妹信子回來了，見到少山驚訝不已。她已經是個婷婷玉立的女子了。也隨父母之命喊少山阿哥。一會兒，信子引來了隔壁的閨密初枝，她高興地走來握握手，談些往事。初枝是信子的好友，個子頗高，瓜子口臉，有雙明亮而深情的大眼睛，笑時露出雪白牙齒，背面看去修長無瑕的長腿特別迷人。

早上丘初枝小溪洗衣，藉此談得更多，約好互相通信。在談笑中，她流露出一派深情，使少山受寵若驚。倆人愈談愈起勁，「我不知是否戀愛的開始。」最後她約少山次日歸去時，十點在車站隔壁冰店為他送行。少山午睡不著，怕的是自己會由此而痛苦，自己不夠條件，經濟能力又沒有。

第二天上午，容少山提前一刻趕到車站，但一直到十點十分尚未見其蹤影，以為她不會來了，正納悶，她騎著自行車迎面揮手而至，少山內心高興到不得了。倆人走進一間較幽靜的冰店，並肩而坐。初枝送少山一幀照片和她自己做的布娃娃，香噴噴的，太幸福了。少山嫌時間過得太快，火車開行時間催著，不得不離開她，臨別緊緊地握住她的手，依依不捨。上車後，掏出她的照片來看了又看，翻開背面赫然寫著：「你枯乾了，她就給你滋潤，你寂寞了，她就給你快樂，大妹初枝。」

「這是不是上帝的安排呢？我相信是！」

回想第二次見面，初枝就熱情洋溢，少山不認為是人之常情吧，可是一切都是意外的收穫。「她的聲音，影子時刻環繞著我。我近日變得喜歡笑，而且喜歡偷偷地笑。人都變了，因此戰友們都來打趣我。」

回營與一位年長的營友高學文聊天，他問及容少山豐原的小妹妹怎樣了？少山和盤托出，「傻子，她那樣的態度，就是對你有意思啦！你太老實了。要是我年青時，早就把她弄過來了。」「下流！」但之後把他的話分析，也覺有理，「但我第一次怎能那樣粗野呢？」「粗野？傻瓜！只要是接著自然發展的話，就不算粗野啦！」容豁然開朗，後悔自己太笨了。真的，她分明暗示少山，挑逗少山，試探少山，只是少山外表一派聖潔和道學而矣。「在她濃烈的情語中，我編織著美麗的夢」，往後初枝每一封信都帶給少山詩樣的幻想！

其後初枝來信，告訴少山她已考上了青年救國服務團，十一月十二就要啟程往台北受訓。不久她真的到台北來了，向少山伸手求援，寒夜缺棉被。少山晚上蓋兩張毯子都頂不住，而她可想而知了。因此很著急，先寫信安慰她，說過一兩天先設法給她弄一百元。信寄出後即向老友告貸。萬一不行，準備把五分金子賣了寄她，畢竟張福生夠朋友，晚上送來六十元，在微薄的士兵糧餉中，實是一個不菲的數目，適逢發餉日，加上半月的積蓄，剛好湊足一百元。

託帶款和禮物的劉老戰士回來了，少山非常感激他。最後他用帶教訓的口吻說：「你這人太相信人了，如我立心不良，早可一走了之，連鬼影都沒有！」少山答道，「我相信你！」

在給朱廣濟信中，少山說，「直至現在我仍懷疑世上真有這麼傻的少女，去愛一個身體有缺陷的人。因此我還是不敢相信有女孩來愛我，尤其在台灣。」

● 藕斷絲連

容少山要安慰那邪盪之心，唯一方法就是常翻看初枝的信，一封封地讀，心坎處盪漾著愛情漣漪。每封信每句話無不滲透著愛情的甘露：「山哥，你是我世界上真正的朋友！」最近初枝少來信，可能因大陳島撤退，她要替撤退的軍人服務。

過了段時候，初枝斷了來信，是否不再愛少山而愛上別人呢？少山給初枝去信四封未有回音，無奈又寫了第五封。潛意識中有失戀的感覺。少山不斷自我

安慰，自我療傷。對方終於來信了，她解釋是最近備試忙，結業式要參加跳舞節日，她是被選十位中表現之冠。晚會是文教組辦，因文教組長要爭取她過去。不難看出她正周旋於追求者之間。也暗示已有一密友，字裡行間語氣顯冷淡，沒有預期的濃烈。兩人之間已蒙上陰影。少山回顧自身有缺陷，事業尚無基礎，行動受軍營限制，而她卻在綻放的年華中，能歌善舞，追求者眾。既然不能給她幸福，倒不如讓她自己找尋幸福，自己就守著孤琴過日子吧！

● 阿 Q 精神

初枝續又來信了，信內仍是溫馨情深。初枝求少山，為她備一件冬衣，她是孤兒。少山寄初枝一百元，足有兩月餉，助人為快樂之本，少山寧願自己省點兒。可是，廿五日來的信，所預兆的事情終於發生了。捧著她的信，視線凝固在那句：「我訂婚了！」良久，少山喉頭哽咽著，半晌說不出話來，忽然發狂地笑個不停，是快樂的笑抑或是苦笑，已弄不清楚，只知道笑，狂笑，痴笑。「我愛她，但不敢說。我愛她而又覺不配去愛她。不光這樣，還鼓勵她另外物色對象。我只能痛恨自己，坎坷的生命！」他弄不清楚這是否叫阿 Q 精神。

要來的始終會來，初枝的信不出所料，一個早上來了，還附上一張喜帖，拿著帖子悲喜交集，該怎麼辦呢？賀禮怎麼辦呢？不得已修了封信向哥求援，代辦禮物，初枝希望他能參加她的婚禮，但他有勇氣麼？少山嘗試說服自己：把初枝當朋友可以，但做情人，整天獻殷勤就太浪費光陰了，他還有遠大的理想。

● 邂逅張淑子

位於康樂的半年村口有所茶室，姓張的店主有女兒名淑子，二十出頭，人俊秀，水靈靈的眼睛，有兩個酒窩，咧齒一笑，令人甜入心脾，引得兵哥們有事沒事都往茶室跑。少山只和別人去過幾次，竟然引起她的注意，今天還託人帶信來約少山有時間到她家裡玩。這飛來的豔福，來得太容易了。由於有過屢屢

受創的經驗，一朝被蛇咬，三年怕草繩。一來初枝事令他痛苦萬分，二來少女心最難測。容少山失眠了。

淑子對少山的熱情和同情扯下他道學的面具。她告訴容少山她委實在太孤單寂寞了。為了家庭，為孝順，把屬於她的幸福都放棄了，整天拿著熱水壺周旋於那些侷促的茶客中，還要經常遭受父親的打罵。

今天少山去看她，一見面就被她的笑靨融化掉。她的影子令少山拂之不去，她的一顰一笑，合上眼就會出現。晚上少山再到淑子茶室，側聞她與國校的一位郭姓教員相愛，覺很不開心，知道是嫉妒作祟。要不是在茶室被友人逼著下棋，少山早就離去了。他吃醋了！

有些茶客到淑子家裡喝茶，並借機取笑她說，那音樂家怎樣怎樣了，他們所指的是容少山。「為何偏中意這個跛子？我們幫妳介紹，妳要什麼條件的都有，為什麼偏要殘缺的，真是情人眼裡出西施嘿？」她有點光火了，「你們管不著。我讀書少，但我尚知道品格更重要。」一句話使少山掉淚，真女中豪傑也！

這位茶女託人請少山去她家拉提琴後，想不到當天她居然親自騎車找上來，引來同室一片羨慕，「有小姐來找你啦。」她雖以請求的口吻，請容少山以後上午到她家裡玩，但少山已心屬初枝，不允許自己這樣做。

正在埋首練琴的時候，老劉走來非要少山去 Miss 張那裡去不可，他硬把少山的提琴拿走，這下子，不去也得去了，人是情感的奴隸，「張說過好幾次了，她很想你去，她非常的同情你！」。少山心又軟了。抵達後，她癡癡地望著少山，少山拉了兩曲，算是交差了，而她父親想學拉拉，因此一直待著，直到她家茶客漸稀少，「我要拉上次那首。」她邊說著，邊把肩挨著少山，天真爛漫的本性流露無遺。反而少山的舉止有點拘謹和木訥。不知怎的，旁人見她與少山親暱的樣子，都酸溜溜的。這是事後一位同伴提醒的。「小心啊！不要挨揍！」起初少山感到莫名其妙，後來始恍然大悟，「Miss 張是『半年村』之花，追她的人空軍也有，榮軍也有，他們會吃醋的，不問青紅皂白揍你一頓出氣，就划不來了。」少山聽後有些不安，只要不再上她那裡就是了，可是她老邀少山上她家玩，真不知該怎麼辦才好。

　　最近大家帶著羨慕並妒忌的口吻，説少山假正經。這可奇怪了，他們怎麼知道少山心底的秘密？少山很少去茶館，猜想是從在她身上得著蛛絲馬跡。因為每次少山出現，她就緊張起來，急急忙忙照鏡子，弄衣衫，説話舉止興奮。

　　淑子病了，令少山十分心痛，看見她由母親攙扶上了三輪車，她蹌蹌步履。即把同情化作行動，得幾位朋友響應，匆匆買了些牛奶、餅乾、水果、罐頭，同去看望她。她父親感動得聲音顫抖。她母親在流淚。

　　淑子的父親晚間託人找少山，商量借款，因淑子病時他借了孫醫生五百元，現要歸還，找少山想辦法。少山一口答應，向相熟的趙老伯商借金子，少山準備必要時押掉小提琴。他擺上禱告。次日一早，掛了個電話給黃烈鈞求他想辦法做個中間人，好像有些眉目。最終去找王家，家裡最困難的朋友竟傾囊相助，把僅有的一錢五金戒指借出，難怪人説仗義每多屠狗輩，可是下午王來電話説時間太匆促，辦不了，老郭建議少山不如先挪用二百元伙食費，月底歸還。少山把錢給了淑子父親後，頓覺如獲重釋。

　　折磨了近一週，淑子的病終於痊癒，週末晚去看她的時候，她臉龐泛起淡淡的紅暈，甚是醉人。特地在播音房拉了幾支曲子，有夢幻曲、阿美族舞曲，這都是她喜愛聽的，完全是為她而拉的。

　　有一天正午，茶室寂靜一片，剩下淑子和少山。少山要看她的日記，她抵死不肯，少山説，非要偷來看不可，她做了個鬼臉，用手勢來羞少山，天真爛漫。經過溪邊，發現有株盛開的野花，在斜陽下格外嬌豔，少山隨手摘了拿去送淑子，心裡頂高興的。

　　過了幾天，小陳跑來告訴少山，淑子前晚跟人走了，昨日被找回來，催少山趕快去看看她。到了她家，見她眼睛都哭紅了。她爸一直反對她與愛人結合，少山一時也亂了方寸，安慰了她幾句。回來途中，不知怎地，忽然難過起來，在郊野放聲痛哭，情緒失控。

　　淑子的情人老郭告訴少山，淑子明天要和她外祖母回恆春了。好像有捨不得的樣子。似乎淑子父親心懷叵測，説不定要把淑子賣掉或讓她嫁人。少山説淑子不是三歲小孩，可任人擺佈。「屏東的風俗很壞，搞不好，她會受傳染。」

少山會意了，這傢伙是想馬上佔有她，害怕錯過了機會她會變心，太卑污了，他不配擁有淑子。

淑子臨走最後一夜，哭著告訴少山，「我爸要把我送到屏東。」少山真替她不值，也為她有這樣一個禽獸父而悲嘆，可是他能做什麼，只有搥胸頓足，兩人抱頭痛哭。

● 方柳出現

幾位異性中，最讓少山愛得苦痛的是方柳。記得初到太麻里，一晚應李小姐之約赴會。到李小姐處坐，圍坐榻榻米，加上潘小姐，共六人，初次認識有位方柳小姐，她是方老師的妹妹，文靜大方，身材勻稱，說話不多，肌膚潔白如雪，穿一條碎花半截裙子，足登白色平底鞋。在社交場合少山的毛病仍然根深蒂固。雖然極想發言，但心內又極不自然，心跳又緊張，最後豁出去，硬著頭皮站起來發言。

之後在不同場合又碰上了，畢竟世界真細小。熟落後，方小姐邀請容少山到她教會聚會。初次接觸「真耶穌教會」，是一靈恩派，禱告時會眾渾身顫抖搖擺，聲音怪異，使人汗毛也豎起來，那氣氛實在教人害怕。

一天，方小姐與她妹妹到訪，談笑甚歡，她勉勵少山要常祈禱，並要少山教她彈琴。愛上了一個姑娘是什麼滋味？「只要稍稍看到她的背影或那烏黑的頭髮，有說不出的欣喜，一切煩愁都離開了。」每次見到方柳，她都是含情脈脈，少山想她想到發瘋了。

「我想坦白向她表示我的愛，但總找不著突破口；因此間風氣未開，青年男女交往被視為不正經，單獨一起的機會很少，愛的心聲難以傳達。」但容少山終於發現了切入點：她的鞋子已破舊，想送她一雙鞋子，於是買了給她弟弟帶去。他回來說那雙鞋子她不肯接受。「她是甚意思？」

容少山想，「雖然我還未加入真耶穌教會，但我信主的心，永遠不改變，所以我們都是主內弟兄姊妹。你不愛我，我還是愛主，直到永遠。」「我愛她，

但不敢存非份之想。」少山警惕自己不能讓情感泛濫。

可是少山總覺她的態度捉摸不定，「她究竟是喜歡我，抑是同情和敬重？昨晚參加他們的聚會，她好像不好意思正面對我，也避免在眾人面前與我講話。」那晚其他人都在聊天，她卻獨自在油燈下翻閱聖經，少山則默默地坐著，久久不願離去。此時彼此都像在無言地交流著。少山恐怕被旁人發覺，不好意思，就率先起身告辭了。

中午劉君透露，代少山打聽過，方柳是喜歡少山的，但女方家長不同意兩人發展，因嫌少山殘廢；聽聞後，少山痛哭流涕，晚上去見柳，以解兩月來的想念。雖殘缺引致容少山自卑，但仍不甘心做弱者。所以偷偷地寫了封短信給她，託她弟把信帶給她，訴說他的愛慕。

柳的哥哥來宿舍聊天，透露他們真耶教有條規定，結婚的對象非要教內人不可，所以他堅決反對柳與少山談戀愛。

「相愛是罪惡嗎？」本來選好晚上向她表白。月色下，只有她姊妹倆和少山三人，但她怕難為情，僅說了兩句見面話就離開了。她妹妹叫她在樹下站站，她都默然拒絕了。少山失望得想哭。但一會她又與一年長女伴回來了，但依然不語。大家在一起，很少對望，偶然四目交投，都像盡在不言中。

看來柳是一個宗教狂熱者。這教派太封建了。男女間相愛都被視作姦淫。少山不願接受真耶穌會的洗禮，覺得這教派太怪僻，太不近人情了。

容少山終於鼓起勇氣，給柳寫了一信，「柳，妳知道我愛妳過於自己的生命？妳知道我日夕都為了思念妳而活嗎？」少山常常想，難道這缺陷就決定了他的命運，奪去了他的幸福嗎？一個有志氣，有抱負的熱血青年就這樣被埋沒了嗎？

「我要和命運戰鬥，和人戰鬥，和缺陷戰鬥，只要一息尚存，就要戰鬥到底，化悲憤為力量！」也許埋藏在心底的苦澀太多了，在淒風苦雨之夜，觸發傷感，痛哭起來。「我怕，但並不是怕狂風暴雨，而是怕埋在人生路上的伏擊。」

方柳的哥哥海天從太麻里回來，說下月十一日要入伍了，這是鄉公所兵役課的職員告訴他的。「我明天要去台東一趟，問問縣府兵役科究竟情況怎樣。是

否可緩召？」容建議，在事情未肯定前，他最好不要告訴父母，免得全家都為他難過。他說並非怕服役，而是擔心全家生活，因他是家庭主要經濟支柱。假如他真的入營，少山願替他照顧家庭，不管柳是不是嫁給他。

少山四出奔走，託陶老師找關係。入營徵集令到了，海天外表裝作若無其事似的，但難掩內心的惆悵。最後一班車至，陶老師從台東趕回來，帶來好消息，「海天可以緩召了。」少山花了好半天功夫才讓他媽相信，化悲為喜。

據說柳的家人不大同意容少山求親。又據鄭鳳鳴說，他母親很同情少山，要另選別的女子為少山做媒作補償，陶老師問少山意見，少山說，「在不明白柳本人的意向時，我沒有心情，這樣做是對不起柳的。」

第九章

● 說親

　　自向方家求親失敗後，容少山一直精神恍恍惚惚。劉校長看在眼裡，頗為他擔憂，回家和老伴商議過後，一致決定為少山說親，對象是連村長的女兒連秀。經過一番努力，女方父母都同意了。他們為此事熱心奔走，少山卻冷漠處之，因他早已心有所屬了。「小容，我辦事，你放心！」既然一切已成定局，出於好奇，怎麼說也要親自到連家走一遭看看，因相親那晚喝多了，那姑娘尚未看清楚，就在眼前一晃進房間去了。

　　連家坐落在山坡的兩所用茅草和竹枝搭蓋的房子，屋頂已因上次颱風掉了很多茅草，泥做的牆壁看來難耐風雨。進得門來，連老爹早站起來迎接，忙讓位，顯得有點兒手足無措，「秀媽，還不叫小秀出來招呼客人，這丫頭真不懂事。」今天看清楚，端茶出來的是一個十八歲左右的村姑，略胖的身量，黑油油的皮膚，單眼皮，嘴略大，令少山想起以前在台北見到從南洋來打工的農村婦人，紮著兩條辮子，低頭不敢看人。少山倒抽一口涼氣，「壞了！今天怎麼看她又醜又土。都是喝酒害事，上次朦朦朧朧見到的是個身材豐滿的女子，雖然看不清她的臉。怎辦？」人比人比死人，少山有珠玉在前，腦海裡浮現之前的紅顏知己，不覺如坐針氈，一會就告辭了。

　　潘老師看在眼裡，有點不安。「要不是為反攻大陸，暫停婚娶事，這姑娘是不愁找不到婆家的。再想想你自己的情況。」這婚事就這樣半推半就進行。事後據潘老師高興地轉達，三方面都同意了，就等談聘金。

　　容少山最近參加大王國校陳再媛婚禮後，深深地感到台灣社會充斥著庸俗的拜金主義，從送嫁時堆滿屋子的鏡子、衣櫥、褥子、枕頭上滿貼鈔票就可見一斑。少山婚事的癥結在女方聘金的苛索上，他們把嫁女視作買賣，價高者得。潘老師大著膽子替少山出主意，付四千，但尚未獲女家點頭。還是聽從上帝的旨意吧！

婚事因聘金的拉鋸陷入膠著狀態中。少山想，「誰叫自己拿不出對方要求的數目。假如我有能力的話，他們要多少就給多少，那該多痛快！」那年頭的村民視財如命，圖校長已代少山加至五千元，據說有人出六千。少山心裡有氣，「不要了！我不是來做拍賣的。」

朱廣濟來函告之，可籌五百元，志誠亦答應籌五百，其他友人也兩百、三百的相助。因此少山精神上感到莫大的鼓舞。尤其他們都收入微薄，過得清苦，幾百元是筆巨款，得人如此相助，真值得驕傲。

義肢上峰已核准製造，量義肢技師已來，囑容少山速往關山。於是急忙趕往台東乘火車至關山。到得關山，適逢該技師剛返台東，因此又急回台東。用電話詢問，始找到他們所居之旅店。量畢，才放下了心頭大石。

抵台中旅舍度宿，孤寂的環境中，人最軟弱，出事了，容少山一時被慾火沖昏了腦袋，竟禁不住試探，帶著羞愧、罪惡和矛盾交雜的心，偷嘗了一度春風。但到底是怎樣一回事，感覺好像喝醉了酒一樣，全程顫抖不已。總之已做了情慾的俘虜，懊悔萬分。

● 親事談妥

一回來，潘老師即向少山報喜，說這門親事已談好。邀少山、潘老師和媒人一同到女家確認。不知怎地，在別人的擺佈下，少山糊裡糊塗把兩枚金戒指套在女方手上了。

大家都為少山之聘金及行聘事奔走，群策群力。校長籌款，潘老師訂購禮餅，決定 3 月 5 日（農曆正月十六）訂婚行聘。婚期訂在 4 月 6 日。接著，學校的陶訓導、郭老師等陪少山去女家行聘及行訂婚禮。回程帶回女方送回的禮物。大家一同分享禮餅，皆大歡喜。學生成群地擁到少山宿舍來看他。終身大事定了，費用起碼要花三千，尚無著落，不能不著急。

在街上，學生三五成群躲在容少山後面神秘地笑，他們知道容老師要訂婚了。說真的，少山自己對這門親事是不大滿意的。或許命該如此，總之聽從上帝的旨意吧！

婚禮的籌備

　　婚禮的籌備令容少山大費周張。窮人最受罪。難得同仁分別贈他結婚傢具床鋪、碗碟盤等。婚期緊迫，心境依然波動，原因是彼此從未產生過愛情。少山的心早已被方柳佔有了。

　　一日，潘老師把未婚妻的照片拿給少山。不看尤可，一看更覺難受。土裡土氣的，單眼皮，個子小，那少山以後的子孫長相將會是什麼樣子？真不敢想像！潘老師在旁，見少山嘟著嘴，已猜透他心意，立即打圓場說，「小容呵，少年無醜婦，既來之則安之！」少山聽了，眼睛瞪著他，然後苦笑，肚裡咕嚕，「你真是罪魁禍首！」

蔣緯國的賀禮和賀函

　　一早送來四封掛號信，同仁們爭著問究竟。拆開都是賀禮，團長蔣緯國二百元支票，志誠表兄一百二十元，國藩等友人禮券共有四百元。大家皆投少山以羨慕的目光，尤其是蔣緯國的賀禮和賀函。少山感光榮，但告訴自己要喜怒不形於色。

婚禮進行

　　婚禮進行時，人人以為少山必定快樂非常，他實際上啞子吃黃蓮，只有自己才知道。三朝回門時，娘家大排筵席回請新郎，賓客盡情吃喝，可容少山感到如坐針氈，極不自然。次日，少山陪伴關事禎先生去知本溫泉玩了一天。事後大家都說少山不對。新婚怎可拋下新娘走開，少山卻不以為然。

　　坐下來一算結婚的總開銷，尚虧欠別人二千多元。原定要和妻回娘家的，但藉詞回校上課而逃避。苦悶加上不理想的婚姻，苦上加苦。因結婚弄至債台高築。新婚生活也很不習慣。什麼妻子、丈夫一類的稱呼，極端刺耳。

難分難捨

　　晚上少山去看看方柳。她仍然無所表示。都怪自己太多情，別人已三番四次拒絕，自己已成婚，何必再留戀？但偏對她死心眼，就是多看一眼也好。日有所思，夜有所夢，夢見與方柳相對而視，少山流著淚，她也哭了。她大聲對父母說：「我要嫁給容老師！我要嫁給容老師！」少山不顧一切地擁抱她。她在少山懷裡快樂地哭著。醒來原來是南柯一夢，少山情願永不再醒來。少山思前想後，很不甘心，決定最後一次寫信給柳：

　　「柳：愛情是神聖的，是光明正大的。潔淨的愛情，在神的眼裡，不但不是犯罪，而且是神所喜悅的。實在我非常愛你，自聽到妳媽和妳哥不同意的話後，我不知哭了多少次，也不知流了多少眼淚。柳，你願不願意答應我的婚事，假如不願意，回信寫一個『不』字告訴我就可以了，假使願意就不要寫回信。願主與你同在。

四十七年二月十六日早晨」

　　原來連秀的好友李雙鳳上次充當聯絡員，站在連秀一邊，出賣了少山，撒了個謊，她根本沒有去問方柳是否喜歡少山，佯稱「方柳根本就沒有對你有意思，是你自作多情。」少山當時信以為真的。後來看到少山痛苦的樣子，李雙鳳終良心發現，把真相和盤托出，才曉得是天大的謊言。唉，少山什麼人都不怪，是自己該死！所託非人，終身遺恨由自己一手造成。

　　晚上巡迴電影放映完畢，少山又看見了柳，她也看見了少山，彼此默默無言，但都有相同的感覺，就是想多站一會，雖然禮教已築起一道人為的牆，但兩人的心是沒有距離的，總之多看一眼也好，哪怕只是她的影子。少山淚往裡流，自己已是有婦之夫，知道這樣做是不對的，對連秀是不忠實的。

　　方柳的哥哥海天將結婚，少山要送他相同之禮金並參加他的婚禮，過去的事就由它過去吧！

失望和裂痕

婚後，容少山覺得這個妻子真是累贅。真痛苦，怎麼會討到這樣一個女人做妻子。她樣樣都不誠實、不坦白。今天發現皮箱裡的舊信件上的郵票有被剪去的痕跡，問她，她說不知道，不敢正視少山。光是這話已夠少山生氣了。「皮箱裡的東西動過，難道瞞得過我？否則還看什麼家。」

今早更使少山生氣，更痛苦，「上次剩下來的兩瓶酒，為什麼只剩一瓶？」她答不知道，使少山失望透頂，恨不得令她馬上收拾東西滾回娘家，再不要回來。他再也不要這老婆了！

熊熊大火爆發前

容少山要保衛他的私人空間，他愛讀書，愛唱歌，或凝思，或默想，不想理會旁人。一天，在學校被校長指責。「把我當朋友才勸你一句，做人不要太過份。不管怎樣，好歹是你老婆，到頭來還不是要過日子。以前的抹去了吧！」校長拍著少山的背。「你的事我知道一點。得不到的東西永遠是最好的，放手吧！」容少山覺得娶了這老婆，就從此失去了美麗的幻想，空悲切。

早晨，少山發現連秀乘他外出步行時，偷偷地搜過他的褲袋，把一張十元鈔私自拿了。待少山發覺追問她時，她才裝作到房間尋找，最後說在地上找到了。明顯是小偷的行為，但一時不好直斥其非，只好傷痛地強忍，裝作不知情。

新婚的飢渴

不知道別的男人是否有愛才會造愛，反正容少山在新婚期間，情慾極度熾烈，一連三晚皆有房事，好像老吃不飽的樣子。且且而伐，明知有損健康，但總經不起內在的需要。要下決心，抑制過度的情慾。從當天起，要降服它。雖自說自話要抑制性慾，但僅一天就破了戒。決定付諸行動，與妻分房睡，以達成自律。

準備參加 9 月 4 日的輔委會考試院主辦的特種考試。這考試是授予補考與高考的資格。先要取得補考及格，好在來年參加高考。一步步向上走，因為現在公務員制度是考試取士。閱報得悉退役人員特種考試 7 月 1 日報名，9 月 3 至 6 日考試，地點在台北、台南舉行，少山蠢蠢欲動。

特種試之報名表寄出去了。科目為三民主義、國文、史地、教育概論、教育心理學、學校行政、教育測驗、統計學。為了應試，少山每天聞雞起讀，早晚勤於自修。

晨早出外練聲和讀書，少山回來見褲袋有異，發覺少了一張十元鈔，見妻神色慌張，問她，諸多砌詞，行為卑劣，使少山痛苦之極。

靈與慾掙扎

心理上要求節慾，但生理上不聽話。房事平均兩三天一次，對新婚夫婦來說，本是正常的，但少山卻接受不了。他努力節制，須減為每週一次。

既然決心分房睡，但又掙扎不脫慾魔的掌控，結果一天能停止房事，兩天就不行了。書也看不進去，總想先滿足一下生理需要，然後再繼續用功，但待生理滿足了，體力精神已萎靡了，再也不能實踐房事前對自己的諾言了。所以懊悔、自責！「我真的無用！」現在距離特種試期只有一月多了，容少山再三規範自己，若想當偉人，就要有智慧；若甘於庸俗，一切也就不用談了！

不衛生的積習

娶了一個不講衛生的妻子，真的倒霉，這兩天連秀回娘家去了，因此須自己動手做飯，可是進廚房一摸，發現到處都是油膩膩的，心裡難過極了。廚房彌漫著一股腐臭味，搞了半天也查不出原因，認為有死老鼠在天花板上，但遍尋不見；當少山把所有的碗碟餐具翻出來，赫然發現其中一隻碗內不知什麼時候有吃剩的魚，已變成一堆蠕動的蟲子了。少山想吐。「這樣的老婆我真不想要

了。」把所有碗具用灰洗刷了半天，心裡才稍覺舒服些。計劃明天再打掃房子搞衛生。

　　特種考試入場證終於來了，甚喜。連日颱風，夾著豪雨，幸而今第一天早上風住了，有陽光，應考大吉。考了第一科，不巧碰上拉肚子，強忍著空腹應試。考畢，自信成績在優等之列。連日來的考試，容少山都有絕對把握。晚上無聊，想見柳，於是上山尋她。由於下雨，她尚在茅屋教堂，彈琴唱詩。

妻的劣行

　　連秀從娘家回來了。為著食水的問題，她和人爭執惹來一場是非。氣在上頭的少山衝口而出說，「你再這樣的話，你回去好了！」她一聽，鐵青著臉，就真的賭氣收拾行李要回去，被剛到訪的學生鄭鳳鳴和徐月嬌勸止。

　　午睡起床，偶然發覺上午李老師送來的五十元油煤代金少了十元。直覺地聯想到連秀的壞紀錄，氣憤不已。因此腦袋盤算著離婚的念頭，要和她脫離關係。後來越想越氣，索性跑到校長家裡訴苦，校長本著息事寧人的態度，勸慰一番，但少山心內的陰影揮之不去。

　　朱廣濟來函說需裝收音機，恰巧手頭之錢要借給人周轉，廣濟那邊就要耽誤幾天了。連秀去西部時私自向人借款，被人追上門來，容少山心內窘羞，為何她如此貪慕虛榮，還要對少山隱瞞，真令人生氣。連秀迄今未返。得悉她去參加她堂弟的婚禮，少山甚氣惱。經過村口小店，老頭一把拉住少山，「容老師，最近手緊嗎？」「為什麼這樣問呢？」「啊，沒什麼，你有需要隨時找我得了。小芝媽說你等著用，早上來借了一百元。」少山聽了，氣得說不出話來。

　　容少山得知考取了特別試，劉老師反而落第，儘量壓抑住心中的喜悅。約束自己，克服自己，鼓勵自己及教育自己。不能略有小成就放鬆。要生存就要奮鬥。

和同事校長的衝突

　　容少山有時看同事懈怠，真令人搖頭，甚至領導也如此。實在看不慣。有更甚者，他自己不願多工作而要別人工作，作領導者實在說不過去。焉能服人？焉能使教育上軌道？

　　自與校長意見相左後，許多事情愈來愈看不過去，如刺在喉，所以情緒極差。雖付出了熱忱，付出了健康，卻得不到諒解：如應邀赴台東交流，所作所為完全為公，想不到公交車費報銷受阻，人格受損害，痛心又難過，少山關上房門大哭了一場。妻知道了，焦急地問因由，少山只好砌詞掩飾。晚上悶得慌，拉老劉到村口老頭處，買了瓶金門高粱、一大包烘花生，兩人天南地北扯起來，老劉聽少山一輪訴苦後，呷了口酒後，瞟了少山一眼說：「有些話我藏底裡已久，不吐不快，我說了你肯定不高興，但作為老友，我還是要說。」

　　「你喜歡說人道德如何如何，我就跟你談道德。」容少山好像酒醒了。「你常用自己的道德尺度，主觀地衡量別人的對錯，甚至不惜破壞與上司的關係，但自己的所謂是非對錯，又是以什麼作為客觀的準則呢？」少山一下子給問倒了，想發火，老劉又不讓他辯駁，「說得不好聽，小容你有時是較偏頗的，你過去經常與上司同事的衝突、摩擦，為什麼總是別人錯而你全對呢？是否過於主觀，或驕傲而不自知，對人過於苛責？」少山開始低下頭來，明白是為他好。「如同事對你私自挪用別人物品，吃別人的空缺等等。你認為別人態度惡劣，你有否自我檢討，是否寬於己而嚴於人呢？你不能動不動就說別人庸俗而自己就是大聖人。就拿你與小芝媽的關係為例，別人為你奔走談婚事，你是同意的，後來看了照片才發現她不理想。你婚後發現對方有偷竊行為，你為何沒有好好地坐下來教育她，給她一定的財政權限？」一席話讓容少山羞愧得無地自容，平時看似隨便的老劉，怎麼詞鋒句向刺中人要害，少山哭了，投降了！

　　一早讀「荒漠甘泉」，我們若有更多安靜的時間，就更與聖靈接近。此書深深地打動少山的心。回顧近來只是瞎忙，晚間又沉溺於性生活，因而安靜的時間少了，靈命枯竭。少山要更新靈命。

晴天霹靂

晚上回家聽連秀説，方柳訂婚了！容少山聽後如五雷轟頂，幾乎昏過去，立刻追問，「真的嗎？真的嗎？」即感到一種莫明的痛苦。其實知道這消息早晚會聽到的，可是情感上的糾結老放不下。

聽連秀説，天將黑時，在山下碰到方柳，兩人一同來找少山但沒有找著。據説，方柳訂婚的消息公開後，柳痛苦萬分，並透過連秀希望少山搬到別處任教，她打算逃婚到少山處。同時不斷訴説思念少山之情。少山聽後淚如雨下。「天意弄人，不知該怎麼辦呢？主呀，懇求祢作主，告訴我該怎麼辦？」

晚禱時，容少山見到她的背影。禱告中，她淒厲的哭聲像利刃樣般透少山的心，淚水奪眶而出。她被母妹監視，不敢與少山説話。

容少山知道柳去了知本溫泉，就痴痴地跑到橋那邊的汽車站，等候她從知本歸來，以便説句話。但一直不見蹤影，只得悵然而返。在淚水中，提筆給她寫了幾句話：

「別人説，有了妻子不許再愛其他女子，但我的愛是根深蒂固的，在妻還未出現之前，我倆已心心相印。可是你的家庭和你市儈的哥哥反對，你太軟弱了，屈從於家庭、宗教，以致把你熾熱的心活埋。為了避免激怒那不近人情的兄長，妳甘於受愛的折磨。我恨你，恨你不敢揭開內心的秘密，你痛苦時我也痛苦。但到了這田地，我還是永遠愛你的！」

第十章

早上接張福生的信，言辭懇切，苦口婆心，真良師益友。

「少山吾弟，你的事情我大概知道，作為你的親密戰友，我不得不奉勸一句，不要再為過去的不幸抱怨。古人說天降大任前，必透過不斷的磨難來操練他，也成為其他不幸者祝福。雖然你不可能一下子吃透神之意思，常自怨自艾，嘆生不逢辰，身體殘缺，家庭慘遭變故，與方柳之婚姻，因不同宗教之阻力而告吹，糊裡糊塗中又與你鄙棄的，外貌不揚的人結婚。但神讓你學有所成，在數千人中脫穎而出；音樂自學亦無白費。你最大的敵人不是別人，正是自己的驕傲。你不停地陷入魔鬼的試探中，守不住肉慾的底線。待人處事方面，你有時未免寬於己而嚴於人。原諒我愛之切，責之深。共勉之」。

愚兄福生拜上

● 婚變前後

容少山對自己說了幾十遍要與連秀分房睡，使能好好地讀書，研究學問，重建身體，總是未能徹底實行。他恨自己，每天晚上都成了情慾的奴隸，把時間浪費了，身體越來越孱弱，書本、提琴蒙上灰塵。他自覺是個逃兵！

早上到岳父家拜年，中午就回來，因些小事責備了連秀幾句，她竟嗚嗚地哭起來。下午順道至方家，見到柳，心內暢快。近來常與妻口角，差不多每天有衝突，痛苦極了。

回家甫踏進廚房，少山被眼前的景象嚇呆了，水缸邊碗盆中，一堆集體淹死的小雞浮在盆上，「快來！快來看！」少山大叫，連秀卻不知蹤影，氣得頭直冒煙，稍後她提著桶蝸牛回來，「昨晚妳說病得半死，診所的錢還未找，今天妳就去買蝸牛，蝸牛要買嗎？買的錢夠吃藥了。你碗盆裡是什麼？我說過千篇，

碗要即洗，不要在盆裡用水泡著，你總是吃過晚飯的碗中午洗，説你骯髒你不認，你看看一堆堆死雞多可怕，沒到幾天只剩下幾隻？」「你淨懂罵人，人家這幾天肚子痛，你有問過我一句嗎？」連秀站在床邊，嗚嗚地哭。

連秀懷孕二月多了，晚上連連叫痛，驚動四鄰，醫生上門診畢，謂有流產徵兆，打完一針，又叫痛，醫生又給她注射，未幾即流產，真令人惋惜。學生吳萍來陪連秀玩，以解她病中之苦，兩人連床夜話。

結婚週年悄悄地來，又悄悄地走了。中午回來，連秀已回娘家，留下早上和前一晚的碗碟未洗，她如此懶惰髒亂，屢勸不改，少山心裡極氣憤。

有好事的人向容少山打小報告，「你要好生看住你女人！」容吃了一驚，於是將連秀近來的行徑細細印證一下，也發現有蛛絲馬跡，不禁肝火大動，半夜裡把她抽起來審問，當然是沒結果，而自己也哭了。兩人都嚷著要分開，「我不要這老婆了！」不斷的摩擦，夫妻關係越來越緊張。

連秀不但喜歡玩，也喜歡招引別人同去，因此引起了潘老師的不滿，因為他的傭人與妻子都跟隨了去，容少山回家把連秀大罵了一頓，「你自己墮落好了，還要帶壞別人。你知道潘老師怎麼説？説你帶他老婆去和別人去鬼混！」連秀一聽眼裡冒火，「是她們帶壞我還是我帶壞他們？」連秀不服指責。從農曆新年始，平均每天都吵，有時甚至一天三吵。少山最忍受不了的是連的搶白，愛扭曲事情。早上她説少山昨晚欺負了她一晚，連被子都不許她蓋。「我有那麼殘忍嗎？」少山覺得真冤。

● 轉校前後

在大王國校參加觀摩會，遇康樂學校張校長，「小容，過來幫我吧！」他邀少山轉往康樂國小任教，蒙他賞識，少山不勝感激，但至今仍不願改變現狀。

週末校長不在，大家同聲要求提早放學。為著責任感，少山仍要六年級留下，好讓他們多讀點書。

據説，康樂的張校長下學年將調往池上福原國校，他晚上主動來找少山商談，邀請他跟隨往新校去。少山答應了，因人情難卻，也考慮到這區食水缺乏及與居民最近之緊張關係。

之後，張校長派人攜函來力邀加盟，少山坦誠將此事告訴現任校長，望他同意讓自己調校，可是校長諸多為難，少山不想鬧得太僵，內心矛盾極了。少山與校長交惡源於對後者作風看不慣，他做事公私不分。少山不願隨波逐流，對不順眼的事不吐不快。

● 變態之戀

中午，連秀半路上遇見方柳，兩人結伴往郵代所取信，一邊話家常，方柳順手將少山之信件取來拆閱，連覺不妥，要搶回來，説，「他回來會罵我的。」方柳冷笑一聲説，「不要緊，他若罵你，叫他來教會罵我好了。」方柳這樣做，容少山認為是親密關係的表現，他不但不生氣，反而很高興。

下午連秀把一封信交給少山，説是方柳給他的，少山接過一摸，裡面軟綿綿的，高興極了。悄悄地走到校旁僻靜處拆開。是一條新手帕，裡面還夾著一張信箋，上面每個字都抽動少山的心，太興奮了。

少山下班回來，連説方柳下午來過，而且在玻璃上用粉筆寫了很多字，叫少山看。喲，真的寫了很多字，而且是開玩笑的，想不到外表嚴肅的女子，竟是如此輕佻頑皮。女孩子的心真令人猜不透。連説了一些方柳在家中痛苦的事，少山聽後心如刀割，恨不得把心掏出來給她，於是提筆寫了封信給她，並付上十元給她作零用。晚上她下來學校玩，連秀將信和錢一併交給她，方柳很感動，又寫了封回信。

方柳一連幾天都下來與連秀玩，下午妻説，她又來了，少山問，「我下去看看她好嗎？」連秀勸道，「她不要和你見面，怕難為情呢！」於是少山就不去了。

晚上她來學校玩，並託連帶信給少山，説明天要去台東買東西，央求連陪她去，少山答允了。原來她要去辦嫁粧。少山覺得被她折磨死了。

自從民國四十五年冬天見到方柳以後就一見傾心，自始內心時刻印著她的影子。最近發展更是神魂飛馳，可以説這段緣份充滿了奇幻，可以説她什麼都給過的，就是獨獨身體沒有給，容少山心想，這或許是主的安排，因為她悄悄地到少山房內在褲袋裡拿錢的次數多得數不清。可是就沒有一次能碰到她，「如果能碰到她，最起碼親嘴就少不了的。」美豐君告訴少山，外面傳連秀行為不檢的謠言，所以從這裡看來，諸種奇怪的緣份，是否主的旨意？「所以我不敢強求，希望與方柳有真情交流的機會，使我數年的思念能遂願。柳啊，親愛的柳啊！何時能相見，對妳的想念無時無之。」

方柳也常寫信給少山傾訴心事，少山對方柳愛慕之情如火熾熱，但礙於禮教，總要避嫌。今天早晨，少山知道她要單獨往台東，於是尾隨之，可失望得很，在台東遍尋不獲，最後趕至車站，等候其乘回程車，奈何她已早三分鐘前離去了。天意弄人也。事後方柳把一束烏黑發亮、柔軟的長髮夾在信中送給少山，令少山發了瘋！

容少山晚上到教會，方柳在彈風琴，淒怨無比，看到她用頭髮蓋住額角，聽說給她哥打了一頓，打傷了，大概傷口就在那裡。她哥為什麼要打她呢？怎麼打得下手？「柳妹啊！妳常在我心中，我也常在妳心中，妳痛苦難過，我也痛苦難過。」聽説方柳哭了，少山一夜未合眼。

方柳天天都有一兩封信給少山，而且乘少山上學的時候，來家和連秀玩，説少山家就是她的家一樣。常常將她的食物，吃剩一半留給少山！方柳昨天向少山索取二百元，雖然生活在窮困中，少山仍咬緊牙根籌借給她。她連連需索，已超出了少山的能力，但為了愛，只好忍受著窮困來供給她。

方柳對金錢需索無度，來函要錢，稱呼少山為「丈夫」。方柳差不多每天都向少山伸手，十元、二十元也要，為著愛，少山儘量讓其有求必應。少女心真難測度，以前柳舉止含蓄，為何一夜之間變得如此任性不羈。但更難以理解的是，她放任的表現，只限於與容少山夫婦三人在一起的時候。

她今天又拿了十元。除了頻仍向少山索款，行為亦變態。現在她把少山家「作為她精神上的家一樣」，進來要什麼就拿什麼，想吃什麼就弄什麼，少山總慣著她。

　　「她迷失了！」方柳再次把她身體上的「東西」裝在瓶子裡讓少山喝，少山也把自己的用瓶子裝回給她。本來有點變態，但為回報她痴情的愛，也就默默地做了。

　　此後她天天來、天天來，上午下午都來。

　　終於方柳的母親也看不過眼。方柳今天就在信上哭著訴苦，她母親不給她飯吃，並叫嫂嫂將她的衣物統統收走，更震撼的是，當著她面把她的衣服燒給她看。她說不要做人了。目睹一切，連秀生氣了，畢竟妒忌出於天性吧！方柳又索款了，少山實在沒有辦法，不得已寫信告訴她，說錢沒有啦！

　　相戀三年了，方柳又邀約相會，睡也睡不著。錢借來了，她拿十元去一口氣買了三件內衣。九點零五分就到達台東車站，可是下車後，四下裡找她不著，連秀也去找，第一次找不著，第二次才找到，她說生病了，睡在外婆家，等會好點就過來。到十二點還不見人，少山又令妻去看她。到下午兩點，妻回來說，她病得很重，不能來了，叫少山等先回去，少山自言自語：「為什麼要騙我？騙我做什麼？」

● 玩弄男人於股掌之中

　　方柳病了，想看看她，但是沒辦法，因為她出不來，而容少山又不敢去，因為不能去啊！又一次失望，花了許多金錢、時間和情感，換來的是痛苦和破碎的心，但少山沒有怨她，只怨自己為什麼這樣愛她。不管她是有意或是無意欺騙，少山都不恨她，依然和以前一樣，願意永遠幫助她，永遠愛她。

　　柳的病到底怎樣，一點也不知道，實在掛念。下午容少山只好叫連秀特意到台東去看看柳，帶些西給她吃，並帶上少山的慰問信。連秀千萬個不願意，口裡咕嚕著：「你把我當什麼？我是個女人，你的老婆呀！」連秀委屈極了。黃

昏連秀回來，說柳的未婚夫已趕回來了，並扶著她一起去看戲，真豈有此理！少山生氣極了，竟有如此薄情之女子，存心玩弄愛情。少山發誓今後不再受騙了，再也不理睬她了。怪就怪自己太痴情，容易輕信別人了。方柳把少山的愛當作消遣品，對少山是殘忍的。她快樂時就把少山撇開，呼之則來，揮之則去。少山終於醒悟了，實在太痛苦了。

方柳為何變得如此荒唐呢？只知向少山要錢，不管少山有沒有。想不到她竟乘少山不在時，私自在少山口袋裡拿錢。

聽說方柳快要離開了，容少山的心好像被針刺一下，以後難再看到她了。柳就要去西部了，這段不倫之戀也該告一段落了吧。奇怪，她的離去，並沒有像預期那樣，在少山心中引起不安。

她走了，少山站在路上，遙遙目送她上車，瞬間車門關上，車開了，她的音容卻長存在心中。整天，只要想起她，少山心裡就湧起一陣劇痛。

怎料不到一週，方柳又回來了。她說晚上要和少山見一次面。少山半信半疑，她來信要錢，還是給她。不管她是否在欺騙，愛是高潔的，而少山覺對她的愛決不能用金錢衡量。

昨天方柳又向少山要錢，答應晚上見面。上午寫信索三十元，少山回信說晚上才給，但她不願意。少山已深知她那套伎倆，不見面就罷。她說晚上回西部，求少山原諒她。又被放了鴿子，少山知道自己永遠都會原諒她，卻心知一直被她騙著，真作賤，這是否叫「被虐狂」？

● 失款

當往口袋拿錢去買禮券，送給鄭鳳鳴哥哥作結婚賀禮時，發覺一百元鈔票不見了兩張，此時不再躊躇，開門見山責連秀即拿出來，她見他勢色不對，趕快到房間拿出來給少山。真是江山易改。

賊人真是防不勝防，想不到方柳竟乘少山在屋旁刷牙的時候，悄悄地溜進容家，在少山口袋裡取去十元，若不是連秀發覺，少山還被蒙在鼓裡。柳大清早

就坐貨車走了，想送她也來不及。這個人，想起又愛又恨。柳真神通廣大，每次潛進容家在少山口袋偷錢，他都無所知覺，若不是事後看到她在門窗上留字，不管怎樣防備也是枉然。

聽說，方柳之母把她拉到派出所去，要大義滅親，說柳在西部做了壞事，要求處罰她，「這個女兒我不要了，真不要臉！」她在身份證的配偶欄填上一陳姓男子的名字。她跪地求饒，警員問那男子的行蹤，她照直說了。柳之後從台中寄來賀年卡，改姓名為陳月子，頗令人費解。

● 四面楚歌

容少山覺一棟宿舍三家人，就有兩家與他不睦，他是不甘心屈服的，壓得越緊，越是堅強，生來就是硬骨頭，不甘示弱，不肯低頭，因此少山這一戶最孤立，左鄰兩戶都有說有笑。鄰人欺人太甚，實在不得不替妻出頭了。正為著不爭氣的內人而痛苦時，隔壁母老虎竟放肆到當面冷言冷語，使少山極之怒恨，乃到校務處向其夫投訴，明知會討來一番沒趣，她老公肯定護短。

下午陳督學順道巡校，老李大事宴請獻殷勤，當大家吃罷，醉醺醺走出來時，容少山恰巧與陳督學碰個正著，於是陳督學握著少山的手，半醉地問，「容老師，你是不是對校長不好？對教導不好？對文教部不好？對全體老師不好？」少山一怔，好像後腦被人打了一記悶棒，傷心地握著他的手回答說，「什麼話！陳督學，你也是信上帝的人。」少山指著天說，「上面有天，下面有地，你自身有良心，我是也有良心，我沒有對主任不好，沒有對全體老師不好。」陳督學歪著腦袋，裝做沒聽見，接著他又說，「你是不是請調往康樂國校？」「是的。」他又說，「不好，不好！這學期不能調。」少山說，「我之前請調，有我之苦衷，如果不允許，其他僻遠的小學校也可以，總之就能離開此地就好。」「不行！不行！」「不行就算了。」少山要找個下台階。

暑期尾聲，教務主任透露，下學期起容少山將接著教三四年級。少山思量，難道就是因為去年剛接班教五上時，因處罰男生搞衛生不負責任，打了他們兩

下手心這件事東窗事發嗎？是否毛校長、教務等對少山有心結呢？但少山問心無愧，沒有什麼對不起仝人的地方。

　　開學了，少山擔任二年級及科任，一下子從高年班掉下來。被學校決策階層趕下台的，都會被人看不起，產生不平衡心理，而事後毛校長從未給個説法，沒有半句安撫和解釋，裝作若無其事，一切交由校務安排，在學校碰頭，他總是籍故停下來，就是轉向與其他同事交談，而避開與少山正面打招呼。而少山坦然不記恨，但求莊敬自強。自己要忍辱負重，振作起來。

● 特種考試放榜

　　假如今夏再舉辦特師試，容少山想努力一番，之後請求保送。少山太嚮往讀書的生活了，其次想參加高考，也是全年奮鬥目標之一。特考及格證寄來了，放榜了，十四人中只錄取了十一個，少山的辛勞有報了。

第十一章

節儉生活、精打細算

容少山堅持過節儉生活，給連秀的菜錢一天還不到八元，一是為著省儉，二是窮家出身捨不得吃，認為有白米、白麵裡腹已很幸福了。春節又到了，少山又想起苦難的大陸家人。家裡養的幾隻火雞不賣了，臘起來，一隻寄大陸家人，一隻寄香港哥哥，一隻寄守金門前線的戰友朱廣濟。連秀從台東打聽到寄香港食物的辦法，除罐頭外，其他都不能寄，失望得很。

年近歲晚，少山有兩個心願：一、做套西裝過年，半毛料的，不想過年太寒酸；二、收音機對於現代家庭不能沒有，否則現代化趕不上人家，連農民都不如。擬用分期付款買，全部六百二十元。領生育輔助金七百元，除了扣還借支外，尚餘四百元，晚上由妻上街買了件西上裝和一雙皮鞋，應可過節了。

過年消費多，容少山標了一份鎮民融資應急的月會，淨得九百元，得到一千九百元，除了要購的必需品外，剩下的捨不得花用，除借了一百元給黃老師，其餘一千五百元悉數放給小店許朝德那裡，收點利息也好，又可濟人之急，應該不違道德吧。

連秀又在少山口袋不問自取，掏去四十元，多次質問仍死口不認，真是江山易改，本性難移。今後大意不得，金錢方面要看緊些，錢不能隨便放口袋了。雖然可以寬恕她，但要是不斷重犯，著實令人氣惱。她的老毛病真不知何時了，使少山暴跳如雷，「妳從不管家庭開支，睜眼就知道要錢。」少山氣惱之餘，不免責備她幾句，她自然又反脣相譏，場面一發不可收拾，最後嗚嗚地哭起來，還故意跑到斜對面讓鄰居聽到，給少山尷尬。只得由她哭去，她覺得沒趣就不哭了。

● 娘家的負累

連秀回娘家已兩天了，固然孝親是人之常情，但似乎輕重不分。颱風貝蒂剛過，家裡仍滿目瘡痍，廚房倒了，而她卻無動於衷，走返外家。少山不是沒有同情心，對岳母不顧。而少山之對她們支援不起勁，乃是看到幾個年青力壯的大舅好吃懶做，平時不節儉，急時到處告貸，每次都是來伸手。這次風災，不打算縱容他們了。讓他們自己想辦法，去解決問題吧！

娘家只有岳父勤勞，過年仍上山工作，下來還挑上一擔香瓜、木瓜做飼料，內兄則由早賭到晚，通宵達旦，少山善意的想勸戒一下，反被岳母阻止。如此護短教子，怎不令他日趨敗壞呢。

下午容少山與連秀為她的不節儉而爭吵，她即拿起菜刀追逐一隻尚未長大的雞，雞「咯咯咯咯」驚慌失措，拍著翼四處逃命。「秀！你幹嗎？」連秀充耳不聞，眼放青光，喉頭發出恐怖的怪聲，最後手起刀落，把雞砍殺了，濺得雞血和雞毛滿地。少山驚得整個人像凝固了。

連秀回娘家那幾天，少山忙得不亦樂乎，下課回來忙著澆水、燒飯。終於她回來了，小芝病了，帶去看張大夫，說是腸炎，開了特效藥，分作四份，一天四次服用，已好多了，晚間仍哭，日間瀉。真是家不成家。

● 天無絕人之路

那邊廂容少山面對特師科無法申請，而榮民師資訓練班又把他拒於門外，讀書之念頭在無情現實前煙消雲散，心內充滿惆悵、悲愴。他不明白，為什麼已就業學校的教員不能再報考。晚上輾轉難眠。不甘心之餘，乃鼓起勇氣，上書輔導會主任蔣經國，要求破例免試進修。然天無絕人之路，無意中從收音機聽

到國軍除役輔導會舉辦特種試，一般熱流湧上，立擬草案，開始有計劃作閱讀準備；努力以赴，務必一矢中的；這是天賜良緣，必須把握。

退役轉任特考容少山獲准報考，雖然尚未公佈考試科目與日期，但從本年度考的科目估計，雖不中亦不遠矣，因此試自行設計應準備的科目。常言道機會是給予有準備之人。今年高考有教育行政，應考的科目為：一、國父遺教；二、憲法；三、國文；四、教育哲學；五、心理學；六、教育行政；七、中外教育史；八、各國教育制度；九、心理測驗或教育統計。根據參考書列出各種內容大綱，準備分別研讀。一邊看書並繼續買書。

不知在什麼時候，少山得了慢性胃炎，影響了進度，試期近，九月一日就是，未免心情緊張。考前，少山向校方請假，預購去台東車票，整理行裝，家事吩咐清楚。

乘早上七點班車，家中有岳母與連秀，也放心了。抵高雄下車玩玩，錯過了一班車，到得台中，已是深夜十二時了。沒有車啦，只好在候車室待到四點半再坐車到台北，投宿在汪啟榆父親宅中。

三天考畢，身心輕鬆，到市集買些衣物。四點多就起來趕車，五點的車，隆隆到高雄已下午四點半，熬了十一個小時，只好在高雄住一晚，住進軍人服務社，與同室軍人弟兄去紅燈區觀光，燈紅酒綠，好個人肉市場。若意志不堅定就會墮落了。

少山回家後發覺一身都是病，腰部經年疼痛，牙患亦嚴重。實在撐不住了，只得提前下班去看病，否則累壞自己，還落得個「工作不力」的罵名。

● 紅杏出牆

近日連秀的脾氣使少山苦惱極了，中午吵著要去看「桃太郎」電影，少山不同意，她隨即發脾氣，連晚飯也不燒了，私自拿錢看電影去了。然而少山一直擔憂的事終於發生了。一晚半夜裡，連秀推醒少山，「山，如果我做了對不起你的事，你會原諒我嗎？」少山一下子睡意全消，把連秀的臉板過來正對自己，

恐怕聽錯了，「我對不起你，山！」她終承認了，果真與人有染，想是受不住良心譴責，做了個惡夢，她已哭濕了睡枕，伏在少山胸前泣啜。少山聽後本極震驚，心房被深深地刺著，惟男人應大度，坦白從寬，「都過去了，不要再提啦！」「我對不起你！」「沒事，睡吧！」少山輕輕拍著她的背，眼睜睜地等天亮。

● 調校華源

　　下午接到命令要調華源校，容少山於是立即上台東見教科負責人林股長並縣長，反對這不合情、理、法的調動，因為兩年前請調是因為少山本人不適宜任教該地，原因是行動不便。似乎當局硬要置他於該地。談判的結果，課長與林股長允在寒假才執行調校，在未調前允許少山請病假至寒假。

　　容少山藉朝會向大家告辭，大部分老師皆依依不捨。將事情向學生宣佈，他們很快淚流滿面，不願少山離去，少山自己也鼻酸酸。由梁樹和老師接手少山之班級。

　　早晨從報上得知，特考除了一人外全部落第，包括少山。他不氣餒，要再接再勵。

第十二章

懷念家人

婚後多年來，每過年，容少山定邀一二在台的無家者共度新年，以遂懷念家人之情意結，彌補對親人之虧欠。這年邀請了戰友朱廣濟，訂四日來台東，少山以信告訴他，希望能趕在三日抵此地，因四日已是大除夕了。除夕夜，一早到台東菜市場將魚肉蔬菜辦好，即往車站接廣濟，在圖書館門口碰到黃榮南老師，向少山借六百元應急。恰好儲金簿在身，即應允。因嘗過在年夜窮困之滋味，是很不好受的。與廣濟回家後，開始忙年飯，菜做好後邀工友老陳一同入席。連秀對接待賓客總不以為然。

為搬家作準備

人心不蠹，握權者總要找弱者欺負。台東教科林股長一向對少山不滿，想藉機迫害，走來假意徵詢少山，問如調去大王國校怎樣？他故意提供遠在安溯和崎嶇山地的太麻里兩校供少山選擇。他游說少山，「雖大王國校距市區較遠，來回車程要兩個小時。但交通方便了啦，道路平坦啦。」少山有點氣結，但一時又想不出理由拒絕他，只好答應。到大王國小辦理到差事宜時。康樂區黨部表示婉惜，而康樂校全仁都捨不得。

早上三時起床，整理行裝，直到差不多十二時，才把零亂的東西搬齊上車，向寄居了兩年的康樂國校揮手告別。大王國小之宿舍不壞，只是鄰居太多，門前空地小，雞舍缺乏，看來養豬生產的計劃又成泡影了。分配的職務是六年級乙級任。真不知何處是樂土，是否樂土就是在自己心中。當晚，教導主任陳舟服邀容少山晚飯，以示歡迎。在館子叫了兩菜一湯一瓶燒酒，邊飲邊敘舊。他做人熱情豪邁，幹勁沖天。「少山呀，歡迎你歸隊，這是你的家，自家弟兄，

有事儘管説！」

　　來大王國小，少山第一步就是要早起，必須在天還未亮，全院子還在睡夢中就起來，才算早起，然後的活動次序是：如廁、深呼吸、讀書、寫信等。

⬤ 江山易改

　　少山發覺連秀又在他口袋偷去廿元，跑回台東去玩。她屢次使少山痛心，是個壞東西，那偷錢不認賬的行為怎樣也改不了。偷了錢，還要發誓被冤枉，乘機跑回家或到外面玩去。本想薪水由她保管使用，看來只好打消這主意了。

　　連秀不斷偷錢犯罪，已經變成慣匪了。最可恨就是她亂花錢，「你什麼時候才能改，家裡養了個小偷，像米缸鑽進個老鼠！」少山忍無可忍地爆發。連秀霍地站起來，衝著少山説，「你説誰，嘴巴放乾淨點！」「你，説你怎麼樣？」少山氣得額上青筋也露出來了，並感心胸翳悶。「我是你老婆，花點錢也不行嗎？什麼叫小偷？」「不問自取還嘴硬！信不信我揍你！」「好哇，來吧，來吧！也不是第一次打我了。你對人家擺闊，對那「殘花敗柳」可以閉著眼睛任她拿，我多花一毫也不行，淨欺負我！」連秀絕不退讓。少山被她點到死穴，腦袋快要炸開來了，「拍！」一記耳光扇過去，打得連秀火星直冒，在電光火石之間，連秀衝上前，和少山扭作一團。「今天我要和你拼了！」一邊大哭大鬧。「你虛偽，手指拗入不拗出，對人擺闊，對家人刻薄。」「你説什麼？」「不是嗎？每年過節，你都到街上拉人回來吃飯，要我在廚房一天站到晚，滿身汗水。」少山明白每逢過節請人回來分享，是對大陸家人補償的情意結，真説不清楚。「那我對你不好嗎？你家一家大小不都是我照顧嗎？看你兩個弟弟一天到晚遊手好閒，就知道要錢，做過點正經事沒有？」連秀知道説不過少山，就坐在地上嚎哭起來，「你淨欺負我！」

本來很幸福的家庭，卻被壞品行的妻子搞得烏煙瘴氣。擇妻不慎，後患無窮。連秀又將少山餘下的五十元偷去，可是死口不認，真賊性難改！她還發脾氣頂撞少山，忍無可忍，揍了她一頓。

連秀就是不懂錢得來不易，堅持拜神要殺鴨。殺鴨還不夠，還要買豬肉，而且一買就十元，少山説五元可以了，因太多吃不了，可是她就不聽，又吵起來。下午發現鴨與豬肉壞了一半，只得讓岳母帶回華源娘家去。

台東建醮盛會，連秀急不及待吵著要去，只好向老楊先借五十元給她。靜靜地自己做飯，雖然有些寂寞，卻也安靜。本性節儉，因此天天吃麵，經常連米都不買。僅買兩塊錢花生米炒來吃。連秀去台東起碼要花百多元。她花多了少山這邊就省著，不然經濟出問題怎辦。今冬特別寒冷，已穿了三件衣服，襯衣、衛生衣、中山裝，仍然發抖，要買冬衣了。少山自己一文不名，連菜錢都缺，仍不願在大冷天迫人還款。這種道義常記心中。

連秀近來跑去看戲，少山一生氣就跟她吵起來。一吵她就要尋死，要走要離婚，這些話聽了不知多少遍。少山的脾氣壞，最恨別人說一句頂一萬句，而連秀偏要頂他。且對生活多抱怨，上次因一小事，就借題發揮，「跟著你真倒楣，人家鄭林造每頓飯不是魚就是肉，可咱家天天青菜豆腐！」少山一聽就不是味兒，「現在什麼時勢，有飯吃已經不錯了。不能跟老公吃苦的人有啥用，有飯吃尚且如此，若有天要吃地瓜（番薯）你會怎樣？」她就哭了，連飯也不吃了。飯後少山自己去餵豬，難過極了。少山早有心理準備，願承受任何變故。晚上小芝在夢中嚎啕大哭。連秀也在夢中哭醒幾次，夢見少山要殺死她。

岳家對少山的印象不佳，認為他不夠意思，支援不到位。真有口難言，救災容易救貧難，他們人口多，不能光靠別人資助，應自力更生。今天岳母叫清三內兄來索借金戒指一枚，以應年關。岳家每次都有借無還，好吃懶做，還要賭錢，家哪能不破敗。

搞副業

這樣下去不是辦法，容少山盤算不如搞些副業。他雖然沒有讀過經濟管理，但也知道積穀防飢的道理，放債投資，要常存憂患意識。搞副業，一來可增加家庭收入，二來可讓連秀有精神寄託，不再胡思亂想。可能這想法太天真了，正是不熟不做，結果是焦頭爛額，累及家人。就拿養豬來說吧，全家上下要總動員。首先是蓋豬舍，僱人蓋太貴，倒不如買些竹料之類，就由連秀動手，叫上岳家來幫忙。

內兄來了幫忙蓋豬舍，四周圍木欄和頂造好，待鋪地面水泥和頂部的草料。但親戚到底是靠不住的，下午趁週末早放學，少山帶著兩個學生把地基打好，舖上水泥，改天去華源劉君處洽購豬苗。

接著豬運來了，据說這兩隻小豬重十三台斤，但看起來教人疑心，真有這麼重嗎？少山本想重來秤一下，只是回心一想，劉老師的為人不會這樣的。總之算了吧，反正相信朋友就要信到底。中午劉師傅來，將豬款七百八十元結清了。

閹豬在三天前就準備了，可那獸醫缺乏信心，三天都未出現，不得以只好請華源賴夏的爸爸來閹，看他們閹豬十分簡單利落，不用消毒，用刀取出睪丸，再縫合就完事了，過程僅費十分鐘。

小豬長大得快，與飼料有關，因飼料中含有脫脂奶粉、健素粉、保佳麥、抗生素、魚粉、骨粉和其他剩飯菜。工作是繁重的，還要撿野菜。小芝模仿性強，少山提豬料去餵豬，她要幫忙；她媽切豬菜，她也要學。無論什麼東西，她一看就會模仿。

颱風一來，就風雨大作，豬圈入水，急須將豬隻轉移。今晨大雨中豬隻破囤而出，連秀忙著將豬囤修理和把豬趕回去。颱風雖減弱，帶來的風雨卻整日不停。白天上學，學生寥寥無幾，颱風過後，自來水停了，大家都缺水，家家戶戶都把桶、盆等物接收屋檐水來吃。這水滑滑的，有異於河水和井水。

颱風過後，豬隻忽然厭食，還傳染開來，請來獸醫注射及洗腸，但牠們整天還是滴水不進，真急死人。晚上大的又不進食，四頭豬先後病倒了。獸醫又來

注射，其中一頭不斷在哆嗦，情況危殆。連秀和岳母回來，試以少量地瓜加奶水餵食，牠吃了，始放下心頭大石。

豬病花了八十塊錢。小的一頭痊癒了，大的又不進食。豬生病大概與酷熱的天氣有關。已有廿天沒下雨了。颱風增強，將撲向台東。早上準備了豬菜兩大鍋，可用兩天，自養豬後，一遇颱風，除了耽心居所的安全外，還要耽心豬隻，因豬舍近水溝，有被洪水淹沒之患。

太麻煩了，容少山最終豬想賣掉，但豬販出價低，兩頭才一千四百元，實在不化算。少山想脫手是因妻不能操勞，且校長也漸有微言。最後豬脫手了，得款一千四百元，雖算起來還要賠本，但起碼精神負擔少了。

● 剩奶和地瓜風波

容少山自計劃讓連秀飼養豬隻後，就承包了學校的洗奶壺心水，可以混入豬菜菜。為免人言，特地向有關方面表示承包是利己不損人；因為學校每天的剩奶，自己不會爭，所取的只是每天要倒掉的洗壺水。於學校的利益絲毫無損，反正是要倒掉之物。校長總務仍然找少山談話。早晨總務教導在少山家豬舍旁，指責他們搶佔了剩奶。「大家對你們的做法頗有意見，老容，我和校長方面好辦，可是人家總覺得你是佔用了公家的資源，豬養得肥肥白白，也用了教學和備課的時間，但鈔票就進了自家口袋！」說話懷著敵意與嫉妒。

同時間容少山向學校承包了一塊過時的地瓜地，地租每年一百元，學校代表是總務老許，少山很擔心會惹麻煩，因此人甚狡猾。小芝真能幹，小小年紀已能跟媽媽去挖地瓜，然後自己走路回來吃飯。吃飯後，嘗試測驗她的能力，說，「小芝，你去叫媽媽回來吃飯！」她答應著，然後飛也似地跑出去，由家中步行到學校約十分鐘路程，小芝橫過馬路，朝學校方向走，少山在窗裡注視著她，直到她的後背影消失了。不一會她拖著媽媽的手一起回來，臉上掛著勝利的微笑。

● 賣牛與養牛

養豬一役並沒有讓容少山的副業致富熱情冷卻，不久又轉養牛。今天購了一頭小牛，牛要吃草，少山沒時間，令連秀的家務百上加斤，簡直有點害怕。她前天上午回娘家說好第二天上午回來，但等到今天晚上仍然沒有露面，已一天半了，少山氣得頭發脹。家裡一窩小雞要照料；兩隻母雞又不時跑出來，搶著帶別人的小雞，自己那窩蛋就不管了。菜園已好幾天沒澆水了。學核期考在即，工作特別多，少山要自己做飯，實在忙不過來。

「小芝爸怎麼想的？自己是教書的，手無縛雞之力，腿又這樣，我也不好說，養牛幹什麼？搞得全家都煩厭，每天飼候兩頭牛大爺已天昏地暗了，一會吃，一會拉，煩死人，我不幹了！」岳母對之前買的兩頭牛不願飼養，希望馬上賣掉，以便能套取現金，少山本不想賣，但自己又無法飼養。清三內兄也不想賣，但不好違背岳母娘之意。賣就賣吧，反正已盡了心，岳家是爛泥扶不上壁，要怪就怪她自己。兩頭牛賣了二千八百元，分了一千四百元給岳母。六百元另購了條八個月大的小公黃牛，並由賣主代為飼養，少山打算用副業來補貼家計。

● 養雞

少山另養有雞群，昨天有隻黑母雞又失蹤了，使少山難過了一陣子，這又是附近不誠實的居民所為。當想起連續失蹤的三隻雞和失竊的五十元，心裡傷心得很。

家裡多了一大群小雞，並有剛孵出的小火雞，可是連秀對家庭責任心淡薄，言而無信，每次外出去如黃鶴。她還吩咐，清三內兄回來要拿兩掛香蕉，不用等少山同意就私自拿去了，使人不快。

刻儉至富

少山平時省儉，向山地同胞買了兩件教會發的舊西服上衣，每件五元，雖是舊衣，但料子是毛質的，在家披披還可以。説來慚愧，捨不得做一套西裝，少山寧克儉自己，好留待家庭、朋友應急時用。

少山有天對著連秀自言自語，「秀你知道嗎？生活無論怎樣苦，都要有積蓄的習慣，記得我當二等兵時，每月薪餉只夠買幾個燒餅、油條，自己也能積蓄，在榮家時，每日零用僅有三十元，一般人抽煙都不夠，但自己仍能將有限的錢蓄起來，援助人及方便自己，現在雖説教師待遇微薄，也有千元以上，」少山突然笑了笑，「因此更應節省儲蓄。至今已有過萬元的儲蓄，同時家庭的配置也小有規模，收音機、腳踏車、縫紉機都有了。比起別人，好歹是個小富翁了。」連秀聽了冷笑一聲。

放息的四千元今天到期了，少山囑妻去取了一百元利息回來用。

學校也發薪了，少山將生活費撥出餘款八百元，令妻存入儲金簿，現在賬上已有六千二百元。借給梁世雄母親放息的有四千元，劉君三千元，累計有一萬三千元多，折合黃金有六、七兩了。少山算算，來台已十五年，積蓄一萬六千元，這都是刻苦自勵的成果。

少山過年自己一人在家吃地瓜飯，簡單不過了，自從初三晚上一個人回來後，每天都粗茶淡飯，沒有花一塊錢去買菜，淨吃家裡剩下的青菜，為的是什麼？為的是儉，以勤儉之身，勤儉起家，體現勤儉孝親也。

放債最難是討債。少山到太麻里渠君處索會銀，等了一會不見人，只好留言告辭。他們鄉公所發薪已好幾天了，説過本月還一半。以後不能輕易給人做會了，幫人還被人玩弄。少山有時也會自省，是不是如連秀常怨他那樣，做了冤大頭，「我沒文化，你的歪理我不懂，説不能坦白告訴朋友説沒錢，你就不能保護自己？這就是你説的義氣？」她曾冷言冷語諷刺少山。

劉老師也曾語重心長勸諫過少山，説他，自以為借錢給朋友是一種做人的道義，是曲解了誠實的真義，以致因滿足這種虛榮、傻義氣，弄至捉襟見肘，而

使家人成為這義氣的受害者。妻子得不到應有的權利，會衍生扭曲的性格。她也要無辜陪著節儉過苦日子，做拾柴養豬等苦役。

天賜良機

下午在中央日報讀到考試院通過五十一年退役轉任公務員特種考試辦法，十分興奮，決定積極準備應考。讀完《國父遺教》上下兩冊後，晚上研究教育統計法。這科為少山最畏懼，使他自信心受挫，但仍然要硬著頭皮去研究。自然教學統計學習將近一個月，進度雖不理想，仍有所獲益。

九月十日，交託了各項家事和校務，就乘車往花蓮應考。次日早上到花蓮。

第一節考國父遺教兼憲法。第二節教育學，下午考教育行政。次日早上三點起床再溫。上午考教育心理學史，並各國教育制度，下午考教育統計，統計與所準備的背道而馳，最後一節考論文，考畢即乘快車南下歸家。

有喜

連秀七月上旬有喜，特別喜歡吃酸東西，白天睡覺，性情暴躁，不時嘔吐，把容少山忙壞了。少山下午理髮回來，只見妻倒在床上哭，「秀，妳怎樣了？」她背著少山，回頭看了他一眼又把頭扭過去，讓少山難受極了。始知她昨晚燒飯時暈倒在地上，吐了好幾次。「你知道嗎？我死了你都不會知道。」容少山百詞莫辯，

跟著忙得不可開交。正是屋漏又兼逢夜雨。連秀不時嚷腹痛。上午請了半天假，借了一百五十元，陪妻到台東看病，醫生說是懷孕的正常現象。

連秀懷孕，就得訂個進補方案。台灣婦女產後一個月，習慣吃雞肉。兩三天一隻。多者一天一隻，因此要自己養雞，將豬圈改為雞舍。買了十隻雞苗，計八斤重，共一百六十元。

● 與校長的衝突

中午赴友人婚宴，因開席遲了一小時，所以回校也遲了一小時，因此有兩節課沒有上。第一節是美術，第二節是音樂，技能科，不要緊。可是放學前，校長找容少山個別談話，「容老師，你怎麼老遲到，主任投訴，我很難做的。」「校長我……」少山心中異常不快，他有時星期天也要上班，難道校長不知道嗎？

少山一肚子氣，次日朝會，以心理衛生和忠恕之道為題，發表一篇直指校長行政不當的言論。他當眾說：「……為校長的，不要和教員斤斤計較，要有孔子忠恕的胸襟，不要稍有不是就討伐，挫其積極性！」言詞激昂，同事聽了喝彩，校長氣得臉鐵青。

「學校有許多措施是錯誤的，如總務兼庶務是一大錯，有如會計兼出納必有衝突。」「我知道，說出來是會得罪人的。」朝會時少山提出自己與校長相左的觀點，且引經據典，令他無法反駁。大快人心。這校長，可說是天怒人怨，其身不正。濫用公帑，有過不改。

● 我考上了

容少山下午看報，看到全版是特考發榜名單，心頭跳動，目光到處仍未看到自己名字，焦急萬分。找著找著，有了！終於找到了，「啊啊，我考上了，太興奮了！」廣濟、福生相繼來函祝賀。今後當繼續努力，以求更大的光宗耀祖。

由於高考及格，容少山之薪金一下子跳到二百九十元，升了六級，同仁皆羨妒不已。赴友人婚宴，禮金六十元。對我們普通老百姓來說，是十多天的菜錢了。下午校務會議，大家都為少山高考及格而另眼相看。不論說話也好，態度也好，都前後不同，真勢利眼。老許握著少山的手說：「士別三日，刮目相看！」

容少山下一目標，是參加中學教員檢定試。要開始準備了。少山勉勵自己，要保持半夜起來研讀的習慣。並且要繼續學外語。自修英文的歷程相當艱鉅，欲成功，除了恆心外，方法也重要。少山就是沒有方法，每天四、五點就起來

讀書、寫字和深度呼吸。因為起得早,時間充裕,做起事來不慌不忙、從容應付。除了英文外,也想自修數學,利用書架上兩本初中數學從頭學起,因為英文、數學都是基本學科,應該自修能成。少山下決心每天學五個英文生字,數年後,當有所成。刻苦耐勞的精神在平時養成。有了這種習慣,任何環境都能應付。

第十三章

持家艱難

容少山到康樂追收余老師所借款，見他窘態，實在不好意思啟齒。為著兩地距離遠了些，不得不開口將借款取回來。這二千元拿回來，到底買台收音機？或是存進郵局？

昨天到台東又看了幾家電氣行，電晶體，收音機在心裡一直盤旋不去。到底下個月貸款收回來買呢，還是不買？如果為生活享受，當然買較好，如果為著積蓄防變，就不應買，二千元的數目，對普通老百姓來說，已經是不算少了。

可是到康樂找老許和老余都撲了個空。老許說這個月手頭緊，下次吧。老余那兒見面不好意思提，而他也不提。少山這個人就是這樣，催朋友還款也不好意思開口。經濟若真的有困難，當然沒有什麼好說的了，但若是存心賴皮就麻煩。

兼收並蓄

凡是有利於家庭收入的，不管是放債或副業，少山都有興趣。今天代人收香蕉，賺了五六十元，年來，這方面的收入也將近幾百元了。

搬來太麻里後，又有重操副業的興趣，從在鄰村買了頭小豬，十台斤二百三十元，給別人飼養。本不想買的，只因鄭啟親自來說項，他是少山住屋的地主，幫忙很大，不好意思回絕。去年買的那頭小牛，今天再補一千元給飼養的人將牛牽回來，自己飼養。當時買牛便宜，現在補些錢給人是應該的。

從此，早上五點半放牛一小時吃草，中午一點至點半也牽牛吃草，其餘時間栓在樹下或由妻放牧。最忙的時間就是早晨，少山放牛，妻做飯，又要忙著帶兩個孩子上幼稚園，老三哭著要人抱，雞鴨鵝又要餵，自己要趕時間上班。忙

碌的早晨。有時嘆聲氣，妻就挖苦他，「活該！不要教書啦，你乾脆改行做農夫和放高利貸算了！」

● 世途險惡

年夜那天有個一面之交的牛販，買了頭牛，但缺本錢，情商於少山，請少山出本二千九百元，過幾天賣了分他利潤二百元，牛則養在少山那裡。少山看這錢容易賺，就同意了。

少山為著守信，晚上付了兩筆牛款，其中一筆二千八百元；姓楊的那些錢實在不放心，可是一言既出，駟馬難追，就是錯了也認命。另一筆是用二千元買了一頭小牛，似乎貴了好幾百元。

一天兩點多，匆匆往借貸買牛的楊君處，自十三號晚上把錢給他，至今已四天了，全無音訊，令人懷疑，到他家見不到他，只有他老婆在，她說，「我也不知道發生了什麼事，反正他幾天都找不到牛買。」與他所說牛價已講好是兩回事。少山極度後悔，「自己太草率了！」一晚睡不著，眼巴巴等天亮。

四點多起來趕去楊君處，他見到少山有些愕然和緊張，少山對他說，「牛沒買到就算了，把錢還我吧。」他賴皮地說，錢要等幾天才能拿到，沒辦法，事到如今，害怕怎樣催也榨不回來，翻臉就難看，後悔莫及。他要求延至下月十二、三將牛款歸還。可是這楊雲祥人面獸心，說好今天還錢，又被他騙了。晚上再去，要他以房地抵押。後來發現，楊所押之厝地不是他的，是他姨丈的，又上當了。

打擊報復

連續兩天容少山到米廠去交涉，因為學校所領之米皆為舊米，而新米堅不給領，因此去索糙米樣本。準備以此向配發機關查詢，但米廠老闆不但不肯，還要諸多託詞。

下午聽到一則消息，使容少山悲憤萬分，聽說縣政府準備對他作行政處分與調動。少山撫心自問，沒有什麼錯。想不到陳教導會這樣歹毒，容已包涵了他許多違法失德的勾當，不予檢舉，他卻恩將仇報。果然調動名單在收音機播出，當少山聽到自己被調山地介達國校後，真難過極了。從大王走路過去也要四十五分鐘，且沒有宿舍，連租草房也不行，怎能去呢？

少山一早趕到台東教育科去抗議，仍不得要領，於是和林君簽呈互調。下午回來聽林君分析利害後，不如就按調配令去介達國校算了，因此又匆匆趕往台東託人將簽呈抽回。跑了一天，搭最後一班車回來。心灰意冷。疲憊不堪！大丈夫能屈能伸，地方上皆同情少山。翌日上班，劉君以單車載少山一程。到介達已八點多了，幸好山地小學校不計較這些小節，不然又惹是非了。

宋養才君到處奔走，為少山尋找住所。中午回來，陳教導走來質問少山。「你容少山安的是什麼心？為什麼到處說我？地方上都找我問，你小心點！」同時將互調同意書遞給新任校長徐金火。早就預料可能性極渺茫。人都愛說門面話，說什麼「你離開是大王國小一大損失呀！」怎好意思厚顏留下？

一丘之貉

容少山去台東見教育股長、科長、縣長。彼此互推，唱雙簧敷衍過去。世道日衰，夫復何言。山地去就去吧。真理已死，凡事有主的意思。又將目前窘境上書黃後榮縣長，申訴不平。處處走投無路，他只好去函老長官蔣緯國司令處求助，另去信馬蘭榮家范主任，再寫申訴信遞縣政府。不行就只好去介達教書算了。少山明白，今次惹禍是因觸及了利益集團的底線。

　　房子仍未找到，搬家不可行，出差台東，在教育科，遇林股長，心中一股怒氣。他連連賠罪，「算是教育科不對！」陪幾句不是就能了事了嗎？尤其指責少山「拖著孩上課」和「不批改作業」的罪名。聽了令人火光，除了當面抗議外，非要寫一書面申訴不可，太氣人了！一早起來寫了二千字給林股長，為被歪曲的事申辯。

● 新居落戶

　　搬入新宿舍，沒有廚房、水和廁所，但頗涼快。連秀最贊成搬，說對小孩的睡眠好。忽然劉老師的太太趕來，告訴少山房子已找好了，把東西馬上準備好，明天一早就來替少山搬家。

　　次日，一個早上就搬好了，廚房雞舍、洗澡間都是簡陋的茅舍，但一一具備。而且是獨立的家居，不會與鄰居太接近。尚算滿意。少山請山胞鄰居替他簡單地打個床鋪，因原有的太小了。然後請他喝酒並送去他家兩大碗麵條給小孩吃，皆大歡喜。

　　難以想像，在這小小的學校，竟然更忙碌，除了負責三、六兩複式班外，還要兼衛生、出納、研究社教。但每天帶著飯盒步行上學，另有樂趣。在荒徑上走，空氣清新，人跡稀少。在逆境中要自娛，不然更苦。

　　又去了一次台東，為連秀購產前用品，買了一床八斤重的棉被及被單布，要二百七十元。連娛樂、午膳，共用去四百八十元。連秀最近胎動，感到疼痛，晚上常痛得沒法入睡。

　　內憂外患，命途多舛，容少山對連秀好言規勸，勿往學校園地採摘人家的東西，她不聽，充滿無知的壞。她晚上生氣地把少山的英文課本撕破。

第十四章

● 疾惡如仇

一月廿六日為縣城議員與鄉鎮長選舉投票日。少山以往對投票從不落後人，如今熱情不再。因為他們所作所為與競選時所作之諾言完全背道而馳，謀的是一己私利，鮮有顧念大眾的福祉。

報載台東糧務所涉以劣米配公教，官商勾結。容少山將石泰興的劣米資料寄給正在辦案的地檢處陳廷棟檢察官，於是晚上十二時爬起來修書提控。少山明白，在這社會若想生存，要將看不慣的事情看開些，不能忍受的事也得忍受，不然無處容身了。容少山深知疾惡如仇的個性在這黑白顛倒的社會是難以見容的，正是明知山有虎，偏向虎山行。

容少山知道領導不喜歡他後，即決定提請調職。劉振老師為少山擔心，有一天拉他到麵檔坐下，舉起小酒杯的金門高粱，一乾而盡，「容老呀，李校這人記仇，惹不得，他的事你不要管了，何必呢？」「我明白！」容少山把白酒一口喝掉。劉振是好意的，但他不能厚著臉待在那裡了。少山又一次請調，落戶介達國小。

● 惡劣環境

容少山回顧身處這荒山野嶺，環境也真夠惡劣，名副其實的不毛之地，就在一天內，少山在茅廁和屋前打死了兩條毒蛇。那天早晨如廁，少山蹲下來，突然看到牆角有條眼鏡蛇在蠕動，不覺毛骨聳然，一時不知哪裡來的勇氣，用力把手杖擲向牠，蛇一驚，就爬進屋內的櫃底躲起來。少山一不做，二不休，索性提了壺沸水灌入去，蛇掙扎了一會，就一命嗚呼了。同一天內，屋前又出現了一條眼鏡蛇，也被少山亂棍打死了。想兩條毒蛇本是一窩的吧。此外，自孵

小雞一個多月來，全家受盡了雞蟲的折磨，到處爬行。最後燒了一大鍋開水，澆在有雞蟲的傢具上。

生育與婦科

連秀下月就要臨盤，腹大便便，還經常上山撿木柴，一大擔挑下來，令人擔心。

端午節快到了，她仍堅持採竹葉準備包粽子。

連秀月訊不來，這個月特別喜歡吃酸的東西，經驗告訴少山這是懷孕的徵象。她吃什麼吐什麼，睡在床上一動不想動，連衣服也不想洗了。看樣子又懷上了，似乎頻密了些，因忠兒才十一個多月大。但趁年青多育兒也好，為著宗室繁茂，多要個孩子是應該的。

去年連秀患婦人病，動不動就哭，月訊不規則，要去台東看病。最近這次，帶她到太麻里藥房買了同樣的針藥，打了一針，果然第二天就好了，僅化了十二元，若到台東去，非要化個八十元不可，能省就省。

情緒與行為

忠兒十二個月大仍要吃人奶，少山下決心為其斷奶。連秀脾氣壞，大嗓子始終難改。生氣時對兒女打罵，往往不知輕重，小忠有時被她打得屁股紅腫，小芝更不用說了。無知的婦人呀！大人把脾氣發在小孩身上最要不得。責備她，她又哭哭啼啼，要死要活。忠兒才十幾個月，像連秀晚上打他的方式粗暴極了，令少山忍無可忍。

「有你這樣打小孩的嗎？」

「我是他媽都不能教兒子嗎？」

「這不叫教，看你，拿到什麼東西，棒子、竹枝，都沒頭沒腦地打下去，這叫管教嗎？你小忠有幾日人，你打得他屁股都紅腫，虧你打得下手！你看小芝，胳膊上的藤條傷痕還未過呢？」

「就怪她沒有幫忙看豬菜的火！」

「她多大啊？你怎可以依賴她。」

「哦，你打我就可以，我教孩子就不行嗎？」

「你動不動就打她耳光，你知不知道會打聾的？」

「那你為什麼打我？」

「我是揍你，問問你自己做過什麼？你偷錢！」

「我是你老婆，拿點錢都不可以嗎？」

「可以，但你不是拿，是偷！不問自取。」

「呵，你一萬幾千地借給人，我花一點就不可以？」

「看來你還死不知錯，信不信我又揍你一頓？」

連秀一把涕一把淚地哭，「你就知道欺負我。我知道，你討厭我，嫌我醜，嫌我讀書少，嫌我娘家負累你！」

「你蠻不講理，我什麼時候有對你家見外？我不是把你爸看做我爸般看待？」

「我知道你瞧不起我們山地人，瞧不起我媽我哥。」

「你還好意思提。瞧你兩個哥哥那副德性，兩個大男人，一天到晚做過正經事沒有？手中有個錢就要花光為止，沒有錢啦，就跑來找我要。不是瞧不起他們，是他們自己不爭氣，不能怨人。要人尊重自己，首先要自己尊重自己。」

「我知道我說不過你。你一天到晚打打罵罵，我一天到晚餵雞餵鴨、熬豬菜、餵牛、餵你的仔女，侍候他們的屎屎尿尿。我算什麼？做人還有什麼意思，不如死了算！」

小芝發燒到三十九度，容少山從衛生所拿了幾包藥回來，吃了一包，燒才漸退去。

少山一邊上班教書，又要不時回家餵小火雞，人疲於奔命。想起連秀的壞品行，心裡難過。昨天她回娘家，說今天回來，誰能相信，她一向謊話連篇，所以說，討了個壞老婆一生痛苦。

少山昨晚才給她二十元零用，今天早晨她就偷去十元，給少山發覺後追回來。暗中又取去二百元，「日防夜防，家賊難防，你偷去的二百元，拿回來！」少山厲言疾色，提高了嗓子喝道，連秀一點也不畏懼，「誰偷，錢我有一份。」額上現了青筋，連秀死不認錯。「不問自取，是為賊也！」少山罵道，但她死也不肯交出來，大家僵持著。

早晨連秀又鬧情緒，真氣人。受不了就揍她幾拳，她就罷工，躺在床上飯也不煮不吃，不帶小孩。少山上班了，小芝跟著。升旗完畢，忠兒哭哭啼啼跑來，剛滿週歲的幼童，讓他摸索著找上來，路遠曲折，真虐待死人，妻真壞透了！

● 置業之念

現在住的草房，房主有意出讓，索價六百元，分兩個月交清。少山考慮了很久，還是準備買下來。因每月租金四十元，十五個月就抵房價了，且聽說，打從七月份起，公教人員的房租津貼會由每月四十元調到每月三百元。

可是買房子之事猶豫不決，因少山自身的去留仍在考慮中，這裡雖不如平地有水有電，交通方便，但勝在自由，上課方式隨自己的心意，不受管束，上課遲些早些也不要緊，同時在山野間，少卻都市的勢利，不用處處和別人比較。

● 奔喪

山胞殺豬了，容少山買了一斤肉，一斤排骨，一個豬腿，才三十四元。平常很少買豬肉，肉貴，要二十元一斤，山胞的才十四元。很久沒有吃肉了。突然

接訊謂岳父病危。連秀匆匆乘上午九時多班車去華源。容少山常把「百行孝為先」掛在心頭，岳父就是半個爸，尤其親爸早逝了。在此大年夜，真令人煩惱。雞也沒法弄了，只好簡單的將魚肉弄幾個菜款客。下午四時後，連秀始從華源歸來。她也太小器了，少山想送兩個橘子給同事的小孩，她也強烈反對，「你倒闊氣，我帶回來給孩子的橘子你都大方送人了，你到底心裡有自己的孩子沒有？」「秀你太小器了！」「我就是小器！」除夕夜竟吵起來，十分痛苦。少山獨自在燈下守歲，妻子和孩子都睡了，想起大陸家人，少山一陣心酸。

　　早上連秀帶著雞回娘家拜年，少山在廚房整理。忽然內兄清三奔來說，岳父已於早上去世了。大家都很難過，少山即弄些錢，匆忙帶上十五公斤米和錢，乘十一點半班車往奔喪。真可憐，他老人家苦了一輩子，真後悔為什麼不早些去看他。少山在家買了些地瓜，曬地瓜條，以便餵雞，忙過家事，看報，讀書又是一天了。

● 不患人不知

　　好的貨品，要配合好宣傳。少山自己以第三身記者口吻寫了一篇訪問稿，以介達國校升學成績優為題，將自己八年來的成果在文內簡單介紹，讓短視的老師和勢利的校長看看，因最近他的學生有三人全部考取了獎學金。太麻里的朋友看到都向少山道賀。那邊廂，少山半個月來努力訓練學生演講，終有收穫了，學生組榮獲第一，青年組第三，老人組第一，村長組第二，並獲團體冠軍。

　　小芝真聰明，逗人喜愛，像大人般說話，喜歡聽故事，聽了又會自己講，自編自導。她每天與少山一同上班，一同回家。她喜歡跟少山到學校去。

第十五章

兆勇出生迎春節

兆勇生得其時，趁上寒假，容少山可以照顧。「秀，瞧我買了什麼東西給你！」說著從口袋裡掏出金鍊來，連秀瞪大了眼睛。為感謝連秀產子辛勞，少山特地到台東買了條三錢重的金鍊送給她。生孩子對經濟、精力都是負擔，但為繁衍後代，得忍受一切。容家這一房人丁單薄，從祖父下來到少山三兄弟和兩堂弟，男丁僅五人而已，所以這一代，是應該多繁衍男丁的。

少山函購了一部最新的英漢辭典，了卻一椿心願，因為一直不捨得花這麼多錢去買書。到太麻里找梁世雄君坐，談到明年中學教師檢定考試，「我倆可結伴同去，怎麼樣？」他也有這打算，不過要作一番準備，所以少山每天清晨五時前就起來讀書寫字、聽英語廣播，日日如是，不論寒暑。

新居落成

到介達國校，由舊房子搬來已整整一年了，鄰居林文吉不夠友好，除精神威脅外，對容少山的生活方面不住地干擾，因不能安心讀書，所以決定下月上旬遷移，籌備工作已完成。鄭林造方面接洽順利。工人方面，蔡當進君也樂意幫忙，現只待村長改選以後動工。本打算就在這裡將就一些呆下去，不想搬動，可是鄰居的態度傲慢難耐，只好忍痛花費遷回原來的地方去吧。

這兩天生活緊張而忙碌。早午晚三餐暫借蔡當進君家裡做，睡覺則借利老師的房子。找義務勞動工開始是沒有說要錢，今天竟然提出要酒錢，不得已，只好送十五瓶太白酒由村長轉給村民，經一事長一智，什麼事情都要預先說個明白才好。

房子造好可搬過去了。容少山計劃將新居的院子美化一番，除草打掃，再圍

一道籬笆，種些花。請隔鄰蔡先生幫忙做個灶，很快就做好了，看了很滿意，幾天就可以用新灶燒飯了，同時洗澡間也打好水泥，生活上求改善，人之常情。村內送電了。全村大放光明，容家花了六百元，不用再為那豆大的油燈煩惱了。

◑ 妻惹風波

　　下午連秀與學校的利君、張君發生摩擦，張君說其妻轉告利君死掉那隻鵝是張啟訂好的，這話據說是連秀講的，因此容少山即回家重重責備連秀並扇了她三個耳光，之後，利君也下來氣憤地責備連秀。「你不清楚的事情不要亂說，你看這禍惹大了！」為息事寧人，少山也只好在旁責備連秀，「連你也這樣說我！我做人有什麼意思！」因此她覺自尊心受了莫大損害，一氣之下撇下三個孩子哭著奔向野外，村裡立刻「噹噹噹……」打鐘發警報，動員村民將哭泣的妻子找回來，而連秀回家又要拿繩子自盡，鬧得滿城風雨，醫生也來了，真要命！

　　昨晚歸來，神父送了少山些藥，芝兒晨早因咳嗽痛苦不堪，少山著連秀給芝兒吃藥。連秀發脾氣，無故遷怒於芝兒，少山忍不住說了她兩句，她就發火頂撞。忠兒下午開始發燒，情況和芝兒一樣。立刻請衛生所醫師來診治，說不能讓體溫連續在三十九度以上超過四小時，服下退燒藥一個小時後，終降到三十八度。芝兒全身都出麻疹了！

　　端午節本預定宰雞鴨，可是昨天那事情發生後，連秀彷彿生了場大病，只好作罷，買了些豬肉包包粽子吃就算了，端午過得差強人意。假如昨天的悲劇發生了，那就慘極了。以後自己不要這樣傻了。犧牲了自己的幸福，換來的是批評。

　　早上聽廣播說黛納颱風以時速兩百海哩向本省西北行進。下午稍後風力漸增強，颱風襲來已確定，到晚上八點半，電燈忽然明滅，房子在狂風暴雨中前後左右搖撼，大難臨頭，急急低頭向天空求主保守，風在呼嘯，房子在搖動，孩子在睡夢中，只有不斷的呼求主。晚上十點後，風像是減弱了，始朦朧合上眼。容少山第二天起來一看，嚇呆了，鄰居的草房倒了，樹木東歪西斜，僥倖逃過

災劫，感謝主，全縣倒下之房屋有三千多間，死亡三十多人，輕傷重傷一百多人。

● 打壓異己

下午回校開校務會議時，校長目光向眾人一掃，「我們有些人，正事不做，每天只顧養雞養豬，帶孩子來陪上課，把學校當成什麼？簡直烏煙瘴氣，不知所謂！」校長清了一下噪子，繼續說，「我奉獻諸位，這樣下去，乾脆辭職開個農場或放債算了！」校長說話含沙射影，使容少山難受，不得已站起來反駁。「我搞副業是在課餘。我是用自己歷年積蓄做資源，絕不佔學校一分一毫，總比有些人假公濟私好！」少山針鋒相對。這是他到介達兩年來第一次正式和校長公開衝突，也是最激烈的一次。校長分明公報私仇，借題發揮，少山絕不向邪惡低頭，也不畏強權。因開會時過於激昂，因此情緒沸騰，整個下午和晚上，心裡都好像被塊大石壓著，透不過氣來。

容少山兩年多來負擔了幾項工作，但成果被無人性的校長一筆抹煞，真何苦由來。這學期決心不額外挑擔子了。學校故意加重他的工作，分給他三、四年級複式班級，好讓他知難而退。

● 妻舅與岳母

內兄清三又來了，說要去屏東謀生，缺少盤川，要少山給他弄一百元，說，「前兩天你賣木柴六百多元，怎麼就沒有了呢？」說好說歹，還是給他五十元打發了他。岳家這個爛泥窩，若不自力更生，怎樣也扶不起來，三個大男人，弄得天天吃一頓沒一頓，少山可被他們累慘了，不是今天這個伸手就是明天那個來討，救急易，救窮難啊！

岳母下午來說，女兒順蓮被人誘拐走了，對方出面請求成婚，且米已煮成熟飯，只好順著辦。今天談妥聘金四千餅金一千二百元。對方由來人先放下八百元，岳母和清三內兄就想動用這些錢買東西。總之錢在手裡就不安份。很看不

慣，有錢時不知儲蓄，大吃大喝，沒錢時就來容少山處打主意。今天他們花去近五十元。岳母覺得少山不識相，臉色難看。少山終於忍不住，向連秀發作，「瞧你媽，」「我媽怎麼啦？」連秀一聽就跳起來，雙手叉著腰，像要打架的樣子。「她最近學會抽煙，吃檳榔。」一個上了年紀的窮家女人，不看自己的身份，學著浪人的舉止，實在難看。真是臭坑出臭草，連秀之原生家庭教養，肯定對她是陰影。好吃懶做，愛打扮，是富人的事。「不管怎樣，她好歹都是我媽，我不要你這樣說她，你實在太過份了！」連秀激烈反駁，令少山覺得很委屈。

第十六章

春節包水餃

容少山平時生活清苦，新年三天假，一家人包頓水餃吃。並將餃子分送山胞鄰居，一盒給鄭林造，以示不忘他借地給自己建屋之恩。每年皆親寫春聯，以備春節之用：

淡泊明志茅廬養正氣
寧靜致遠陋室讀詩書

除夕，連秀早上三點多就起來做廚房工作，洗衣、做飯、殺雞。做菜買了一隻六斤重的鵝，四斤半重火雞，二斤半豬肉，加上其他菜餚、年糕，算是夠豐富了。少山親自下廚做幾個好菜招待客人，尤其最近在報上學到的鹵菜，可大演身手了。少山請到村長，兩位鄰居，兩位曾為少山飼養牛隻的山胞，借地給少山建屋的鄭林造和大王國校的楊君。惟少山覺妻的臉色難看，整晚一言不發。

養羊

這一年，提起養牲畜真是一場大大的惡夢，怪不得人家說不熟不做。先說養羊吧。容少山對業餘弄些家禽畜牧飼養一直未釋然，忽然想藉住屋所處山地之方便牧養羊群，因而託華源朋友，在南坑向一退伍軍人買了兩頭山羊，之後再增購三頭羊，前後已有五頭了。

為籌建羊舍，需僱工採木，買竹桿，連秀領導孩子採甘蔗葉。可颱風一夜未停，風雨交加，忙著房子的釘釘綁綁，屋漏中做飯，少山和連秀的衣服都被雨水打得像水裡撈上來一樣，心力交瘁。又請山地人將房壁的竹子加固一層，以

防風雨，做了半天，少山發給他們二十元工資並請共進午餐。

　　一號母羊（這是小孩為記憶起的名字）下午生了兩頭小羊，小羊一生下來就會走路，咩咩的叫，會吃奶，小芝、小忠上幼稚園回來，一看高興得不得了，連秀也很高興。勇兒已會走路，可以走五六步。

　　小羔羊到別人園地裡吃草，可恨被山地人不客氣的打得歪歪倒倒，使少山生氣得很，責備他們沒人性。下午下班後，村民奔來告之，說少山的一隻羊在山邊暴斃，急往查看，發覺是後腿被栓繩纏住了，動彈不得。連秀六點後從台東回來，買了四五十隻可愛的雛雞，本來很高興的，一聽到那頭羊的死訊，眼淚不禁泉湧。另外那有角的母羊，因連秀疏忽及沒有照顧好，下午被繩子自纏勒斃了，小羊可憐，一直哀號著找母親。「少少事情都辦不好，真正成事不足，敗事有餘，廢物！」少山重重地責備連的無能，「我該死！我活著沒意思。」她鬧著要自盡，又說要出走，使少山痛苦無可名狀。

　　上午因帶兩學生去採竹做標本，順便把羊牽去吃草，歸途時看到檳榔樹下養蜜蜂的地方草甚茂盛，就把三頭母羊栓在樹下吃草。自己則繼續作竹的研究工作，不久妻哭著走來說，「你還在這裡快活，羊快死光了！」少山慌了手腳，急忙請人去救羊，太遲了，把羊救出來時，已被成千上萬的蜜蜂叮得慘不忍睹，忙請獸醫急救，最後兩大母羊哀鳴著死去了，其中一頭黑羊還懷有四個月身孕呢，真難過死了，這次是少山自己疏忽害死了三頭羊兒。

● 養豬

　　楊雲祥說那兩頭代養的母豬不飼養了，要送回給少山，現在不大不小，小的每頭約七八十斤，以十元時價計，兩頭豬就要虧六七百元。想拿回來找山胞養，跑了好幾家都不願意。少山檢討自己做事太草率了，沒有深思計劃，買個教訓吧！最後劉金生一口答應，真喜出望外。早上劉金生來拉豬，一秤之下，只有七十一台斤一隻。楊雲祥這傢伙真壞，除了每斤價騙一筆外，重量也以少報多，再騙一筆。綜合兩頭豬，要損失近千元。去年八月買進一千一百元，現

在一千一頭也賣不出。

近一個月來養兩頭豬，每天餵三頓，每頓要挑一大桶食料，日久腰部因操勞過度而酸痛不堪，坐臥行走都痛。豬準備賣掉，牛羊也想脫手，以減輕操勞，好騰出時間自修，搞副業是不能一步到位的。豬也賣得生氣，半夜三更來捉豬，秤豬時也差點兒吃了大虧，兩次秤量相差二十台斤。黃萬舞這假紳士使人氣憤。

養雞

五六隻小雞前天晚上拿回家，正好好的，不料下午連秀檢查保溫室，發現有一隻倒下了，晚上又有一隻拉白痢，第三隻也不行了。莫非天氣太冷。做什麼事都會有困難，勇敢地面對現實吧！不要隨便放棄。於是容少山試用醫腸胃的成藥「務帝拉斯」給小雞吃，另外放置一盞燈給牠們保暖，每三小時餵藥一次。整整一天好像無大作用，只是盡盡人事而已。可是到晚上，這些小動物竟活潑起來找食物了，白痢也停止了。無限鼓舞，從嘗試中取得了成功。其實養雞不簡單，在育雛期，每天晚上要起來兩次餵飼，午夜十二時起一次，半夜三點起一次。不過辛苦掙來的錢，流汗所得，感到快樂。星期天忙著將舊雞籠置換，請鄰居蔡生幫忙打水泥地。養雞的投資將近五千元，什麼時候才能收回本錢？

放債和面子

人到中年就要為以後日子打算。以往不會這樣想，也不懂這樣想，這是社會和生活所迫的。放債能互利其實不是壞事。

屋前賣藥的老頭為其友人求借一千元，容少山覺得這人尚誠實，因此吩咐妻到郵局提款。鄰居楊某今天借去一千元。少山就是這麼軟弱，婦人之仁，經不起別人請求。這就是他的天性，好濟助人，見人困難於心不忍。自己有錢，人家一開口就不好意思拒絕，這是他的致命傷。

好不容易把客家老楊那一千五百五十元討回來。這是借助他嫁女拿到聘金的

好機會，否則這筆錢休想拿回來了。借給人家的款項已達一萬五千六百五十之巨了。而市面豬肉一斤才二十元；雞一斤十七元；粗米每斤四元半。

「你這個人不是我說你，一次又一次做了冤大頭，死性不改。對人擺闊，對家裡刻薄，要全家陪你吃苦，沽名釣譽。」連秀冷冷一句讓刺中少山的要害，覺這婦人不可理喻。

● 連秀是非多

容少山受了挫折，羊想賣掉，牛也想出手，進一步減少副業，還原優悠的讀書的生活。少山自己原是長於勞心，拙於勞力之人，現在是本末倒置了。下午連秀撿木柴，哭哭啼啼回來說，斗笠被人拿走了，裡面放有錢，少山正在午睡，急急起來，找主管幫忙去看看，怎知陳主管卻打起緊急集合鐘來，動員全村人去搜山。最後斗笠找回來了，問題也來了，連秀口供前後矛盾，開始連秀說有一百元，後又說五百元，而在斗笠裡只有一百元，引起主管疑心，少山也覺丟臉。晚上責連秀不該如此，兩人又吵起來。早上她取去一百元，帶著小勇，推著腳踏車走了。晚上沒有回家，少山陪著兩小孩睡，一肚子氣。

小芝一想起媽媽就悄悄哭，她很懂事，要求「爸爸，媽媽回來，你不要罵她了，好不好？」少山只好答應著。近六點連秀回來了，少山按捺不住，責備她時，芝兒哭了，說，「不要罵啦，」並說，「爸，你不是說過媽回來不罵她了嗎？」少山只好強忍著不做聲。

人善被人欺，本地警察陳某乘少山去了太麻里開會之際，把連秀叫到派出所大聲斥責一番，又說要送她去法院，又說要送大武分離所，把連秀嚇得臉色蒼白，幾個小孩子也驚恐得哭出來。事後她到太麻星告訴少山，少山聽了勃然大怒，立即撥了個電話瞭解情況，中午少山趕回來和他理論，回心一想，民不與官爭，還是忍一下吧。種因是前幾天陳某的太太和連秀在派出所有些爭拗，陳太向丈夫打了個小報告，陳就趁機利用職權公報私仇。

連秀又懷孕了，老三才一歲多，未斷奶，連嚷著要去打胎，少山不贊成，總

覺容家上幾代人丁單薄，繁衍子孫，辛苦也是應該。老大芝兒僅五歲，卻非常懂事，上次忠兒在外面玩耍，不慎踩到刺，她立即把哭哭啼啼的弟弟背回家來，看到她吃力的樣子，心裡為之感動。

● 與校長的恩怨

下午開校務會議，劉某和校長說什麼開誠佈公呀，批評檢討，有什麼說什麼。一大堆騙人的話。反正少山看穿了，不會多講。其次說到考核呀，人事呀，獎勵呀，無非是藉此鉗制人。立法嚴，執行不公，隨他們玩自己的遊戲吧。少山有自己的風骨。

校長的作為使人不齒。他要種地瓜，每天要學生為他澆水，同時又用自來水，開著任它流，並劈條水溝引水到他的地瓜園去，真缺德。

升旗畢，校長為著昨天六年級學生沒有去為他挖地，無理地發脾氣，並且句句影射少山這個六年級主任。因此極其冒火，衝進辦公室與他火拼。他處處無理傷人，決定扯破臉皮洩這烏氣！

現在生活平淡，平淡得使人乏上進心，因此要居安思危。十分矛盾，一方面想力爭上游，另一方面為體力所限，家庭瑣事多，體力一年不如一年，以往四五點清晨爬起來，仍體力充沛，現在不行了。可喜的是，數年如一日地自學英語，進入基本英語第三冊了。現在聽講方面都輕鬆了很多，興趣也越來越濃厚了。

同時，少山每晨自修，偶爾聽共區廣播，大陸正進行文化大革命，有利國府反攻。

第十七章

中學教員檢定試

據報明年起將實施義務教育延伸至初中三，即義教九年，這是國家的一椿大事，因此中學師資必缺乏，容少山想參加中教檢定試正當其時了。以前顧慮的基本學力，如今不再是問題了，自己有能力，有信心，可勝任初中國文和音樂教師。今年的中學教員檢定試，不再猶豫不決了，要背水一戰。

希望是生活的興奮劑，使人有動力，使人年青，容少山為自己塑造了一個目標──當中學教員。要奮發，就得早起，早起可以深思，不但思路清晰，且充滿能量，一切計劃之先，必要恢復早起。

小勇、小忠和連秀睡，小芝和少山睡，晨早五點多，天還未亮，少山和小芝都醒了，天氣寒冷，在被窩裡暖洋洋的，此時小芝會說話了，「爸爸，雞叫了，你還不起來讀書？」經她這麼一說，就覺慚愧，馬上就起床開燈寫字讀書。中午發覺竟然可不需午睡而能堅持看書，要加倍努力，一舉而攻克九科。

少山昨天中午到台東。這幾天研究文字學，並手抄古篆書；看書多了，懂得速讀和做札記，找與應試有關的書來讀。預計在本月讀完教育概論，下月讀教育心理學，十一月讀中國教育史，十二月讀普通教學法，明年一月總複習，二日應試。

為了報考中學檢定試去台東做體檢。主任醫生初不予合格，因此少山提出考試院四十四年的公告，榮譽軍人體檢之標準之法令，據理力爭，最後允折衷在評語上寫：除殘廢部分外合格。在大腿裝配義肢不影響工作。

准考證掛號寄到。檢定考試九個科目，望全部及格，一切勝利視事前之準備。別人看少山根基好，哪知道他是一點一滴力學而來。

雖然被窩溫暖，但一想到考試，即一躍而起。看鐘是清晨三時半，一萬多人報考，約取錄一千人，內中有前一兩年有幾科及格的人，換言之，要一次考取

全部及格者，非得下比別人不能下的苦功。少山欣喜自己警醒之心已養成，每天晨早三時左右就會醒來，起來讀書到天亮，有兩個多小時，日日如是。

忠、勇、信

偏偏在這個時候信兒誕生了。不負所望，是個男的，三個男孩剛好湊齊「忠、勇、信」了，是叔叔一早想好的名字，足慰九泉下之叔叔了。這次連秀分娩，一切都由少山自己一把抓，煮飯、洗衣，照顧孩子，還不敢請假，照常上學。連秀住月喝麻油雞酒，變得白白胖胖。台灣風俗，產婦在月中要吃麻油、酒煮雞和蛋，不放鹽。

變態的妻

容少山晚上從嘉蘭教聖歌回來，家門仍深鎖，已是晚上十點了，肯定妻當天不回家了，從下午開始等，滿以為妻會自覺回家，可又失望了，心開始難過和生氣，連秀這人的壞習慣始終難改，沒有責任感，幸好預先餵了雞才去嘉蘭，否則等妻回家餵，早餓死了。

這天早上，連秀搭神父的順風車去台東，給兆信看病和換飼料，說好中午和神父一起回來，因此留小勇在家沒帶去，中午神父回來，並將飼料運回，可是連秀不見回來，神父說要連秀下午才回來。少山聽了心很氣，小勇又哭著找媽媽，午飯都未做，氣死人。「小芝看你媽！」口裡一直罵妻，小芝在旁哭著說：「爸爸，不要罵了！」

晚上妻回家因小事生氣又虐待小狗，那淒厲的汪汪聲使人不忍，生氣極了，「你為什麼勸不改，偏要虐待牲畜？」少山高聲吭喝她。氣極之餘，就隨手抄

起掃帚扔向她，把妻大腿弄成一塊瘀黑，只好趕忙給她塗藥，妻哭了。

家庭現代化

連秀買了六隻小火雞，今天又買了八小番鴨。容少山怕把院子弄髒，可是連秀喜歡，也罷，家裡養幾隻雞鴨過年過節備用也是好的。買了隻小黃狗回來，花了二十元。家有家的味道，養隻小狗，雞鴨和小白兔，再加上幾隻鴿子，這家就滿充實了。難怪劉振嘲笑他，「你家像個農場！」

家中已有收音機、電風扇、縫紉機、電飯鍋，現計劃買台電唱機。花了二千五百元，買了台坐地雷電唱機，後天送來，還買了十一張唱片。少山用電鍋做飯，節省了很時間，減少了生火的麻煩，心裡揚揚得意，讓連秀帶孩子去台東岳母處住幾天，看看台東元宵的熱鬧，讓她快樂快樂。

看來學校嫉妒少山的優秀表現，設法加重他的工作負擔，以至他無法有餘暇去進修，反映了有些人的陰險和心胸陝隘。少山被派任一、三年級複式班，因此和同事劉君之關係更水火不容。

神父和受洗

容少山上午去太麻里天主堂望彌撒，中午回來仍不見連秀，忐忑不安，直到下午五點多仍不見人，只好燒飯獨吃。然後請人用摩托載到太麻里掛個長途到台東問清三，接電話的人說清三和連秀等上午出去了。雖然放心了一些，但很惱恨她的任性。決心以後再不准她出去了。太麻里天主堂胡神父又送來麵粉一大袋，油一罐，脫脂奶粉一包，連同以前的一共四大包麵粉了，使少山又歡喜又慚愧。這次神父似乎非要少山在復活節領洗不可，看樣子是跑不了。

神父親自來接容家去教堂望彌撒，為全家施洗作準備。晚上神父經過，少山將十多公斤香蕉和十隻蛋送他，神父非常高興。能力所及，少山送他些食物是快樂的。早上送二十隻雞蛋，託神父帶給台東修女，以答謝每次連秀拿鼻藥時

都不要錢的恩惠。另送了十二隻給神父。蛋每天都不夠賣。

　　晚上的領洗，心裡充滿矛盾，一方面神父對容家這麼好，單獨講道理兩年多了，另一方面，教堂內不許有聲音，而少山的小孩不懂事，不時啼哭吵鬧，十分尷尬，心理負擔很重，直熬到深夜一點多，至彌撒完畢，步出教堂，才鬆了口氣。

　　領洗後第一個主日，正式做了天主教徒，參加了領聖體的儀式。現在星期天忙極了，上午要負責教唱聖詩，接著參加彌撒，直至中午十二時，下午在家休息一下，一個星期就這樣過去了。

第十八章

● 過份自信

　　容少山總結，考試讀書得有策略，先略讀後精讀。要減少遺忘，只有常溫和用心記憶。複習再複習，看了再看是考試的金科玉律。少山以往一舉通過國教檢定，繼而攻克甲、乙兩種特考，皆本此原則，現攻中教檢定，也望能獲至相同之效果。第一次參加國教檢定，僅一月時間就馬到功成，第二次參予乙種特試，花了兩個多月時間，第三次甲種特試，也僅用了三個多月時間，前三次皆一矢中的，這次有計劃有決心的準備了七個月，當然希望也是一擊即中。

　　今早少山從太麻里乘第一班車，在高雄轉乘遊覽車至台中。黃昏約六時抵中市，細雨霏霏，尋得旅社安身。試場就在旅社附近，下午前往好花洲旅社，找到大王國校的白君、螢君，一起溫習功課。考試前夕緊張、忙碌，一個房間兩張床四個人，大家靜靜地各自作考前總複習。

　　一共考三天，最後一天考畢，中午見到朱廣濟，共進午餐，往遊公園，下午往新竹轉車往湖口，見李運鈞。李邀約了一桌老長官及老同學，下午又來了一桌。上午趕到台北，見汪啟榆和張福生。福生已官拜少校。在家招待，晚上乘九時車南下高雄。次日下午二時抵家，共十天奔波。

● 落第

　　一星期後的一天下午，報紙來了，榜上無名，雖在意料中，容少山有幾分惆悵，自我安慰，不需灰心，要再接再厲。補考證來了，及格的只有三科，不及格的達六科。上午到教堂，在路上邊走邊讀些文字學中的篆字卡片。對時間的利用，不能放過份秒。勝敗決定於未戰之先，少山深信考試成功與否不決定在考場，而是考前之準備。準備足，把握大，反之則小。如今只好善用這三個月

時間，將全力以赴。輔導會這次教師檢定只限軍官，而把士兵撇在一旁，是否階級觀念作祟？

與劉某之恩怨

上次在台北和老戰友汪啟榆見面，少山大吐苦水，「前任校長貪婪而自私，又無公德心。這個代校長劉君又愛弄權，好役使人。行政工作也夠忙了，使上課反淪為次要了，原因是劉君把他自己的課務如歷史、地理勞作等加於我身上，並把過去屬於校長辦理的保險等等也轉交給我，他自己卻作威作福，儼然以校長的姿態自居，並騰出時間去擔任有鐘點費的民教班課程。」「少山，凡事當忍讓，世上這種人多著呢！」「但國民黨到台灣後已痛定思痛，改正了許多陋習。」

下午開會與劉某火併，討論會議提綱時，他以壓制的口吻說，「每人都得發言，發言一次年終考核十分，否則零分！」大家聽了都不服氣，默默地不發一言以示抗議。少山忍不住怒吼，「你以為你是誰呀！」劉某老羞成怒，露出猙獰面目，「啪！」地打了少山一巴掌，「那又怎麼樣？」在這千鈞一髮之刻，少山吞下這口烏氣，因為這是教育機構，打架有失體統，因而沒有還手。劉某這種陰險小人，好弄權術，在他下面做事，寸步難行。少山實在呆不下去了，要另謀出路。

傍晚下班，路上遇李靜波，他劈頭把少山責罵一頓，就為了收黨費之事。少山寫了封信，他認為內容冒犯了他，「收黨費不是放進我口袋，你憑什麼發公開信罵我？」因而大發雷霆，說話夾著髒話，一聽就知是劉某唆使他來找晦氣的。這裡環境險惡，非久留之地，下學期得設法他調。同時少山也思量如何把自己率直的性格改得內斂些，免招無謂之煩惱。正如汪啟榆的勸告，容少山的

缺點就是嫉惡如仇，每每喜歡批評人家。少山深知，自己似隻受傷的獅子，有身體的自卑和學歷的自卑，也極度對周邊人的目光和言語敏感，容易聯想到歧視和嘲弄。因此他要時刻記著儒家的教導，閒談莫說人非，靜坐常思己過。

校長調動名單發表了，派來一位姓宋的新校長，劉某的威風告終。徐警員以朋友身份特地安排晚上少山與李靜波的事從中斡旋。少山亦以冤家宜解不宜結的想法赴會。到徐家打招呼後，李君仍以訓責之口吻，數少山之不是，初時有點生氣，但提醒自己此行的目的，就是儘量容忍，不讓自己生氣，事情總算圓滿解決。

少山努力為考取中檢作準備，並遠離這些小人。

山地災情

山地災情。颱風警報，雨下個不停，入夜警鐘驟鳴，洪水自山而下，全村惶恐，村民奔走相告，「快跑啦，洪水來啦！」近低窪處及水溝邊之人家已被洪水沖毀，于老帶兩小孩，說他們家已入水，為安全計囑代為照顧。雨傾盆瀉下，幸好容家地勢尚高，其他地區災情頻傳，這一夜緊張又害怕，通宵不敢睡覺，電也停了，倍增驚恐。

洪水已成災，台東遇上五十年來最大一次水災，鐵路，公路切斷，交通完全癱瘓，橋樑、住宅捲走，哀鴻遍野。太麻里學校已停課，災民住進學校教室，台東四天四夜之雨量有六百多公厘，打破全省六十多年來的紀錄，學校附近一戶災民貧病交迫，少山囑妻送去三十元以濟燃眉。

少山見到那些沒人格，卑鄙虛偽的人，就打心底裡討厭，連和他們說話都不願意。像今天縣府督學來參加鄉村會議，順便到辦公室來坐坐，垂問各人生活近況，有人乘機誇大自己上次水災的損失，說光警察替他統計的就有一萬六千元以上，他自己還算不清有多少呢！絕對是騙人的鬼話。事後少山自己反省，何必如此激動呢，把這人作為反面的鏡子吧！

● 神父

神父天天來給少山講要理問答，因要在本週耶穌受難節後幫給少山施洗。他這忠於信仰、忠於工作的人，少山怎能抗拒呢？無形的天主，祂的愛無從看到，而藉有形的神父，就可推想到無形的天主，其愛是真實的。昨天神父送來一包衣服，其中有套七八成新的毛質西裝，是高雄某外籍神父託修女送給他的，而他轉送給少山，高誼隆情，受寵若驚。

不知怎的，每一主日心裡總是糾結。從教堂回來，總是悵悵然，因為神父總覺教友不順眼，他抱怨去教堂的會眾太少，孩子們秩序差，教友奉獻不夠積極。不上教堂又覺未盡教友本份，對神父不好意思，所以每次都是勉強自己去。

鄭林造將按立牧師，容少山決定送他名貴禮物，送一台四百元之電風扇。買回家時，岳母女及小姨皆不高興，「你捨得那麼多錢送禮給別人，為其麼不買東西給自己人？」其實這是回報別人，人家借地蓋屋，一佔幾年，不付出任何報酬。

● 小富由儉

昨晚楊炳堯君送來四個月的利息錢，二分半的月息，自動給他降為二分。他高興得很。取人利息不宜太高，應比民間一般例行的三分以上低才好。現在借予人的錢有兩種，一種是基於同情，像森泉、陶校長、郭清來、利義雄等同事。

他們只要給一分息，就滿足了，不給也不要緊。另一種是借給朋友去發展事業做資金，像楊炳堯、陳再服校長、梁老師媽媽和火旺米廠等，開始只收二分半息，現在再降為二分，少山完全是出於良知，但求心安理得。楊炳堯君今天又來借款一千元，合計八千元了，以三分利計，每月可收二百四十元利息。

已積蓄近六萬元。按金價，每兩二千一百，達三十兩了。節省是少山的特性，有時見妻不愛惜食物，就多加指責，如洗米時不小心把少許米倒入廢物；煮飯太多，剩下的傾倒餵雞等，少山都很生氣，責其不是。

第十九章

● 神父之死

下午放學回來小芝説，陳秀霞老師告訴他，「胡神父走了！」噩耗傳來，全家悲慟。立即放下手上工作，奔往太麻里教堂。教友陸續來了十多人，大家都流淚，六神無主，因神父是在台東住院的。天快黑，大家哭作一團，不肯散去。突然一輛小包車駛至，出來一個外國修士，「你們不要哭，胡神父已渡過危險期！」大家始化悲為喜，一場虛驚。

黃昏少山和連秀去看神父，他除了肝臟有問題外，腳有水腫。即為他禱告早日康復。改天聽説胡神父已不能吃，不能説，瘦得皮包骨，閉著眼不能言語，看是不行了，大家都為他祈禱。趕到台東聖母醫院看他，他興奮得流下熱淚，少山等在病榻旁為他誦經。

下午傳來胡神父逝世消息，連秀倒在床上放聲痛哭。少山與孩子悲痛地跪著，一邊誦經，決定這幾天全家為神父守齋。神父看顧少山一家成長，早已是家人一樣。下午三時容家趕來做追思安息彌撒後，神父下葬於聖堂邊。各地神父、修女、教友約有二三百人都來送別，主禮是花蓮教區主教。

● 屢敗屢戰

容少山文化基礎差，身體有缺陷，想像常人一樣循正途出身，機會是渺茫的，要上流，自學考試是唯一的機會。這是國民政府退守台灣，為安撫官兵留的一條夾縫。

中學教師檢定試放榜，早上看報，吹了！沒有容少山的名字。「難過？悲痛？慚愧？都不必要。收拾起失敗的心捲土重來，下次是第三次了，要破斧沉舟。我應該愈挫愈勇，記取失敗的教訓，細細檢討，不再怯敵。」總統嘉言錄説：

「天下一切事，都成於繼續努力，始終不懈，大部分人都敗於半途而廢，有始無終。」少山自言自語。

　　考試成績單來了。「我的天，竟有那麼多紅字，大大出乎意料之外。不及格竟達五科之多，明年最後一次補考機會了，能否一舉攻下五城，真不敢說。」少山後悔早前過於輕敵。

● 恩怨

　　凡劉某主持的會議，容少山就生氣，想抑制也不行，只好避免激烈的發言，可能是條件反射的現象。私下劉某求借一千四百元，今天如數借給他。雖有個人積怨，但人家既有所求，就先把恩怨放下。

● 建屋

　　容少山見人家都在建房子置地產，而自己仍似一葉浮萍，於是心動，想買塊地建房。置業難，也不想在此生根，想買黃金防通漲。最近有人介紹屋前方五十公尺處一塊柑園地，四分地左右，開價三萬五，機會難得，在考慮中。可恨人心不古，早上見面要三萬五，下午即長至三萬六了，頗費思量。兩年來節衣縮食積得一筆小款項，但近年幣值日貶，購置土地等不動產，又不在行，為此進退維谷。

　　自然災害又來，入夜颱風愛蘭西至，風一陣緊似一陣。趕緊作應變措施，少山全家搬到附近農舍暫避。不久電燈全滅，狂風大作，門窗吹得格格地響，收音機整夜報導全省風勢和受災情況。這是個不尋常的中秋節。茅屋單薄，屋頂茅草吹得飄搖，震天價響，廚房頂吹塌了部分。令少山想起牧甫的「茅屋為秋

風所破歌」，為了修房子，今天僱人將甘蔗葉把房頂加蓋一層，以禦雨水。

● 外母

容少山怕妻在家悶，特地寫信請外母來。她來開支就大了，每天菜餚不能簡單，還要香煙加檳榔。為使自己能安心溫習，這代價是值得的。岳母昨天來了，打算長期住下。岳母家可氣又可憐，三個孩子都不能侍養，只懂花錢，只有清三稍好些。少山只能以自己能力所及，對外母作由衷的支援。

她雖出身寒微，但習慣了揮霍，不知省儉，與少山之作風格格不入。晚飯後，張伯麟寄來二盒名貴月餅，少山的意思是留下明天給小孩吃，現只切一二個分嚐一下，因為飯後肚子已飽，但岳母堅持每個小孩給一個。老人家嘛！只好順從其意，實在吃不下，浪費了就不好。雖別人送來的月餅已有三包，但還是多買幾十元，搞不好連秀和岳母又會埋怨他吝嗇了。

中秋節仍請了鄭林造和鄰居蔡當進的岳母，但連秀和岳母不明大體，對此感到不滿，少山告訴連秀，不能忘懷人家的恩惠，「怎麼只有這些，那盆滷鵝呢？」少山皺起眉頭。「哦，媽說菜太多了吃不完，所以沒盛出來。」連秀有點尷尬。「你真是，拿你們沒法。」最後連秀與岳母仍捨不得把最好的菜餚端出奉客，使少山面目無光。

去年教育概論不及格出乎意料，不甘心，檢討：應是答題不夠詳盡。但跌倒了要爬起來。現在準備補考一年多了，目的地近了，將再敲開中學教師的門。

考前，少山先往高雄，然後到旗山朱廣濟處，談談他的婚事。早上把小芝交託廣濟，就匆匆趕回高雄。各考生已到。充滿了考前緊張的氣氛。因太緊張，整晚失眠。臨場表現強差人意，然已盡全力，非戰之罪也。

懷孕

連秀這幾天一直為一個問題困擾:「月經沒有來近一週了,不會吧?」照理已裝「樂普」。少山苦著臉,連秀吵著要去台東檢查,「萬一真的懷上了怎辦?」少山問連秀。她的意思是要拿掉,少山的意思是聽其自然,非不得已都不打胎,畢竟是條小生命,是犯罪的。

少山帶連秀往台東看婦科醫生,「恭喜兩位,懷上了!」為難了,連秀是當事人,她堅決要拿掉,少山則希望既來之既安之。醫生催快決定,少山仍希望她回心轉意,但她堅持,「是我懷了,又不是你!」她哭著抗議。不得已,只好由她。要二百元之手術費,化費還找罪受,且良心不安。

下午少山又帶連秀去看婦科,換了家醫院,醫生說她還在出血,不能裝「樂普」子宮環,須打針吃藥,買單又二百元,真傻了眼。一連串不如意事,心情抑鬱,工作沒精打采,只想一睡解千愁。

少山因些小事責備了連秀,她生氣起來,拿了幾件衣服騎車走了,放下幾個小孩哭哭啼啼。她十點左右回來,但給少山的印象極壞。一個主婦,動輒以出走做威脅,讓鄰居看到有什麼好。

第二十章

補考

提起教育概論這科，令容少山恐慌，過去兩年所出的十題都很普通，少山的作答也不錯，但卻不及格，原因想不通。為考試苦讀了幾年，每天都在晨早四時左右起來早讀，已盡了心力，成與敗聽天由命。第三年了，這次心情較輕鬆，盡力就好。

應試準備進入攻擊位置，少山的複習計劃是這樣的：第一次溫習，每科十天至十二天左右，採取精讀方式，廣泛而深入的複習一遍。第二次複習，每科五天，同樣要廣泛深入，只是速度加快，第三次每科兩天，第四次每科一天。看考試的書，就應採取覆憶法，每看完幾章或一個段落，就將書掩上，一一默想，並默寫重點。

離考期日近，搬家瑣事多，讀書注意力難集中。連秀所試辦之小生意問題多，困難重重，給她四百五十元本錢，虧了就算。下午三時抵台中，到旅社住下始看書準備考試。社內已住有赴考者。

考試開始，第一節考國父思想，第二節教育概論。下午考國語文。表現還可以，只是國父思想的時間是否分配得不好。翌日上午第二節考國文法，下午第二節考文字學。考完就全交託天主了。

置業

據説太麻里村有一間靠近路邊的房子要賣，衛生所田主任介紹的，房子很好，並不貴，本來少山對問舍求田不大熱中，但漸漸也有此意思了。

中午田主任來，載去太麻里看房子，開價四萬二，少山還四萬，即成交了。大家都説便宜。廁所洗澡間是新建的，外加塊空地。全部有七十五坪之多。同

時有現成的店面，兩面靠馬路，房屋雖是板造的，但木料堅實。少山向天主尋求指示，房子應不應買。次晨起來，心胸舒坦，決定如數付定。感謝天主保守。

　　上午付款，下午指導學生打掃房屋。零碎購物，添置榻榻米等得多化一千元。僱兩輛三輪車，只花了兩小時，就搬完了。校長也來看少山的新居。

● 再落第

　　中檢放榜了，同事林美枝、白明智考取了，少山卻落第。失望、慚愧、難為情。心情是酸溜溜的。怎辦？何去何從？明年是否再考，還是作罷，收拾心情全力打造經濟？

　　但少山放棄不了讀書，對中檢試不棄，明年再來！在報上讀了別人的文章，歸究自己失敗的原因：答題欠簡潔；不能抓著要點發揮，寫字不夠快。

● 內憂外患

　　隔鄰建屋硬霸地基一尺，咄咄迫人。以前協議償地和以牆壁為界的諾言全部食言。容少山又痛苦又氣憤。對方還強詞奪理，嚴斥後才認錯，為提防她們將來蓋頂時不守法，擬好一立約書，他們又有所顧忌，不敢蓋章，借故拖延。工人今天要做圍牆，鄰居的女婿張老師見少山等在搞地基，怒氣沖沖來質問，意欲阻止，少山說，「已事先經羅義雄調解才開始做的。」

　　早上看到隔鄰建門口之矮牆，延伸超過半尺，非常氣憤，這真是孰不可忍，橫蠻霸道，這次再也不肯退讓，堅持非要拆不可，否則同上警察分駐所理論。他們見少山強硬，只好把侵佔部分拆掉。

● 放蕩行為

連秀累了去看電影消遣，夜十一點才回來，夜歸已成常態，到底是不是對少山不忠，有說不出的痛苦。原以為搬來太麻里會更幸福，可是有些地方卻適得其反。首先是連秀每天晚上喜歡外出。本來少山是不贊成的，但覺得她太辛苦，整天看店，洗衣、煮飯、帶孩子，晚上看看電彩，散散心，調劑身心，也是可理解的。可是卻因此性情變了。晚上連秀又單獨外出，兆信哭哭啼啼地找媽媽，少山帶著小忠、小勇、兆信冒著細雨到街上去找了一遍又一遍都找不著，心裡有說不出的難過。十點多，連秀回來了，倆人就吵起來。「你去了哪裡？」連秀眉頭一皺，「你管不著！」妻的脾氣愈來愈壞，少山只有啞忍。

總統祝壽晚會少山全家去看。座位後面坐滿許多台籍軍人。當他們談論劇情時，連秀也回頭去答腔，少山暗地裡碰了她一下，示意閉嘴。回來即以此相責。

「你什麼意思？整晚給我臉色看，難道我沒有言論自由嗎？」連秀惡人先告狀。「容太，別忘了你已經結了婚有孩子啦，能不能放莊重點？婦人家在外面怎可以隨便和男人說話？」少山秋後算賬。「你封建！」連秀覺很委屈。「你說我封建就封建吧。我就是不許你和男人說話！」少山覺理直氣壯，不怕人說他野蠻。

● 姦夫

終於，日夕耽心害怕的事情發生了。真有個不要廉恥的第三者偷進容少山夫婦的生活來。那人叫尚一虎，是個民防隊員，這是連秀早上在床上良心發現時招認的。少山一時無法接受這殘酷的現實，「我的天呀！」少山的眼淚奪眶而出，竟忍不住哭了，流淚、哭，從早上一直到晚上，從晚上到雞鳴，太痛苦、太傷心了。

傷心痛苦是因為那不要臉的傢伙介入，誘使連秀不守婦道。她的一句「他待我好！」真使少山痛心透頂，似有千枝針、萬枝針扎著心。「我愛我的妻，我

恨那天誅地滅的尚一虎。」上午竟無意中碰到那人，原來以為他長得怎麼樣，原來是蛇頭鼠輩的無賴。然而連秀卻被其甜言蜜語迷住了，還說他好，真氣死人了。

⬤ 言情小説

　　上午容少山無意中聽人説，連秀常借故上行看衣服又與那壞人見面，回來後又再騎摩托找那壞人。一回來就躺在床上看那本女老師的愛情小説，並在書上寫著幾個字給少山看，「我愛他，也愛你」。少山氣死了。為著追問那三本言情小説的來歷，又惹妻生氣了。晚上少山因為難過沒有吃飯，買了瓶酒回來喝悶酒，想麻醉一下，但越喝越苦。連秀也説她有很多苦，有很多話想和那壞蛋説。

　　回過頭來，少山為著哄連秀開心，帶她乘下五六點車往台東看電影，乘尾班車回來。她穿了新造的天藍色新裝，很高興，那晚勉強接受了少山的親近。不知怎的，又談起了那混蛋，連秀洩漏了許多祕密，使少山聽了毛骨悚然。看樣子妻真是病了，變態到這田地。但她能一一坦白，畢竟是可取的，到底是真誠的表現。少山願意寬恕她並開導她，認為她不再偏袒那壞人，感動得不得了。細細地談到深夜兩點多。「我從沒有過的快樂！」

　　連秀答應安排次日與那壞人見最後一次，以表明她是愛丈夫愛孩子的，好讓那人死了心。能見到連秀回心轉意，有如見到黑暗中的一線曙光。

　　「我愛妻，我不能讓壞人奪去，我要拼到底。希望妻能回心轉意，與那壞人一刀兩段，其他的我都可原諒。」

　　言猶在耳，那壞人躲在家附近，連秀卻千方百計地出來與他見面。少山氣炸了，破口大罵，連秀隨即嚷著要跟那壞人出走，少山即派小芝跟蹤，怕她跟了壞人去，也怕她真出走。因此同時打電話催岳母即來。

　　未幾，連秀買了個小皮箱回來，即整理行裝，聲言要走，岳母趕到，問題即和緩下來，總之問題的徵結在於連秀心中離不開那壞人。過去的不忠，少山可以不究既往，如今竟當面説她要壞人不要丈夫。這多年的夫妻恩情，竟不如此

不值錢。實在忍受不了，隨他跟人走也好，獨自出走也好。

岳母建議把連秀和小孩帶去台東住幾天，以緩和一下大家緊張的情緒，少山答應了。連秀的態度仍是冷淡，不許行房，這是少山最大的傷心處。思前想後，覺得她過去全是騙他的：「我現在明白，你每次騎摩托假裝去做什麼，原來是和那壞人去幽會。看電影看得那麼晚原來是陪尚一虎去玩。你竟斗膽讓那壞人乘我上班，天天到家裡來姦淫。真是廉恥喪盡！」一時間罵得連秀無地自容，混身發抖。假如連秀真的沒有夫妻恩情存在，那又何必苦苦挽留呢，與其留著痛苦，不如任其離去而痛苦，因此下午少山帶著小芝關上門去台東岳母處轉見連秀一面，談談這一決定。晚間與連秀去台東密談，她表示已決心與那人斷絕來往，這使少山半信半疑。

一個人的時候，禁不住胡思亂想，一想起就痛苦，痛苦就想喝酒，喝酒就流淚，流了又流，「我的心破碎了。我對她這樣好，她竟出賣我，好像砍了我一刀，叫我如何見人，心碎啊……妻啊，你為什麼要這樣做，為什麼？為什麼要這樣待我啊？」容少山的心陣陣發痛，在流血！

上午連秀回來，情緒惡劣，怪少山對岳母說了那事情，不待少山解釋，就要回台東去。少山自言自語「秀啊，不要聽別人挑撥離間，說你丈夫殘廢來傷害你，讓妳討厭我，破壞我們十多年的感情。」下午聽到賣菜街販竊竊私語，估計和壞人見面了，盤問之下，她招認不賴。因此少山一下子蹬腳暴跳，「為什麼還要和那人見面？」最後連秀說那壞人揚言不見她就要殺人，殺什麼人，這真可怕！

昨天容少山帶連秀去做鼻子開刀手術。今天早上回來晚上去，一天趕兩處車，疲於奔命。少山與連秀在浴室洗澡，發現她將電燈關掉，緊張地告訴少山，那流氓尚一虎在小氣窗窺視，隨後關上大門，壞人又從暗處扔石頭。憤怒中，少山即修書密報告其隊長。

連秀說尚一虎上午又來了，趕也不走，自作多情地哭泣，擦淚，博取連秀的同情，又買來一大包龍眼和兩隻大梨，還說：「我百分百愛你啊！你丈夫殘廢啦，不能陪你啦。」少山聽了幾乎氣昏過去，拿起那包龍眼用力一摔，摔得個稀巴爛。

那壞蛋死死地纏著不放。少山生氣地斥責連秀以往和這壞蛋交往，欺騙和出賣他，她一聲不響把房門一關就走出去，容少山即電清三和岳母來台東，找了連秀一個多小時找不著，真氣煞人。最後看到她蹣跚而回。

下午將昨天尚一虎糾纏連秀的經過寫了一份口供給派出所隊長，希望能把傢伙遠調。隊長不在，留下信由輔導長劉君轉交。劉君建議少山遠走高飛，專案申請調往西部縣市去。少山冷靜考慮一下，並徵詢連秀的意見，最後決定還是不要輕舉妄動。

「這樣不要廉恥的妻，叫我怎樣做人，真恨她，若不是念及十多年夫妻恩情，我真不想受這罪！」雖然連秀這些年是辛勞的，寂寞的，空虛的，因為每天少山一早去上班，要到下午五點半才回來，一整天連秀要照料生意，帶孩子，整天守在家裡是辛苦的，精神空虛。十多年來，同甘共苦，節衣縮食，勤勤儉儉建起這個小康之家，著實在不忍心丟棄她。

連秀不在家，少山得親自下廚生火煮飯，不下廚不知道廚房工作的繁重，因此想起平時連秀做飯洗衣實時辛勞。「妻啊！我想你，愛你，打從心底裡愛，是真實的，好比好酒釀沉甕底一樣，不容易看出來。」

● 幸災樂禍

連秀聽鄰居黃太太說，阿安的母親和劉老師太太在外面到處說少山的壞話，連秀說要找他們晦氣，少山勸她息事寧人，告訴她人家都是幸災樂禍的，巴不得別人妻離子散，所以要忍耐，自強，不要讓人看扁。

容少山發現幸災樂禍的人比比皆是，不足與其計較。「看我好是這樣，看我不好也是這樣，於我無所增減。」遭此一劫後，應好好檢討，以策屬將來。少山希望從今起多照應連秀，多加體貼，也希望她能做個賢妻良母。

下午引發一場風波，連秀說要出去修理車子和到徐太家裡玩，初不疑有他，可是發現是那壞蛋在引誘連秀出去，即跟蹤出去。「連秀這種藕斷絲連，實在令我痛心，她真是那麼賤。動輒說要走，以此要脅，使我痛苦不堪。」近來的

不幸也苦了芝兒，看著她消瘦下去，心裡難過，因她太不懂事。

情書

連秀晚上才去電髮，不久下大雨了，少山找來兩把雨傘給小芝、小忠，準備送去給連秀。偶然在縫衣機下面發現連秀的一本記事簿內夾著一封信，是寫給那罪人尚一虎的。

「十一月二日中午　今天我在吃飯的時候，看到你在路上走，我本想叫你，但是你的後面有個太太，他是我的朋友，所以沒有叫你，不會生我的氣吧，但是你走到下面的地方你也是想到我了，我想你的心，你也看到，想我了，是嗎？晚上心裡難過時，眼睛向門口看，但是看不到你，只有你的心在我的心裡。我晚上睡覺，也看到你在路上走，但是當我的眼睛睜開，卻看不到你。」

當容少山看到這信時，氣得渾身顫抖，眼淚直流，痛苦，好痛苦。他把那信用火燒掉，唱片打掉，眼鏡打碎，仍然平息不了他的氣憤，這刺激太大了，容少山變了另外一個人了，傷心憔悴。回到學校只好裝出笑容給學生上課，但一下課不知不覺就流淚了，「我的心重如鉛，頭陣陣發痛。我恨妻，恨妻出賣我，對不起我，一次又一次，使我流淚。我又愛妻，十多年來，夫妻同甘共苦，在我生命中是無法忘懷的，我愛妻有如愛自己的生命，甚至過之而無不及。」

摩托

這兩天連秀隨友人許君學騎摩托車，有幾分信心。次日田主任用他的摩托載容少山去教堂，說可把車賣他，就算四千五吧，並可分期。有點心動，但未下決定。連秀也喜歡田主任之摩托。中午田把車開來，連秀甚高興。

有了台車，連秀加倍的忙，忙著送少山上班，忙著做早點和少山的飯包，又要照顧小生意。料理孩子，洗衣，真團團轉。少山每天下班都是搭利老師的便車，順路應該不會增加別人負擔，且有恩於他，因借了三千元給他，利息只算一分

半。做人應知恩圖報，可是事實不是這樣，今天他借故早退避開少山。也罷，不能仰人鼻息，自己善待人，對方未必領情。

今天台東吉星的老闆將一座新的冰箱送來了。連秀可高興，因連家可賣冰了。本來以自己老師的身份，搞這小生意是有點難為情的，但又有什麼辦法，總不能，能看著不幫忙吧。

連秀感情波動大，平復也快，像將今天拿起鐮刀，穿上工作服，帶上斗笠上山打柴去，滿載而歸，好像什麼事情都沒有發生過。晚上她與芝兒去看電影，她就是喜歡看電影。下午又去砍柴，能幹、吃苦是她最大的優點。

● 警備隊回應

晚上警備隊的任隊長來訪，説那流氓尚一虎八月會退役。如果他再來妨害家庭，可隨時告訴他，他會法辦那壞人，並説，「假如沒有什麼大事就算了，若把這人送蘭嶼管訓的話，那他連退役金也領不到了。又何苦呢！」「只要他不再來騷擾，我也不再追究，讓他退役好了。」得饒人處且饒人。

連秀聽説尚一虎將於八月退役，竟説：「他勝利了！」少山聽到甚感難過，為什麼連秀總偏幫他。睡覺時，她整晚不理睬少山，把身子背過去，整晚人都在飢渴和痛苦中，身心創傷。

下午陳校長來告之教員調動名單已發表，容少山被調往大王國小。回到介達學校收拾東西，七年了，將要告別，無限依依。到大王國小與騰教導聯繫，分配給少山主計和二年級級任，工作繁重。

開學三天了，生活比介達緊張，每天都要開早會，晨早七點，就得上班。但比起介達有好處，就是離家近，不必以靠車接送。又可以回家吃做飯和休息，精神負擔也較輕。這個暑假，受刺激太大了，以致無法集中精神讀書，該年報考中檢，只有忍痛放棄了。

頭髮風波

　　真是人善被人欺。人就愛跟紅頂白，你倒楣時，就一沉百踩，還禍及家人。小芝的老師要小芝把長髮剪掉，只因為月考達不到 90 分，只差 3 分，所以罰剪髮，真是吹毛求疵，小芝哭哭啼啼不肯就範。老師太豈有此理，非逼著剪掉不可。少山自己也是老師，在無可奈何之下，只好勸芝兒委屈一下。連秀砍柴回來，得知老師來了幾次要小芝剪髮，也感到不平，知道是衝著咱家而來的，但仍有風度勸小芝服從。最後理髮師上門剪髮，之後小芝倒在床上，悲傷地哭過不停，妻也傷心地陪著哭。小芝老師這行為真是愚不可及。

第二十一章

● 暴力欺凌

容少山心中有一種恐懼，怕連秀暗中與那尚一虎繼續互通聲氣。近來家庭不安寧，常因小事與連秀吵起來。連秀早上起來就吵，下午堅持一個人去台東。「你去台東幹嗎？去見那混蛋嗎？要去也行，把孩子帶上！」少山希望她帶個小孩同去，她不願意，因她看穿容少山的用心。本想隨後跟著去，小孩哭著求少山不要去，他痛苦得頭發脹。

天將亮，少山在床上責問連秀，「你還和姓尚那傢伙見面嗎？」連秀默不作聲，背過去向床裡。「我和你說話呢！」「什麼意思呀你？」她開始不耐煩。「你不要忘記你已有老公有孩子！」少山也生氣了，「你不應該再藕斷絲連！」卻不知這樣說卻觸怒了她，她一骨碌坐起來，雙目狠狠地瞪著少山，「你有完沒有？」瘋狂地大發脾氣，雙拳如雨點般用力捶打自己心胸，「我要死！我受不了」，樣子可怕極了，一邊說一邊說要用腳踏死兆信，然後自己去死。此刻容少山又驚又怕又後悔，用身體壓著她，小芝、小忠、小勇哭過不停。「爸媽不要！」孩子的哭聲震天。少山急忙叫小芝把兆信從床上抱走。連秀此時掙脫少山的手，並瘋狂用手撞打他，「我和你拼了！」連秀歇斯底里地嘶叫，頭髮蓬鬆，目露凶光。「秀，我倆好好的兩夫妻，為何落得如此下場？」少山呆呆地看著死人似的連秀，有氣無力地說。「我對你已沒感覺，我離不開他！」連秀斬釘截鐵地說。

容少山強忍著疼痛，任由她在自己身上拳打腳踢而不還手，只希望連秀不要打自己發洩。她終於嘴一咬，腳一伸就靜下來。少山害怕極了，把她抱著，向天主求救，不住祈禱。她最後一動也不動了。

突發的事猶有餘悸。人生的苦楚，家庭不安，使容少山受盡折磨，可能這是天主給他的試練吧。少山自我檢討，反省，懺悔，並開導連秀。她或許不諒解他，

但他愛妻之心青天可鑑，主知道！

　　中午內兄清三來，並說連秀也回來了，少山一陣高興，以為她迷途知返。中午下班回家，但見連秀躺在床上，似失戀的樣子，責備她幾句，並將她眼鏡、化粧品統統打碎丟掉，她沒有反抗，仍一動也不動

　　連秀整天躺在床上，不吃不喝，人回來，心不在，似個死人。「你看自己還像個人嗎？」容少山實在看不下去，厲聲地說。連秀反駁說，「我們完了，我離不開他！」少山氣得跺腳，越吵越火爆，「殺死你……」連秀突然尖叫，眼睛發出兩道青光，跑入廚房拿了把菜刀追殺少山，嚇得少山趕快逃命。連秀又揚言要自殺，拿刀奔入廁所關上門，少山驚惶失措，「媽媽不要！」孩子不住地號哭，一會連秀出來，放下刀說要走，看鐘已是晚上八時多了。只好眼巴巴地看著她走，但她出門一會又折回來。周老師來相勸，她才勉強安靜下來。

　　連秀第二天仍像死人似的躺在床上，不開店也不理孩子，全是失戀的樣子，少山怎樣勸也是徒然。知道連秀寄了一封限時信給那壞人，少山也不敢公然斥責，怕挑動她的情緒，只勸她不要再和尚一虎來往。「我忘不了他，我愛他，不愛你！我倆完了！」她狠狠地說，定要離開少山與孩子。「那究竟為什麼？」「你真要我說明嗎？你殘廢，我要的，你不能給！他讓我爽！」她說話愈趨下流，痛苦之餘，睡到半夜，容少山起來跪在地上，向天主哀求，連秀仍無動於衷。她中毒已深，變得心硬，定要拋夫棄子。

　　早上上課，孩子跑來告訴少山，連秀把門鎖上出去，直到十一點半才回來。下午，她在鎮上做了頭髮，回來在煮米粉吃，但沒有買晚飯的菜，少山頓起疑慮，心中不安。到兩點少山去上班，「秀，燒水讓孩子洗澡吧！」「我不管！」上班不到二十分鐘，小勇慌忙奔來找少山說，「媽媽走了！」少山放下一切不管，追到車站，看到連秀坐計程車絕塵而去了，回來見門已鎖上，鎖匙已交給隔鄰，兆信坐在門口的地上玩，小勇一臉沉重，不禁熱淚奪眶而出，連秀真的跟別人跑了。少山告訴自己，要提起精神，堅強起來，燒水給孩子洗澡，今後要父兼母職，撫養四個可憐的孩子了。

　　岳母對少山說，上午連秀曾匆匆回來，從郵局提款八百元和拿走收音機，岳

母勸也無用。下午少山請假兩小時，趕去台東找她，人找不著，只淋了一身的雨回來。家門不幸，想起四個可憐的孩子，心如刀割。「尚一虎害得我好慘。愚昧的妻啊！你為什麼這麼不懂事？」

行為不檢

下午少山摸摸，存款簿不見了，好在連秀去郵局提款時被拒付。發現昨天楊炳堯償還之二千元被她偷去了，十分生氣。後來問她要，她不肯拿回來，說要用這錢。經打鬧，連秀只允吐回一千元，說，「這二千元要平分」。少山說，這是買貨的本錢，不能動。少山又發現，一條所藏的五錢重金鍊被她拿去了。家賊難防！

整個晚上失眠，少山被痛苦吞噬著。店裡糖果沒有了，糖果錢也給連秀全帶走了，只好將昨天和今天所買的二百元帶去台東辦貨。在台東碰到補鞋師傅，他告訴少山昨天在門口遇見連秀，並且告訴她，少山在找她，想勸她回家，可是她扭頭就走了。「你那女人我真不好說，女人變心就回不了頭！」

黃潮泛濫

連秀愛看電影，但高水準的電影不多，講倫理和有教育性的也不多，都是些傳播負面人生觀和色情的電影。意志薄弱的人如連秀易受其感染，誤解開放自由的真義。

這也難怪，連秀出身山地佃戶，自少受苦，沒有穿好，沒有吃好，現在穿得好點，本是應該的，沒有什麼可說。去年她有過一段不檢點的紀錄，因此好穿好打扮就會引起人家的非議。同時家庭主婦也應端莊，切忌濃粧艷抹，此古有名訓。所以少山不厭其煩地提醒和勸告，但她就是不明少山的苦心，認為少山管束過份。她好翻閱黃色書刊，說她幾句，就認為少山在限制她的自由。

容少山與連秀的思想距離南轅北轍。少山崇尚勤勞、節儉、樸實，她則好冶

遊，喜化粧打扮，愛慕虛榮。她人本勤勞節儉、樸實，但來太麻里後，受到不良風氣影響，人就變了。

煙視媚行

一天，連秀突然回來，給孩子每人十元。入住旅館，問她為什麼不回來住，她說不好意思。她這次回太麻里，穿了一身顏色鮮豔的新衣裳，看起來份外妖豔。她似乎無所顧忌，在太麻里大街招搖過市，令人矚目，毫無羞愧之心，容少山也替她難為情。不知什麼時候她學人抽起煙來，舉止輕佻。時時愛獨自外出，又擦粉又打扮，少山實在看不過眼，「秀，你知道人家怎樣說你，你是正經人家，犯不著打扮得像『亞姑』一樣。」她聽了，不屑地答，「他們懂個屁？但你知書識墨，怎麼就跟不上潮流，和鄉下人一般見識。穿什麼是我的自由，你管不著！」說她兩句，她就說少山限制她的人身自由。脾氣越來越大，也越來越壞。回想做了小生意，多收入幾個錢補助生活，也帶來痛苦。但再難過也要強忍，少山每天仍裝著笑臉上學。

連秀自變心後就好豔粧，髮型短短的。真是野馬一匹，約束不了。晚飯時有人走告說，尚一虎來了太麻里。早上上班，她把門一鎖，丟下孩子，就乘車往台東去了，直到放學才回來。「可恨的妻，無恥！不要臉，我恨死妳！」。

封建觀念

回顧不愉快的事件太多，記得一天晚飯後，容少山無意中在唱片架上發現了兩張唱片《負心的人》和《月兒像檸檬》，立時冒火，此時連秀剛從鄰居處回來，「我不准你聽這種黃色唱片！」因這類唱片曾傷透他的心。連秀不聽尤可，一聽臉便鐵青，大叫大嚷，氣沖沖地拿了衣服錢包就走，此時屋內一片哭叫聲，小芝大叫：「媽媽！可憐我們不要走！」小忠、小勇也哭著叫「媽媽不要走！」睡著的小信也爬起來喊媽媽。但連秀還是頭也不回走了，此時已是晚上七點多了。

◑ 同流合污

容少山結婚十四週年紀念那天，整天等連秀回來，不見人影。實在是去會尚一虎。當天知道了她仍然和那流氓來往，容少山瘋了，「你出賣我，痛苦呵！我要喝酒。」岳母事後不打自招，她們三人曾一道去台東，那壞蛋就在那裡藉口和連秀去向朋友借錢，實是幽會去了。回程在車上，岳母又目睹二人親密，摟在一起坐後面鬼混。

容少山覺得岳母真不是人，過去的不說，就是打從二月起，清三在台東出了事，就吃住一直在少山家，卻暗中和連秀一同去壞蛋那裡，給他們站台，讓他們幽會，縱容他們，把少山蒙在鼓裡，幾乎弄至家散人亡。這種岳母叫人寒心。她錯了還不承認。早上說了岳母幾句，「媽，都是妳，沒有把女兒管好！」「什麼話，你看不住你老婆，還好意思來怪我？」她就發脾氣，捲起衣服要走。為了投鼠忌器，依靠她看顧孩子，迫得請周老師來挽留，才算平息了事情。

岳母透過劉老師開口要容少山給她煙錢。真虧她說得出口，少山心想已負擔她的生活，她三個大孩子都不可以解決她的香煙錢嗎？容家被毀，岳母要負上一半責任。

◑ 拋夫棄子

當容少山昨晚酒醒時，連秀已走了。早上岳母也提著行李走了，一家又陷入愁雲慘霧中。於是一早乘 7:50 的車帶著四個小孩子到台東尋妻和岳母，當然是失望而回。後悔昨晚看到那壞人的照片情緒失控，一瓶酒灌下肚更一發不可收拾。「秀你趕快回來吧，我需要你，離不開你。」

晚上連秀悄悄回來，容少山即向她賠不是。中午下班回家，發覺她鬼鬼祟祟，慌張的將寫的信收藏，搶來一看，原來是給姓尚那壞蛋的。勸她幾句，卻反脣相譏，又想要走。少山氣炸了，拿起菜刀把她的皮箱劈爛，連秀哭了，少山又後悔了，又向她賠不是。恰好阿莉小姐到來，請她勸連秀，可是少山上班

不到三十分鐘，她又提皮包走了。人家來通知，少山不顧一切追到直達車上，把小勇推給連秀，希望能打動她，她不但不肯下車，反而叫司機停車攆小勇下車。孩子邊哭邊走回家來，容少山太傷心了

苦海孤雛

看到兆信哭，少山就哭，但夫妻情深，能不激動嗎？晚上在車站一班車一班車的等待，一直等到深夜十一點才放棄。肝腸寸斷，淚已斑斑。吃也吃不下，睡也睡不著。「堂堂男子漢，落得如此田地，老天爺看得見嗎？」

次日，忽然聽說連秀在知本出現，容少山於是帶著小勇和兆信，急忙趕到知本，怎知撲了個空，少山和孩子都淋透雨水回來。以為她會回來，一直在等，半睡半醒，天亮了，又是失望的一夜。早上開早會，小芝在學校又暈倒了，少山的淚水直往肚裡流。

午飯，兆信不肯到學校吃，小芝也怕人笑，不肯來學校吃飯。下雨天就更慘，兆信、小勇沒有地方玩，只好隨容少山到教室去，學生都用同情的目光看他們父子。小勇寧願到外面淋雨也不肯進課室。兆信最可憐，也最乖，每天若無其事的自己去玩，不哭不鬧也不吵，從不提一句媽媽，這舉動反而令少山擔心。

容少山不知什麼時候肚子隱隱作痛，肛門不時奇癢，這是蛔蟲從中作怪。專程去台東省立醫院看病拿藥。在車上經知本站，忽然看到姓尚那壞人上車，頓覺怒火攻心，勾起一連串新仇舊恨。肯定是部隊編個故事安撫容少山，說會把那壞人遠調，說他去年八月就要退伍，可現在依然在本鄉，真使少山怒不可遏。

下午 1:20 正準備上班之際，容少山忽然看到尚一虎那傢伙在門口經過，血壓馬上飆升。部隊在敷衍少山，說那壞人要退役，但到現在仍逍遙自在。寫好的訴願書已一週了，本想不送出，就此算了，但今天見他這樣猖狂，大搖大擺在門口走過，決定將訴願書遞與其部隊。寫了封信寄去總政治部主任和花蓮李屏總隊長，掛號寄出。奪妻之恨，心靈的創傷，稍一觸動，就痛楚不已。

恩義已絕

五月十三日晚上九點半左右，連秀忽然出現，使容少山悲喜交集。但是接著令他更震驚的是，她回來是要迫少山寫離婚書，堅決下堂求去。

關心的友好都絡繹不絕，苦口婆心勸連秀不要離婚，晚上校長、警察分駐所長等十多人也先後加入勸導。她不吃不喝，無視所長、警員輪流進言，公然說，公然說，「什麼也不用說，我要離婚！」

翌日一早出外請有關好友來勸導。自早到晚，弄得大家都束手無策。他們走後連秀卻說，「你們即使再找幾十人幾百人來勸也沒用！對他我已死了心！」少山極度無助。

晚上連秀續逼容少山寫離婚書，氣不過打了她兩下，這一下可不得了，局面如同火山爆發，她還手打少山，把少山拖出門外，在雨中把少山推倒在地上，鬧得警員和所長都來了，把連秀扭送分駐所，她什麼也不怕，最後無可奈何把她放了，此時已是深夜十一點了。

次日早上，連秀續打鬧，摔東西，非要迫少山就範不可。苦無對策中，容少山同意她的離婚要求，但要求她留下三個月直到暑假，她聽後勉強安靜下來，但恐口無憑，定要少山一字據給她保管。

翌日一早，連秀叫容少山寫好字條並蓋章，少山只得照辦。下午放學，少山越想越氣，把字條拿回來撕掉。連秀發覺立時大吵大鬧，弄得街上的人都圍攏過來看熱鬧，整個太麻里都知道了，又一次鬧上警察分駐所，場面一發不可收拾。

終於容少山又重新立一字據。有心人都來勸連秀，可是她斬釘截鐵地說：「不走回頭路，就是要離婚。」痛苦中想起「荒漠甘泉」一書，拿出來翻一下，赫然出現金句：「哀慟的人有福了，因為他們必得安慰，神是你的神，知道什麼對你有益，什麼對你有害。」

最後的尊嚴

連秀殘忍地告訴容少山，「你是廢人一個，沒出息，我不想一輩子跟著你！」她嫌少山殘廢，這才是她痛苦的源頭和離婚的主因。她口口聲聲說瞧不起少山，討厭他，「你無用，知道嗎？不能給我，還不明白嗎？」「嫌我就嫌我吧！拋棄就拋棄吧！乎復何言？」少山不禁怒火中燒。「我不要殘廢的丈夫，我也不要殘廢的人來愛我！」連秀的話真夠傷人的心呵！

不顧而去

適逢補假，容少山又到台東大街小巷找了一天，失望而回。連秀真這樣忍心拋棄一家，但願是去了她花蓮妹妹處。可是岳母猜測她有可能跟那壞蛋跑了。晚上小芝見少山太悲傷，懂事地安慰他，並給他準備好洗澡水和衣服。上床後少山叫小孩一同唸經，求天主憐憫。

容少山每晚睡到三點多就醒來了，輾轉不能再睡。

小芝說友人郭宗憲專程過來通報，說在知本客棧有連秀和那壞人的蹤跡。

於是少山五點就起來做飯，急急叫醒小勇和兆忠，乘六點早車趕去知本。在知本，向客棧怎樣問都說沒有這人，只有失望地回家。下午郭宗顯來說，是旅館老闆不肯告訴少山，「大哥，我們這些小本生意，這些兵哥惹不起，清官難審家庭事。」估計連秀和尚一虎已乘計程車去西部了。聽後少山整個人都垮了。為著妻眼睛也哭腫了，人家都說少山傻。「她去風流快活，你在家為她傷心流淚乾嗎？」

已經十八天了，還是沒有連秀的消息。半夜起來，容少山抱著連秀的衣服，嗅著散發出來著她的體味，好像餘溫還在「秀啊！回來吧！」三點多又醒了，少山流著眼淚寫了封限時掛號信附上三百元給岳母，告訴她多麼想念妻，請岳母來幫忙照料四小孩。也請熟人于老先生來暫且幫忙幾天。這個家散了，以致幾個小孩都放蕩了。小勇、小芝好玩，愛看電影，叫做事叫不動，小勇頑皮，

天天讓少山嘔氣，兆信因病經常使性子，中午煮麵他就是不吃，哄也無效。

返校日，校務多，一搞就到中午十二點，容少山才醒覺家裡飯還未做，於是馬上放下手頭工作，跑回家做飯，以後這日子還是要過。孩子天天去看電影，都變得放蕩了。

沒有媽媽的日子

漸漸容少山心情稍趨平復了些，沒有先前那樣痛苦難熬。每天生活節奏恢復條理，早上起來煮稀飯，泡三隻雞蛋給孩子加營養，親自餵飯兆信。之後開洗衣機洗衣，買菜、燒飯、看家，給孩子洗澡。孩子們也習慣了沒有媽媽的日子，很懂事，一點也不啼哭，少山反而不夠孩子情緒穩定，易生起伏。

下午開校務會議一直到天黑，會後學校準備了餃子作晚餐。孩子一個個找上來了，又說姊姊沒燒飯，又說肚子餓了，同事們非常同情，一一把兆信、小勇、小忠帶進來，安排他們一同吃餃子，吃不完還給他們打包帶上給小芝吃。

捉姦在床

容少山精神苦悶，性亦苦悶，尤其腦裡浮現連秀與尚一虎摟在一起，呼天搶地的場面，心情惡劣到極點，妒火中燒。何處找慰藉？飯後去台東走了一趟，又匆匆上車回來，仍然緩解不了生理上的緊張。

七月廿一日上午去德里，大雨傾盆。派出所事先來和容少山聯繫，約好晚上十二點隨警察去捉姦。到了那裡，容少山有點猶豫，怕面對真相，但一想到「男人最痛」，此仇不共戴天，不禁怒火中燒。想不到連秀這樣無恥，與人秘密同居，正行雲雨，警員拿著手電筒，一腳踢開房門，赤條條的奸夫淫婦雙雙在床上被捉個正著，兩人大驚失色，警員馬上用手扣將姦夫尚一虎逮捕。

尚一虎在派出所仍十分氣焰，怒目相視，「容少山，看你在台灣搬到什麼地方，我都能找到你，我是死命一條！」暗示出獄後要找少山算賬，少山沒有理

會。至清晨三四點他卻換了副臉孔，三番四次的哀求少山原諒他，取消訴訟。「這狡猾的東西，我才不會上當。」最令少山痛心的是連秀，竟挺身保護姦夫，替他穿鞋穿襪。在派出所錄口供時，連秀與尚犯同一口徑，與少山對著幹。多傷心喔！一直弄到天亮，少山沒有睡過一刻鐘，像要死的樣子。

夏分局長囑容少山對連秀撤消控書，並趕快帶她回家。於是帶她上五點的車回去。但她一路上對少山不瞅不睬，毫無悔意。從晚上到晨早，連秀仍咒罵少山殘廢，配不起她。「秀呵，你圖什麼，那傢伙都五十三歲了，是無業遊民，為何還執迷不悟，死心塌地？」連秀鼻子哼了一聲，用仇恨的目光直迫著少山，「我要的是人，不是錢財、學問，我要感情，他對我好，我對你無感情，我要離婚！」可恨的是，她還誣陷少山，說是少山迫她跟尚一虎同居的，「算了罷，你行嗎？硬得起來嗎？」她連隔著彼此之間最後的一層尊嚴也撕去，氣得少山幾乎昏過去，眼淚直流。晚上連秀碰也不准少山碰她一下。

早上連秀吵著要四百元，單獨去台東，容少山託人跟蹤，原來她去台東當鋪贖了一包東西出來，然後乘計程車到尚一虎南灣的親戚家去。「真可惡，拿我的錢去為壞人奔走，死不改悔。」少山後悔對她撤銷控訴，但連秀恩將仇報的駁嘴說，「你以為我會感激你嗎？別自作多情了！」

● 執迷不悟

颱風到來，東部沿海首當其衝，屋頂幾塊貼皮鬆脫，連秀也不管，最後被吹落地，容少山冒著生命危險拾起來。風大雨大，只好叫小芝買洋蠟燭、麵條，自己煮給孩子吃。連秀已經用各種不合作態度來折磨少山，吵也沒用，只有暗自流淚。四點多，連秀已帶小勇、兆信去台東外婆家。可能是單獨去南灣和尚一虎的表兄商量出庭的對策。

出庭日，容少山的心情像打翻了五味瓶，百般複雜，一夜未睡，眼睛滿佈紅絲。連秀仍偏幫尚一虎，尚犯態度惡劣，一副滿不在乎的嘴臉，一口推翻之前的供詞，顛倒黑白。他不停地冷笑，說：「是他虐待老婆，不把她當個人，我

不過路見不平，拔刀相助，他應感激我才對。」完畢，連秀不願返家，要留在岳母處，把四個孩子塞給容少山。少山把家事忙完，已累得精疲力倦，精神痛苦，就想睡，但睡下一會又得起來做中飯。燒飯、洗衣、看孩子，給孩子洗澡，一天忙個不停。一身兼兩職。仍然忘不了連秀。本想帶孩子去台東看看看她，不知怎的，小芝一直反對。

圖校長夫婦老遠從台東來看少山，看不過眼，一進門就令圖太太打掃房屋，友情可貴。兆信淋巴腺發炎，走路一拐一拐的，黃昏後發燒加重，少山只好揹他勉強走，到田醫師處打了一針，就不再發燒了。

● 閒言閒語

鄰居們都在隔岸觀火，「我早說他們會出事啦！容少山老這樣刻薄，換了是我也會跑掉！」「你看他老婆妖聲妖氣的，見到男人就拋媚眼。」最可惡是鄰舍黃家及扶家太太，兩人一唱一和，幸災樂禍。

容少山之小店停業不到一週，對面黃家就做起生意來了，真是世態炎涼。連秀賭氣出走，不知帶來多少壞影響，首先附近好事之女人就三三兩兩的傳連秀已跟人跑了。誰知道太麻里菜市場的人及附近鄰舍有多壞，見面有多難堪！孩子們也沒有面子，岳母更老淚縱橫。事情已發展至此，聽天主安排吧。外面的閒言閒語盡可不聽，一切交託主。

● 法庭公訴

花蓮法院已將尚一虎偵查終結並提出公訴。

四點多起來做飯，留下水芝，兆忠留守，帶兩兒去玉里法院打聽，尚一虎已移送花蓮法院看守所，知道岳母曾去看尚一虎。證明他母女二人出賣容少山。連秀與尚犯曾到中華路 336 巷 10 號匿居過幾天。

八月十五日上午寫了封控訴狀致花蓮法院地檢處檢察官，提出兩點自訴，

一、控訴尚一虎恐嚇；二、對惡妻提出控訴。隨即寄出。連秀所作所為，早已為法律、道德、人權所不容，置四幼兒於腦後，無一絲母愛存在。玉里法院同鄉甘勵行以私人身份給容少山幾句話：「容老師，這種女人不能要了，算了，好好的帶養幾個孩子吧！」想來極有道理。

● 內心交戰

花蓮法院公訴，尚一虎所犯為刑法第 240 條第二三項，應據同法第 56 條處罰，可處有期徒刑三年以下。

昨晚到了台東，今晨開來花蓮。一直等到下午二時，開庭了，也不見林秀和外母出現。尚一虎仍是顛倒是非黑白，無中生有，「他們夫婦本來就感情不好，常虐待老婆，又用木屐抽打外母。連秀跑出來告訴我，和他無法過了！」

黃昏警察分駐所長來家告知，尚一虎已被判徒刑一年兩個月。此案已告一段落。容少山即寫了一封信給連秀，言明尚一虎罪有應得已判刑，問題應解決：一、只要她回家，既往不咎，且會搬來太麻里，以保存她的面子；二、如因嫌少山殘廢，一於要分離，也不會勉強留下，但整體應考慮幾個孩子的幸福。希望她接信後十天內回覆。

橫亙在面前的的處理是進退兩難。許多有人的意見不贊同離婚，而另一派出認為這種女子勿再留了。住所搬還是不搬？捨不得房子，此地校長對容少山瞭解，同情，孩子讀書方便，不搬，則處於充滿敵意的鄉人中，徒增精神壓力。現時孩子喜與附近不好讀書的小孩終日冶遊。

痛苦時容少山拿出連秀之照片看看，這樣純樸的人，為什麼變得這樣無情無義？隆隆的海浪聲，颱風快要來了，連秀也無動於衷嗎？午後狂風驟雨，風雨中，四個孩子都睡了。院子後面的鐵皮屋頂在發響，自己苦無能力處理，若妻在，可立刻綁牢。現在只好聽天由命了。風雨中，收音機播廣播劇，劇情與少山的遭遇相似，從而觸動他的痛創。

轉眼半年了，連秀一晚十點突然出現，提著手提包，説：「我不能和你這有

錢有學問的人在一起」。容少山沒有生氣，記著神父的話，一切隨緣，善待她。「我回來是看看孩子，明天就走！」少山勸她多住幾天，也沒有商量的餘地。

忠恕之道

德利牧師來信，勸容少山忍耐，用愛心去感動連秀，即使她要下堂去，也讓她去。讀後深受感動，又讀張群的「談修養」，覺得自己寬恕之道，做得不夠好，因此修書一封予連秀，表示對她寬恕，盼望她回來，但要非要離婚不可，也會原諒她。事情在考驗自己的量度。

「秀，收信後請妳一星期內回家來辦理離婚手續。如再不回來，莫說我不留情。我要依法到法院控告妳和岳母，妨害家庭。現在事實證據俱在，只要我到法院提出控訴就可以。過去我一再留妳，不肯答應妳離婚的要求，有幾點原因。第一是夫妻情深，我捨不得妳離開，雖然我知道妳出賣我，對不起我，嫌我殘廢不愛我，但良心上我願意原諒妳的過錯，寬恕妳的無知。所以我一直厚著臉皮留妳（以前你想說我厚臉皮），希望你回心轉意，希望我能感動你的心。第二個原因是為著四個孩子將來著想，因為孩子失去親生母親是很痛苦的，所以我儘量忍耐，不管你罵我也好，吐口水在我臉上也好，甚至妳狠心的丟下我們，在外面出賣我，胡搞也好，我也忍耐了幾個月，目的是希望妳能良心發現。知道妳自己的過錯，能回家來團聚。」

九月廿五日早上連秀回來，說後天就去鄉公所戶證課辦理兩願離婚，起初少山不答應，「秀，我們可以談談嗎？」她臉色一沉，「談什麼呀談？」隨著將火山爆發一樣怒氣沖天，少山只好答應，她才平復下來有說有笑。談話中，不斷羞辱少山：「難道你沒有老婆不行，非要死死地給我哀求，我不傻了，不再給你作奴才了。」刺得少山火星直冒，但仍然吞下去。連秀真絕情，拒絕了少山的最後哀求，說：「我願嫁一個乞丐，也不願要一個殘廢老師做丈夫。」

連秀逼著容少山去鄉公所戶籍科辦離婚，但少山好歹有些法律常識，知道沒有非直系親屬證人是不行的，她不信。次日早上見到承辦戶籍主管，說岳母不

能做證人。連秀大發雷霆，罵少山故意刁難，少山說絕無此意，如不信，可同往台東找律師問開。下午請假，同去台東律師行，竟要付一千二百元手續費。回家希望能找朋友幫忙，但無一願意。晚上又見對門傅太太同進同出，嘻嘻哈哈，容少山心裡像插了把刀那樣難受。

跑了幾間律師行，終於定下一間辦理，寫就離婚書，少山用報紙遮住泉湧的淚水，而連秀毫無表情。從沒有這樣痛苦過，年來家變的最高潮，涔涔落淚，暗暗心傷，渾身無力，恍如大病。

● 逆境求存

容少山悲傷背後也有欣慰的地方，就是內心原諒了她，沒有傷害她，也沒有報復她，為的是念她過去的愛。早上和信兒床在上玩，問他：「兆信，你愛不愛媽媽？」「不愛！」續問：「為什麼不愛媽媽？」「媽媽派派（壞壞）。」再問：「媽媽為什麼派派？」信兒答：「媽媽不愛我！」。一個四歲的幼童，被母親遺棄的創傷有多大。

孩子開始啟蒙入學，小勇好興奮，嘴巴不停提著第二天開學，想起新衣、新鞋、書包，加上今天買的一雙襪子，充滿了入學前的興奮。人要自立自強不要被逆境擊倒，不怨天，不尤人，磨練自己，誠如柏拉圖說，星光顯得最亮時，是在黑暗的冬夜。是的，我們都畏懼苦痛，但苦痛既來，只有忍耐，只有犧牲，但不能心理上崩潰，不可消沉，自暴自棄。痛苦留給自己，只要孩子快樂，在正常的環境生活。由於四鄰樹敵，容少山決定把房子賣掉，另擇新址，雖捨不得，也是不得已。

容少山洗好一大堆衣服後，趁孩子去看電影，藉此空檔去教堂見李神父，把近況向他報告。神父說，將替少山報告花蓮主教，看有否其他救濟的辦法，舒緩目前的困難。希望天主能給少山再造幸福的家庭，使孩子們能享家庭溫暖，抹去眼淚，背上這個沉重的十字架。

第二十二章

十面埋伏

環顧四鄰，皆對容家不友善。對面的壞女人年來極力慫恿連秀做壞事；右鄰的王太太為其店面競爭，一直幸災樂禍；左鄰霸佔了土地還不饒人，後面的工友家損人利己，毫不顧念同事之情，出口傷人。容少山堅持與人為善，仍難維持下去，只好遷居遠避，而此地亦是傷心處，不宜久留，因此打算將房子賣掉遷居。當賣屋消息傳出，即有人詢問，且出價接近，但感情上仍矛盾，感觸良多。孩子知道了，都哭嚷著，「爸爸！不要賣！」聽了都心酸！

劉美峰老師過來說，聽聞小芝媽在花蓮與一個做生意的退役軍人同居。將來那尚一虎出獄得不到她定會遷怒少山等，況且他是亡命之徒，不會輕易罷休，劉勸少山趕快賣掉房子，搬家別的地方。晚上買家再來，最後同意減至五萬四千。思前想後，失聲痛哭！

偶有反覆

突然接到連秀從花蓮來信：

「少山你好：好久不見了，我真對不起你，放下四個可愛兒子給你看，我一時的不好，我回想多麼痛苦，但是我要請你原諒我。現在我才知道痛苦。上次你有說叫我不要回去太麻里，你又說給你看到不好，現在我問你過年快到了，我想回去，不知道可以嗎？如果可以回去，但我不知道你愛我不愛。祝你們平安。

　　　　　　　　　　　　　　　　　　　　　　無情的人連秀上。」

看信後無限欣喜，她居然覺悟了。天主赦免了我們，我為什麼不可以赦免她呢？即回信説歡迎她，原諒他，發動孩子們每人一信。人家會笑容少山沒出息，沒有男子氣概，不是大丈夫。但為著孩子和恕道，怎能不委曲求全去寬恕她。正在高興頭上，忽然連秀回信改變主意，説工作太忙，不回來過年了。少山恨自己心軟和感情脆弱，被連秀玩弄，因為對方知道他的軟肋。

收到連秀寄給小芝的「天方夜譚」故事書，認出是男人字跡。最近劉老師聽到傳聞，説小芝媽已在花蓮與一做生意的退伍軍人在一起了。少山因而覺先前連秀之來信，説回家過年是一時的寂寞感觸，並沒有悔改之意。

中午收到連秀從花蓮來信，説要初二或初三才能回來，感到不快，回信要他澄清是否想破鏡重圓或是回來看看小孩。連秀又來信要求小芝寄路費，即寄去一百元。

農曆二十七了，劉若峰來訪，建議容少山即往花蓮帶連秀回家過年，小孩由他看顧。早抵花蓮，帶著三小孩，轉汽車往水蓮，聽到人説，連秀已和一姓劉的退伍軍人在山上同居多時了。連秀出現，神不守舍，臨上車前，跑去與那人説話，狀甚親密。她説只是想看看孩子。容少山甚痛苦。

連秀回家整天往外跑，不管小孩。除夕，她中午就把年飯做好，反而晚飯就隨便了，連秀沒理會容少山的腰痛，反而説他假裝。大年初一吃過早餐，連打發孩子出去玩，自己提著小包就要走了，容少山不禁淚水泉湧，對連不敢再有絲毫幻想。

● 屋漏逢夜雨

容少山腰痛難耐，即去台東醫院檢查，發現是腎結石，要開刀。少山心情抑鬱。

太麻里東臨太平洋，冬天的風特別大，吹得人站不穩，白浪滔天，浪波打在礁石上，濺起濕冷的浪花，夾著冷冷的小雨，打在少山的臉上。他失神地站在礁石上，鞋子和褲管已入水，但全無察覺。「這樣做人太苦了，秀跟人跑了，

四個孩子要帶，課要上，特考泡湯，身體垮掉！真是屋漏又兼逢夜雨！」容少山想著想著，忽然有個不好的念頭閃過，「不要做人了！」「容老師！是你嗎？」突然聽到有人叫他，容少山如夢醒來，原來是李校長，他上容家拜訪尋不著，就找到海邊來了，因他知道少山有到海邊散步的習慣。

李校長和黎達都是容少山的多年友人，黎達從李校長口中，獲悉少山之慘況，立即從高雄趕來探望，力勸少山到高雄治療。少山知道不能拖延，即時安排家務，兆信擬寄託台東圖校長家，小芝、小忠、小勇要上學在家，吃飯則到劉若風家寄伙。回校請假得校長關懷。下午到台東把兆信寄託圖校長，小孩哭喊著不要留下，有賴仁慈的圖校長太太哄逗他。在滂沱大雨中，陶校長送少山往台東車站，渾身濕透，少山甚是感激。

到高雄，少山住進五福二路陸軍第二醫院附設之民眾診療處，設備條件差，但醫師陣容好。幸得友人黎達來照顧，感受到溫暖。醫師說腎結石必須開刀及有人照顧，真是難題。黎達說每晚下班都會來看望。二月二十日下年廣濟從岡山趕來醫院，友情可貴。

主治醫師帶來壞消息，說右腎失去功能，問要否一併拿掉。真是晴天霹靂，禍不單行。容少山在極度軟弱中翻看《荒漠甘泉》，其中引約十五章二節提及葡萄枝被修剪，應用到自己身上，頓悟生命被修理是神的愛，覺重新得力。

動手術那天，得廣濟從岡山請假前來，校長夫人從台東趕來，黎達友人下班也來陪伴。清課、清三兩內兄也從台東趕到。廣濟與黎達兩人輪流陪伴，通宵未眠。傷口全身發燙，在床上又動彈不得，腰酸背痛，苦不堪言

清三留下照料幾天，清課讓他回去，並付了一百二十元給他做車資。深夜排氣了，可以坐起來飲食了，吃些流質，牛奶、蒸蛋和豬肝湯之類。

熬到三月三日拆線，手術前後共輸了 1000cc 的血。大小便已恢復。過了兩天已能用拐杖行動，就讓清三回去，給他一百元路費。失去功能之腎腫脹引致疼痛，只能祈禱，求天主憐憫，容少山明白到自己的渺小和軟弱，須全然仰望神。

人間有情

十一日接到校長一封慰問信，充滿溫暖，難得的是聽見學生上週有意來看望，被校長勸阻，因路途遙遠。容少山感到人間有愛，日後更要依靠天主，承認人之無能，應更謙虛順服。

因記掛小孤雛，欲出院，然而腰部傷口仍不適宜少山穿束義腿之腰帶，令人焦急。昨晚穿義腿練習一二十分鐘，有大進步。也在晚上與黎達試出外走走，不斷練習，並乘市車看適應能力，看來無大礙。

整整一個月了，上午辦好出院手續，全部費用公保負擔八千二百多元，個人是難以負擔的。乘下午 6:40 車回去。轉乘十一點公路夜快車，抵太麻里已近半夜四點。校長同事聽說容少山回來，都表關懷來看望。少山把信兒接回來，順便買了大罐餅乾送圖校長。學生絡繹於途來慰問，攜來水果食物。

父兼母職

每晚小勇與兆信要容少山帶他們始能入睡，小勇睡少山左邊，兆信在右邊。兩個孩子都需要少山當枕頭，每晚如是。他們常在半夜裡找少山。有時半夜醒來，甜睡的孩子在身旁，無限感懷，不禁緊緊摟住親親，沒有媽媽的孩子可憐，被狠心的媽媽丟棄更可憐。

黃昏下班會回來，拖著疲憊的腳步，但無盡的家務卻不容他坐下來。買菜、燒飯、洗碗，一大堆工作。像今天回來，電鍋插在保險處跳閘得修理。孩子們又嚷著要吃飯。雖疲倦，但少山不能倒下，要咬緊牙根撐著。孩子已十多天沒有洗澡。每當晚餐打發了，孩子們就睏了，連臉、腳都來不及洗就倒頭大睡。全家都為蛔蟲困擾，少山迫令兆信吃驅蟲藥，他老大不願意，自己也須服。

容少山認命了，覺這輩子是沒有指望的了。在學校見著同事，都不敢抬頭，像個洩了氣的氣球，整個人都塌下來了。同事都搖頭嘆息。

● 第二春

　　一日，容少山在天主堂碰到費老神父。「少山，星期日的彌撒你來嗎？」「來呀，有事嗎？」少山覺得費神父明知故問，除非有特別事情，彌撒這重要日子，少山是必定出席的。「沒什麼，完了有事找你幫忙。」神父故作神秘，嘴角陰陰地笑。少山有點丈八金剛摸不著頭腦。

　　那天彌撒完畢，費神父特意領容少山進後面的客廳。推門進去，早有一位廿五六歲的女子坐在靠牆的長沙發上，正襟危坐著。她穿一件白色短袖襯衣，花裙，足登白涼鞋，短髮，大而狹長的眼睛，嘴巴襯著略寬的面頰，給人平和的感覺，使人想起初熟的蘋果，皮膚平滑，看上去頗健康。那女子發覺少山盯著自己，一下子臉紅起來，低下了頭。「我來介紹，邵媚姊妹，容少山弟兄，不要站著，都坐下來。」費神父故意要緩和一下氣氛。「邵媚一直在台東的聖堂做事奉，」他回頭看了邵媚一眼，說，「以前他先生是我的好朋友。」「邵媚有兩個可愛的女兒，」頓了頓，「邵媚你看不出，少山已是四個孩子的爸爸了！」神父忽然覺察自己說話太多了，笑了笑，「瞧我，只顧自己說話，你們帶孩子的，共同話題可多著呢。好了，不打擾兩位，你們慢慢聊吧。」少山知道費神父為他的婚姻費心。不知怎的，雖然是第一次見面，少山已對這女子有種一見如故、看著舒服、很放鬆的感覺。

　　感謝天主美好的安排，在神父客廳裡，兩個同是天涯淪落人，當聽到交通意外破碎了一個傳教士之家時，少山觸景傷情，陪她流下同情之淚。只有他，才能切身地感受到支撐一個單親家庭的痛苦，因此，兩人好像有談不完的話題。之後陪著她，帶她小女兒去看病，然後送她回家，在知本橋頭下車。豈料到樂山招待所站時，她沒有下車，「我陪你到溫泉去轉轉！」天啊！耳朵沒聽錯吧？真的受寵若驚。之後一起在知本大飯店用午餐，然後沿溫泉花園的小徑談心，直到下午二點十分才依依告別。太感謝主了！

　　這是真正的戀愛開始，破碎心靈之修復。回家一直想她，一個溫柔馴良樸素的賢妻良母的典型。容少山多情的本性又來了，「邵媚啊！我想妳。妳的聲音，

妳純樸的影子，時時刻刻都出現在我面前，滿腦子都是妳。我為妳懇切祈禱，一次又一次的唸聖經金句。邵媚啊！只要能在妳身旁，我就滿足。只要看到妳，我內心就會充滿希望。只要能聽到妳聲音，我渾身就充滿力量。你可知道我有多想妳。」

　　窗外雨滴不停，容少山拿出她的照片看了又看，照片是神父後來送給他的。她說話甜滋滋，臉容圓圓，真誠純潔，和藹，充滿感恩。少山隨即把對她的思念，化作片片書信給她。「邵媚啊！妳是夜空裡的一顆星，我是寂寞的海洋，妳的光明照著我，我的心影裡有妳。」以前讀愛情小說，總覺對白肉麻，怎麼換上自己就感覺不一樣。

　　容少山記起一句名言：「勇敢的人尋找機會，怯懦的人等待機會，愚笨的人錯過機會。」少山於是寫了一封兩張紙的長信，訴說對她的愛慕。少山直往三和找黃家那八十一歲的老阿婆，請她專程將信帶給邵媚，因為他想過，同輩的老人溝通較容易。中午從三和阿婆處得消息，女方之母仍堅持反對其女出嫁，不禁悵然而退，但不氣餒。她回信說：

　　「容老師，您來信我已看，知道您是一位性情良好的人，可是我母親再怎麼好的人都不讓我再嫁，她說有好的生活就好了，如果要嫁，要單人去，孩子留著，她說，你看當修女的無孩子，你又有兩個孩子了。我是母親，從小辛苦養大，我也不敢反對母親。我有時很軟弱，我承擔不起，再嫁也對不起死去的人，我想還是不嫁來養育孩子長大成人，我祝福你能找到一位賢妻良母，照顧你的孩子。」

　　被拒後，雖然少山渾身無力，希望幻滅，但還是要再接再厲，早上三點五十分起來寫信，不灰心，寫到五點多，滿腔感情都傾注在紙上。準備將信交三和阿婆！後知道對方拒不收信，因其母堅決反對，一生再不嫁人，只有求主帶領。

　　滂沱大雨中，天不停打雷閃電，邵媚漠然走在雨中，冷雨打在臉上，毫無感覺。想起剛才母親的話，像利劍穿心。「你真要嫁他嗎？我跟了說了多少遍，你要嫁人我不反對，可是你現在的樣子是要跳進一個火坑裡去，就算他是四肢健全，也背著他前妻留下的爛攤子，是四個高高低低的孩子啊！難道你自己的

擔子仍不夠重嗎？」「媽！我願意！」邵媚雙手緊緊拉著她母親，咬了咬牙，心中有一股熱流，有「雖千萬人，吾往矣」的決心。「耶穌能為我們犧牲，我這一點又算什麼？」她頓了頓說，「媽，我知道你為我好，我從小都聽你的，可這次你就讓我拿主意吧！」邵媚母臉色一沉，聲音顫抖，「既然這樣，你以後就不要認我這個媽了！」「媽！」邵媚徹底崩潰了。

● 守身如玉

上午放學回家，想不到邵媚竟然出現，真喜出望外，話都說不出來。一會兒媒人圖校長也來了。真是天主的安排，少山陪她談心，陪她去看美蘭，她是邵媚傳教學校的好同學，帶她到學校拍些紀念照，又和她一起坐車回知本去。在車上少山和邵媚緊緊依偎著，感覺著彼此脈搏的跳動。少山握著邵媚的手，像被觸了電，人似在昏昏造迷中。

容少山冒著雨去知本望彌撒，期望會見到邵媚，完畢，果然見到她。雨中散步別有一番滋味。倆人到溫泉用飯，然後過小橋，觀流水，煙雨迷濛。在溫泉開了個房間，但不及於亂，誓要保持彼此清白之身，讓她先洗澡而自己隨後，然後唸經祈禱，互訴心曲。少山吻她的手和臉，倆人緊緊擁抱，人都瘋了！至此，創傷的心被愛修補。「感恩上天把我不配的愛情賜給了我，我從未被異性這樣真誠熱烈的愛過。邵媚是主賜給我人生中最珍貴的禮物。邵媚啊！我愛妳，永遠的愛！」

在溫泉旅舍，兩人共處一室，仍能守身如玉，兩顆純潔的心，堅守天主的誡命，在未相配之前，不作性之結合。雖然相聚在一個房間裡，彼此是這樣的自然和坦誠，沒有過份的要求，這是靈魂的結合，把本能的、動物性的原始衝動昇華至心靈的融合。

少山次日趕乘中午十二點班車到台東，又見到邵媚，喜不勝收。飯後同遊鯉魚山，少山深深感受到對方體溫的幅射，女性特有的體香所產生的令人醉倒的暈眩，肉體擁有的實在，少山沉醉在遲來的幸福中。

● 訂婚前後

六月十八日到知本望彌撒，與圖校長家人一同去吃麵，和邵媚的感情又邁進了一步。稍後去探訪邵媚的表妹新開的冰果店。談起邵媚家事，知道她夾在中間，所處環境惡劣，左右為難。

難得圖校長精心安排，採用迂迴策略，給邵媚爸發了帖子，約定雙方去台東見面。圖校長夫婦出錢出力，為容邵倆人的婚事奔波，著實令人感動；邵媚排除萬難，是愛的見證。邵媚爸爸來了，圖校長辦了桌酒菜，請邵媚爸上坐。酒過三巡，邵媚爸聽了圖校長的敘述，回應，「你們放心，我回去會好好做她媽的工作的！」他拍拍胸膛，然後說：「一切包在我身上！」。

少山在神前發誓：立志做個好丈夫，撫育邵媚兩個沒有父親的女孩。邵媚的愛修補著少山已破碎的心，當天與邵媚形影不離，一起做彌撒，見到她的代母吳修女，倆人無時無刻不在愉快中，一起參加教友的會餐，親密程度儼如夫婦。

少山到銀樓定購了兩銀盾，一送費神父，另一送圖校長，以表謝意。他能把一切障礙掃除，使邵媚婆家也點頭了，真不簡單。

為喜事，少山興奮地忙著買東西，忙著聯絡小包車，晚上又忙著準備大大小小的紅包，一直到晚上十一點，然後誦經、祈禱感恩才睡，真太興奮了，天主的愛是多麼奇妙偉大；邵媚的愛讓少山感動肺腑。「我和一群可憐的孩子都得救了！」至此，兩個破碎的單親家庭有望合成為一了。

八月十八日訂婚日──倆人經數月來真情的相處，等待，努力，終於排除萬難有了愛的成果。永清夫婦和徐老師上午坐了計程車，帶著賀禮來，陶校長夫婦，費神父亦趕到。邵媚爸辦了四桌酒菜，邀請了女方親友。席間少山將戒指、金鍊給邵媚戴上。同時也獻贈兩銀盾給費神父與圖校長作紀念。雖然多次登門，岳母仍迴避不見，少山沒有灰心，希望她一天能諒解。

晚上去邵媚表姐夫住所，她建議少山要勇敢單獨面見邵媚媽。少山也覺有道理，因此帶著神父祝福的念珠和指環、糖果，和把細節商量好，定於本月十八日訂婚通告，並發一限時信發給邵媚婆家。

晚上邵媚之表妹夫永清來訪，見面後，不但對少山的婚事十分贊成，且表示願助少山一臂之力，設法向其姑母説好話。少山聽了甚為鼓舞。

永清建議少山先往見邵媚媽，「逢人見面分情」，禮貌上應先做到，對方不理會也沒關係。如果仍不獲諒解，下一步只要邵媚同意，兩人可自行結婚。

另類中元節

邵媚媽態度仍像冰山，容少山除了寫信鼓勵邵媚外，只好跪下懇切禱告，求神開路！一天，邵媚突然苦著臉來找少山，「我媽，」少山大吃一驚，「你媽媽怎麼了？」「她搜到了咱倆的合照，」「那糟了！」「沒事，她初時罵，我忍不住回了幾句，從此她不罵了。」這真是天主的慈愛感動了她。「親愛的，永清從鎮樂回來，帶來一個口信，你猜是什麼？」「猜不到，快説！」「媽要請你全家中元節到她家過節！」「真的？」少山高興得合不上嘴，和邵媚摟作一團。

中元節當日，容少山帶上兆信、小勇、小忠，全家快快樂樂，他們買了冰棒、香蕉，坐了計程車去知本，浩浩盪盪到了邵媚家。邵媚把粽子、甜糕一一分給兆信他們。小忠、小勇向邵媚行禮，叫媽媽、阿公好！中午擺滿了一桌雞鴨魚肉，孩子們快樂到不得了。邵媚今天正式和少山公開見面，今年中元節最快樂。

避孕

邵媚來信約少山去看布袋戲，並討論結婚的事情。談及她的煩惱，她害怕再懷孕。她媽媽怕她受苦，叫她不要再生了，去裝「樂普」避孕環吧，但她覺身為教徒，是不正當的絕育方法，計安全期又怕出錯，不知如何是好。她給少山起了三個兒子的名字作選擇：民卿、民鋒、民生，很有意義。最後邵媚還是隨了少山的意思，用了「兆」字作男丁的延續，畢竟少山思想還是傳統的。

校長幫助轉換環境，預備了一套宿舍，帶有重新裝修，連廚房。婚禮那天，

全校老師聚餐祝賀。能有今天，想是自己平時待人的結果。住宿舍不如住自家屋，要扣每月六百元，但已答應了永清，把房子租他做生意。搬家亂糟糟，附近宿舍不大習慣。學校送來一套瓦斯爐和一座電掛鐘作賀禮。

◐ 結婚

九月二十八月上午八點，圖校長、學校一位男老師、一位女老師和少山乘兩部小包車，掛著迎親紅布，沿途燃放鞭炮，浩浩蕩蕩去迎親。中年筵開五席。婚後，邵媚關懷體貼，如膠似漆，人獲重生，少山不停向天主感恩。

到台東買了台電視機，看了五六家，選了聲寶牌 20 吋豪華 AY 型，付了八千六百元連放大器。熱水器也有了，不像過去天天要洗冷水浴。

◐ 失而復得

雙十節，中飯畢，小勇他們吵著去看電影，容少山要他們和多玲妹妹一起去，小勇說，「我不要，她不是親妹妹！」「你說什麼？」少山又急又氣，生怕傷了邵媚的心，一邊安慰邵媚，一邊準備重罰這孩子。邵媚難過得哭了，少山叫小勇向媽媽跪下陪罪，小勇也知錯了，邵媚扶起了他。邵媚量度大，有愛心，不因孩子的話而生氣，尤其小勇脾氣大，說話不客氣，碰上多玲也是烈性子，倆人常生磨擦，幸好小孩無隔宿仇，吵過就算。

一晚小勇肚子痛，邵媚陪他去找醫生，然後揹回來，少山跟在後頭，為孩子又重獲母愛而開心。又一晚，羅護士扶著小忠到辦公室，他右手肘脫臼了，腫了一大塊，老葉是這方面的專家，只一托，就把脫臼弄好了，只是小忠痛得死去活來。下午送他去國中對面的骨院敷藥，邵媚溫柔地給他胃藥，給他一些白糖送下。

昨天在台東站等車，坐在候車椅上看電視，其中一個節目是歌唱，當字幕打出「媽媽我愛你！」芝兒看不下去，獨自一個人背著電視機坐在長椅上。越想

越覺邵媚的偉大和無比的仁慈，恩重如山。天主賜給孩子一個好母親。做人先苦後甜，才是最幸福的。

連秀丟棄了自己親生的四個骨肉竟無動於衷，而朝秦暮楚的跟這個跟那個男人同居，教少山痛心至極。三番四次哀求她回頭，她卻把這些親情視如糞土。被妻丟棄、踐踏、瞧不起，心靈是何等哀傷。

芝兒已畢業了，又得邵媚的愛，雙喜臨門。畢業典禮上，芝兒穿著擦得光亮的皮鞋，和新買的藍布裙子，上台領成績優異獎，並代表 150 多位畢業生致答謝詞，容少山興奮地準備給她拍照留念，可是聽她那淒酸的語調，一時鼻子也酸了，只好下樓躲開，免得尷尬。

一連幾天雨，終於放晴了。芝兒昨天從高雄考試回來，據說昨晚九點就放榜了，上午他老師打電話去高雄問訊，說小芝考取了師專，大家都高興極了。

◍ 不速之客

一天，那壞媽媽連秀突然在家門口出現，少山趕緊把大門四面關上，孩子們都不敢出去。鄰居鄉長的孩子走來，在門縫說，「小勇，你媽回來了」。小勇走到門縫大聲說，「那不是我們的媽媽！」一會，以為她走了，想不到她竟然厚著臉皮推門進來。少山緊張又痛苦地對她說：「你來幹什麼？現在我們的家已經很平靜了，對不起，請妳回去，各走各路吧！」她說：「我要看孩子，孩子是我生的。」少山說：「孩子妳丟掉了！」這時孩子一個也不理她。她自覺沒趣，掉頭就走了。晚上少山獨自跪在祭台前自我檢討。之前已盡了最後努力去挽回不果。現在在感情上少山要忠於邵媚，不能動搖。

婚後，邵媚空下來就在家裡讀少山的日記，一頁頁，一本本地讀，加深了對少山的瞭解和愛。

邵媚明白，少山婚後對連秀的抗拒、厭惡，只不過是逃避責任的藉口，其實心內早裝著方柳，連秀不過是個可憐的代替品，利用她作為向方柳的報復，要氣氣她。可這一時之氣，竟變成終身遺恨。日記中少山把與連秀的勉強結合，

辯解為受別人的捉弄。清醒時始發現新娘又醜又笨，對婚事木己成舟萬分悔恨，尤其是發現連之壞品行，大失所望

邵媚越是把日記往下翻，越是覺得少山的形象高大，有承擔，雖然作為一個有七情六慾的人，缺點有不少。邵媚聽少山訴説往事，悲傷之處，覺得自己的遭遇算不得什麼了。以前以為自己是全世界最不幸的人，沒讀過幾年書。得前夫不棄，做了傳教士太太，十六歲才唸了兩年聖經班，十八歲開始在教會幫忙，之後就誕下萃玲，一家三口本很美滿，可是好景不常，一宗車禍奪走了丈夫，也帶走了一家幸福，遺下稍後出生的多玲於邵媚腹中。今兒碰到少山，是上天早為她預備的禮物。一直不明白他前妻怎可以如此狠心，可以拋下四個小孩與人私奔，讀了他的日記，才抽絲剝繭，知道他的婚變，冰凍三日，非一日之寒。少山忘不了舊愛方柳，與她一開始就是畸戀。她的行為真是匪夷所思，連秀不嫉妒，不變態，不瘋才怪。少山婚變的原因，依邵媚分析，日記提供了很多蛛絲馬跡。

● 冷落嬌妻

少山三次投考高檢不第，耗時三年，期間每晚三四點起床，除了上學外，大部份時耗在溫習、研究考題上，變得無心性事，甚至要分房睡，以避誘惑。而嬌妻正當盛年，精力充沛，除了上山斬柴藉以發洩外，山地生活枯燥，只能以電影寄託。少山一直覺得連秀缺乏文化素養，從沒有把她作為談情對象，少山在女方眼中是個不解溫柔的殘疾漢子。少山常把個人之價值觀加諸對方身上，時而對連秀的不當行為大加韃伐，甚至動粗。少山滿腦子封建思想，認為男女授受不親，已婚婦人要檢點行為，不能接受她濃粧豔抹出遊，視之為低賤行為。不諒解連秀風華正茂，極度需要異性的注意和藉慰，兩人因而產生磨擦，一旦有心人介入，就能撩起熊熊烈火，一發不可收拾。少山之假道學和道貌岸然，只視妻為洩慾工具，不能滿足連秀在感情方面的需要，這火山早晚是會爆發的。

連秀知道少山與柳之過去，少山准許柳予取予攜，千依百順，對連秀則千方

百計管束防範，對比強烈，因而由妒生恨。偷錢、偷情是要表示自己的存在，
向其夫報復。同時，少山由於長期缺乏安全感而演變成近乎刻薄的節儉行為，
嚴重威脅連秀的經濟來源，日久容易釀成衝突。

第二十三章

飛來橫禍

七四年六月二十二日晚，邵媚忽然頭痛不止，一連兩天，神志不清，一會哭笑不停，一會又胡言亂語，把過去不如意之事像放電影一樣説出來。岳母及小姨聞訊趕來，大家慌了手腳，一同送邵媚往玉里醫院診治，確診為急性精神分裂症。後轉台北榮總，即寫封限時信請老長官蔣緯國照應，輾轉入住榮眷病房。整整兩週，少山奔波於台北與太麻里之間。少山每次到來，都坐在床邊，握著邵媚的手，向上帝祈禱，懇求上帝憐憫才二十八歲的妻，讓她早點清醒：「妻的病就等於我的病，妻痛苦我就痛苦，甚至超過我自己的痛苦！只要她能好過來，就是用我的命去交換，我也願意！奉主名求，阿門！」容少山整個人都在煎熬中。白天上課，因為念著妻的病，竟然幾次走錯了教室還不自知，直到學生哄笑才不好意思退出來。

邵媚終於危險期渡過，燒漸退，飯量增。少山回了一趟家，孩子們真可憐，小勇瘦了，兆信頭髮好長，小忠也消瘦了，多玲目光失神。少山流著淚，回校安排及報告，然後又回台北。邵媚身體情況雖有進步，但精神錯亂如故。李運鈞與兒子中強來看望，送來一千元。

在病房，少山每天晚上平均要起來二十多次，因為邵媚晚上要大小便六至七次，喝水、喝牛奶、吃橘子十多次。少山睡在椅子上，蓋著毯子、又冷又不舒服，不停要起來。邵媚因為病脾氣暴躁，屁股上因久睡長了褥瘡，稍動即痛，被子又不肯蓋，侍候她要不眠不休，但這是要背的十字架，不能有怨言，也是他應該付的補償。

不能如期出院，容少山即寫信給岳父，請求派小姨素金或素娟來接替，學校事假不能計劃，領妻出院後，先把她安頓在岳家休養。

邵媚的一場大病，讓少山嘗盡人間冷暖。台北金鳳媽給少山説，錢森連襟，

不知安的什麼心，對她説，假如邵媚的病能好，就要叫她和少山離婚，意思是説，邵媚的病是因嫁少山而起的。金鳳媽不愧為好人，她老人家能明辨是非，有正義感，罵他這樣説不對。若不是金鳳媽説給少山聽，還以為錢森是個熱心幫助容家的人呢。錢森又當面向少山提意見，説小兒子兆仁放在外婆家，是外婆的包袱，建議送給人家。他們都認為邵媚的病好不了。容少山聽後心如刀割，痛苦非常。兆仁是妻子的心肝寶貝，怎能捨棄。

過年，岳母和素金小姨來容家作客，少山做了非常豐富的菜請他們。岳母能捐棄前嫌，應歸功於邵媚的一場大病，消解了成見。

◗ 父女對立

一次少山有事出台北，順約老友汪啟榆吃飯，久別重逢，有談不完的話題，説著，不覺東方既白。汪羨慕少山先苦後甜，時間一晃十多年，「孩子都長大成人，該享兒女福了」。不説猶可，一提起兒女問題，少山好像心口被人刺了一刀，狀甚痛苦。「啟榆呵，説來話長，你我是生死之交，我實不相瞞。」邊説著，熱淚忍不住湧出來。「別人都看我好，其實是寒天喝冰水，冷暖自知。先説老大小芝，別看她平時説話少，她一開口，説話就像刀子一樣，常常被她氣得死去活來。」

容少山的氣憤不是沒道理。芝兒的品性最使少山擔憂，按少山的説法，小芝對父親一句回贈一萬句，從不相讓，嘴上永遠要佔便宜，即使不對的事也要強辯成對的，將來怎和同學相處。平時懶得什麼也不肯做，功課一個暑假從不見溫過，家務怕做，整天玩耍，吃飽就睡，睡飽就看電視或看雜誌消遣。早上有時睡到八點，下午直睡到三、四點。晚上泡電視，不到十點不肯睡。白天賴在床上吹電風扇，看小説。

她的態度輕浮反叛，和她說話，要麼扭頭不睬，要麼就用鼻子發出輕蔑的哼聲對抗，真教人心寒。什麼事情如拂她的意思，馬上給父母顏色看，不是用言語來頂撞，就是用種種不友善的態度來對抗，最要命的是在日記上寫道：「恨爸爸！恨小忠！恨小勇！恨這個家！過幾年錢儲夠了，高中畢業了，就離開這個家！」。汪啟榆明白，小芝處於青春期，易有情緒，一時仍無法接受家中巨變，她的反叛只是心理的調節，但他不欲打斷容少山的話題，讓少山繼續發洩。

　　記得父女對立也引發了剪髮風波。一天中午，小芝要少山為她剪頭髮，事後嫌把前面留海剪得太短，一氣之下躺在床上直哭，叫吃飯也不應，說什麼也不聽，怒目相視，發誓以後再也不讓少山剪頭髮了。

　　又如考試那次，帶著小芝出發往花蓮，陪考師專，好增廣見識。在車上想矯正她一些不良的價值觀，可是一開口，話就被她截斷，拒人千里，因此幾個小時的旅程，彼此默言不語，悶悶不樂。到了花蓮，見少山訂的旅社是三等房，她又生氣了。少山忍不住說了她幾句，「你就只知享樂，不知克儉！」在旅館想為她找個光亮的角落看書準備功課，但又為她斷言拒絕。

　　「老汪你我是自家兄弟，不瞞你說，他們是我的兒女，本不應說，不過憋了一肚子的氣……」少山嘆了口氣繼續說：「小芝平時也數落父親，就拿前天早餐說吧，我把冰箱的冷菜和稀飯拿出來，一會就弄熱了，為何不可，而小芝卻要說三道四地批評，說東西變壞了，沒有益！我發火了。不要說我有沒有錯，就是錯了也用不著你們孩子來數落，教訓我。小芝不但不認錯，一直在強辯著，說什麼我教育孩子失敗啦，氣得我整天頭痛痛的。」

　　汪啟榆同情地拍拍少山的肩膀。「說實話，家中好像埋了炸彈，隨時爆破。就如那天晚上，小芝發現一瓶香水不見了，就去找小勇，小勇說沒拿，因此鬧起來了。小芝大哭大鬧，小勇也發脾氣，拿凳子要打小芝。」容少山痛苦之極，給鄰居聽到天天吵鬧，不知容家到底出了什麼事，使少山在鄰居面前全抬不起頭來。

　　午飯又被小芝氣了一頓，因些小事，她頂撞的像連珠炮一樣。還說，「每個孩子都不尊敬你！」反過來批評責難少山，說他什麼太過份了，一點輩份都不

分了。少山感到小芝在家給他是一種痛苦，希望她趕快嫁出去，免得常常受她的氣。她變成講不得，一講就衝人，話語尖刻。反正小芝在家多一天，就多一天受這孩子的氣。

● 暴力教子

少山繼續吐苦水，懷疑自己的教育方式是否真的不得其法，祖宗的格言，「棒頭出孝子」難道有錯嗎？記得兆信五年級時，月考全班 48 人，排在 46，數學、英語不及格，看了生氣，放學後，少山重重地鞭打了他一頓。不時回想，悔恨不已。汪啟榆聽了少山教子方式，震驚之餘，覺得不可思議。

但容少山堅持，該處理的事情如不處理，會延禍終身。小勇偷竊行為自少就犯，少山曾鞭打他，綑綁過他，也曾用香火燒過他的手指頭，看似殘暴，但都是為了他好，恐怕他有朝一日會被人關起來，可惜都未能根除他這壞習慣。

● 罄竹難書

小勇闖的禍真是罄竹難書。往事歷歷在目，記得一天晚上十一點左右，小勇回來，匆匆地往少山床底尋找，「小勇你找什麼？」少山和妻追問，「找傢伙！」少山夫婦知道他要找那刀，就哀求他，「拜託你千萬、千萬不可以！」他找不到，就拿了一個鐵鎚，怒目瞪著少山，口出粗言，用台語說三字經，罵父母，然後開停在門口的汽車走了，說要去找對方把事情擺平。

事緣是，他在外面因機車閃避與人發生衝突，別人打了他，所以他回家抄傢伙去尋仇，說要殺人。因找不到那人，隨即把那人工作地方的大門玻璃打個稀巴爛。

十二月十五日，台東省立醫院急症室打電話來：小勇車禍！到急救室，見他滿臉鮮血，嘴脣破裂，幾個醫護人員抓住他手腳，為嘴脣傷口縫針，牙齒也掉了三四顆，據說在中華路和新生路口，小勇之車太快，撞上了一小貨車。警察

來了，小勇表明身份，有憲兵隊處理，把小勇轉往 805 分醫院，折騰一番，已是晚上十一點了。最後雙方和解，對方負擔醫藥，機車修理費百分之七十。

● 諱疾忌醫

有天小勇從外面打電話回來，說了真話，他說他不願去看病，他有吸食安非他明的，怕去醫院驗尿驗血，一驗就能驗出來。前一晚十點多少山看到電視「熱線追蹤」節目，報道台斑鳩基督教辦的戒毒所，所說吸毒的情況，消極頹廢，毒癮發作時想自殺，種種症狀與小勇的情況吻合。少山偶然在三樓小勇房間清理漏水，發現有一個吸強力膠的塑膠袋，確證小勇間中吸食。看來小勇是難以自拔了，假如小勇能去戒毒就好。因此邵媚試探著讓小勇考慮，怎料他跳起來，叫媽媽不要再提。他已無法自拔，也不願意去戒毒所，兩老傷心欲絕。

不管怎樣，小勇要結婚了，少山也同意，並負責全都費用，派了四人去苗栗接新娘，茶葉、禮金帶上，親家母不悅。筵開六桌，紅包三千六百元，訂婚禮金六萬六千元。總算完成了心願。

少山告訴啟榆，兆勇再不是，也是自己骨肉，在絕望中，曾寫過封信給小勇。「啟榆你不要笑我。」說著，把信讓啟榆看，一字一淚：

「小勇吾兒，我老了，無能為力了，一切要靠你自己了。人要懂事，要愛護自己，要醒悟，自己擁有的要珍惜，要感謝天地上蒼，如對自己擁有的自由、平安、健康、家庭、聰明才智珍惜。所謂幸福，有碗飯吃，能自由自在工作，就是幸福，我說你自己有轎車，有這麼愛你的麗麗。如果不好好珍惜，會後悔不及。多年前，爸爸嘗以書面寫下規勸：『吸毒、賭博、壞脾氣是你的致命傷，要徹底的放棄和改變，才能救自己。』像吸毒，有否吸毒，一看眼神，聽說話就可以知道。凡吸毒的房間，氣味一聞就知。父親卻知道，因為你脾氣不好，不敢說你，點到即止，希望你改，但你又不能下決心，以致不能自拔，這樣會害了你，也害了家庭、父母和害了麗麗。醒悟啊小勇，救自己，救家人！都在

你手中，看你是不是肯下決心，徹底的戒掉賭博。打電玩呢，你自己也玩過了，起碼輸掉幾十萬。自古以來、十賭九騙。工作勤勞辛苦些，做事情要有責任感，一切都會幸福了。要改變自己，救自己。父字。」

● 兆忠、兆信

話說回來，作為老二的小忠也不是什麼省油的燈，他希望家裡助他解決地下錢莊高利貸借款三十多萬元之事，把被錢莊抵押的進口轎車取回來。為此進退兩難。一查之下，原來不止二十多萬元，是一百多萬的進口名車。小忠要東借西借，再加分期付款，弄得債台高築。

「老汪，連秀的三個兒子中，要數老三兆信外表最儒雅，然而人不可以貌相，他的壞事也一筐筐。最近他說遺失了身份證，不斷盤問之下，身分證向一家叫中山汽車的當鋪借了四萬元，四分利，每月利息四千元。小芝一聽，氣得快哭出來。分別打電話給別的汽車當鋪，都說不需要身分證正本，肯定又是一場謊話。兆信的臭事越挖越多，都是涉及地下錢莊、汽車當鋪借錢，或私自挪用店裡客戶定購廚具的貨款，氣死了姐姐小芝和姐夫、他妻子和岳母。我無奈又先把欠款打進水芝彰化銀行的存摺上，當作家中的災難。

兆信欠人家的錢，從不會主動坦白，每當有銀行電話找兆信，肯定是追討欠款。兆信什麼事情都幹得出來，他一而再地賭電玩，變賣典當家中妻兒的金飾，典當汽車，侵吞客戶貸款，害得家人傷心又難過，新婚妻子一直喊離婚，為這些事兆信一度要鬧自盡。幫他解決了問題，回頭又泥足深陷，典當借款高達二十八萬元，冰山一角，尚有未知之債項不算，令邵媚心灰意冷。」

天快亮等了，容少山很感激戰友汪啟榆的耐性，聽他訴說對兒女教養的不得其法，及伴隨著彼等來自原生家庭負面的陰影。少山年來心情鬱結，因素很多，如三個兒子各有各的不爭氣外，最近連邵媚也對他產生誤會，埋怨他，怪他，發他脾氣，邵媚說她已進入更年期。像上週容少山燒飯，怕有時煮得太多，剩飯又要吃一兩餐，所以煮剛夠就好，邵媚知道了生氣，說少山「孤寒得要死！」

意思就是吝嗇鬼，飯也怕人多吃，真是冤枉。

所有兒女中，唯一爭氣的是兆仁，能考上大學，雖不理想，未能進入國立大學，但總聊勝於無。

啟榆聽了少山對幾個子女的指責，沉吟了好一會，多年來的交往，自入伍當學兵開始到戍守馬公島，李運鈞、張福生、汪啟榆和容少山，四人親如兄弟，汪啟榆深明少山之脾氣是吃軟不吃硬。少山一向最佩服汪啟榆之見多識廣，博覽群書，能設身處地站在對方的立場看問題，有「大學者」的稱號。汪終於發話了，「少山，要是換了我，盡心盡性為兒女，卻換來這樣的回報，我也會氣個半死。」汪呷了口金門高粱，「首先我聲明，我無意偏袒任何一方，我不過說句公道話而已。」少山聽著眉頭深鎖。汪繼續說，「首先說水芝吧，你和連秀婚變時候，她才不過十一歲，本應是個天真爛漫的小女孩，但一夜之間被生母拋棄，被迫長大，要在單親家庭中，負起照顧弟妹、料理家務的重擔，還要飽受同學鄰居的白眼，一切都非她這年紀所能承受的，在羞愧傷痛之餘，她選擇了逃避。而你幾次調校，她不停要適應新環境，令擔子百上加斤，人是有情緒的，她對現實的不滿，對你的反叛是值得同復的。」

汪的分析句句切中要害，少山低頭飲泣，汪不得不打住話題，「山哥，苦口良藥，咱哥倆先乾了這杯！」兩人一飲而盡，少山覺得怎麼這酒今天來得特別苦。「至於兆勇、兆信，問題也嚴重，」見少山沒有抗議，汪又繼續，「兆勇酗酒、打架生事、沉溺毒品而不能自拔；兆信不誠實及有自毀傾向，皆與父母管教方式錯誤有關，『以暴易暴』絕對是壞榜樣；此外，你的過度節儉導致他們在物質上有缺乏感。偷是源於缺。當兒童滿足不到最基本的物質需要時，就會千方百計去填補，去爭取從正常途徑得不到的東西，所以對子女的不正常行為，父母都要負部份責任。」少山低頭不語，雖然對汪有點不服氣。

但少山覺對神父告解不如對啟榆傾訴來得舒服，可以暢所欲言，「啟榆呀，我自己惜福節儉，並沒有傷害別人，為什麼兒女對我有這麼大反應？是不是我身上出了什麼問題？」汪啟榆微笑，「少山，這也是深層次的探究，實不相瞞，我早注意到你的問題，不過不好意思說而已。你常活在悲慘的童年的陰影中，

回憶沒飯吃的日子，加上你香港兄長信中得知，家鄉承受六三年大饑荒、文革浩劫，物質極度缺乏，對家人之苦況比常人有更深體驗，因而不知不覺反應在極度的惜福節儉的行為中，不為子女所理解。不斷的憶苦思甜，徒增他們反感。而極度節儉引致物質、金錢短缺，偷、騙是極端的宣洩和心理補償方式、是引致問題兒童的成因。你的傳統體罰方式『棒頭出孝子』，絕對違背了以兒童為中心的教育理念，在兒童心理上造成以暴易暴的壞榜樣，導致子女厭惡家庭。」汪嘆了口氣，最後語重心長地説，「心理學家説過：子女的反叛多源於家庭突變。少山你過份投入個人奮鬥，追求副業的效績，是否會忽略了對子女的關心，犧牲了全家的福利？」

● 刻薄持家

少山承認自己節儉成性，但他有他的原則，並不對人吝嗇。可是小芝、小勇這些不聽話的孩子卻批評父親太吝嗇。他們太過份，太不應該了。如這幾天少山對小玲説，「如果能使冷水洗澡就用冷水，因為天氣這麼熱，洗冷水又涼快又省電。」可是小芝就針對這點批評少山，使他好難過。

例如今天小芝説：「今早燒飯，全家大小八口，才三道菜，所謂三道菜，是紅燒魚仔、豆腐乾燒韭菜、最後一道還是菠菜豆腐湯，你説能吃得飽嗎？太過份了！」

她事事看不順眼，比如中秋，容少山在台東買了半隻燒雞和一條香腸，邵媚買了六十元的豬肉，再加上炒麵，在少山看來已夠了，「這算是過大節嗎？」小芝光火了，要把家門關起來，怕丟臉。這孩子處處使少山傷心難過。

一天中午下班回家，邵媚談到連襟在其台東友人處，中午作客聽到，事後給邵媚説，「你老公太孤寒了，朋友哪會多？」於是邵媚覺得臉上掛不住，怪少山做人不夠大方，致使家中氣氛凝重了好幾天。

吝嗇、小氣、缺人緣

　　容少山檢討自己真有個缺點，就是喜歡與人理論，服軟不服硬。因此常常得罪了許多人，之後想起來，也非常後悔。自己不夠慷慨大方，吝嗇與小氣，不論是對自己，對家人，對朋友，總是這樣。他知道，如果出手大方些，慷慨些，人人都高興。現在孩子們也嫌他，怨他，可是自己卻無法改變過來。

　　每當少山給邵媚説，生活要省儉，不是必買的東西，不買和少買。買菜蔬水果時，儘量少買新出和貴的，這樣就能以少量的錢買到量多而營養豐富的食物。可是小芝就會跳出來説，爸爸對媽媽如何吝嗇啊，如何不合情理啊。好在邵媚不受挑撥。少山覺沒有好氣，小芝不分長幼，動輒批評父親，説什麼不要迫走第二個啦！

　　因節儉而引起家庭矛盾可多著呢。像有天晚餐時，小勇手端起飯桌上一盤剩菜來嗅嗅。先端起一小盤剩魚肉嗅嗅，然後再端起另一小盤所剩無幾多的瘦肉片來聞聞看，接著咆哮生氣，對少山高聲嚷叫：「臭酸了！拜託！」隨後是不停地數落他。少山強忍著，吞聲忍氣算了。他仍説個不停，他説真想把碗筷摔掉！而邵媚一聽到爭執，馬上跑進來打圓場，才平息了這場爭執。少山則默然不語，內心極度難過。

　　少山明白，自己惜福節儉成性，已到了令人難以想像的地步。前陣子在廚房垃圾桶裡，見邵媚切菜時把兩塊成吋長的小黃瓜切掉，掉進垃圾桶裡，他拿起看看，見沒有什麼壞，尚可食用，就把它從垃圾桶裡撿起來，洗洗放在碗裡，先放進冰箱，等有時間再拿來吃，但忘了吃，第二天早上見天冰箱放在碗裡的兩截小黃瓜不見了，最後見又丟在垃圾桶裡，隨手又撿起來看看，並沒有壞，仍可吃，隨即拿去洗洗，並用熱水消毒一下，就放進口裡馬上吃掉，不敢向妻提及。隔天廚房垃圾桶裡又有一小包東西，打開有五粒煮熟的小芋頭，嗅嗅沒有壞，洗淨消毒，也吃了。

　　少山自虐式之節儉，兒女都不敢哼聲，惟有裝做看不見，直至有一天老戰友李運鈞來訪，看不過眼，單刀直入勸諫他：「少山呀，咱倆做兄弟都超過半世

紀了，容我説句不中聽的話，做人節儉是種美德，但不能走進極端，你這種苦行僧式的省儉已近乎自虐狂了，自己精神上得快感，與印度教的苦行僧實無太大分別。我們做事情的同時，也必須考慮周邊至親的感受。」少山覺得眼前一亮，李運鈞忽然高大了許多，漸愧！他説的道理，怎麼自己從未想過。

然江山易改，惜福已成習慣，凡一點一滴可用之物，少山都不捨棄，不問價值如何，就是一粒米飯，一滴清水，當用絕不丟棄。所承接的簷前雨水，都要一水兩用，洗完衣物，留用作洗馬桶，儘量物盡其用。這樣做內心感到快樂，有成就感，不是做給別人看的。

巨額應收外債

那邊廂，雖然自己節衣縮食，但少山在不同場合放債不斷。現在若把所有外借的錢收回，買一間二層住宅應不成問題，少山現在定期存款共有十五萬元，合起來差不多夠了。要向人催討把應收債收回來，總不好意思。他有他的辯解。岳父的八萬，是自己岳父嘛，還有什麼話可説。陶校長的三萬元，人家玉成了自己的婚姻，於情於理都不好意思開口。董校長一萬元，因為他是自己的老長官，這一點都不能幫忙還説什麼。楊炳瑤的一萬五千，他實在一時拿不出來，是他做養牛的本錢。惻隱之心，人皆有之。

仗義疏財

少山可能受了「水滸傳」中及時雨宋江的影響，喜歡仗義疏財。初出來教書時，別人一開口，就將自己全部積蓄借出，不但不取分文利息，而催人還款還覺不好意思。少山檢討自己做人就是壞在心軟，人家求借錢，最後還是多少也要借一點。學校林鳳朝老師説有困難，希望能借三四萬元。本只答應借二萬元，最後借了五萬元。邵媚抱怨，「説沒有就可以啦，為什麼還要借？」説他就是心軟害事！

然而借出的錢，一筆筆都收不回來，真是苦惱，以漢鴻那筆最大，其次是台北郭清來那筆將近十萬元，恐也無法討回，其次是郭寶來的那筆，十三萬元有好幾年無消息了，恐亦渺茫，再其次是素金親戚林永鎮的債，正追討中，另知本莊太太這筆……。

既然欠債方再三食言還款，為何少山還要借出？其實汪啟榆曾指出過，少山之放債，美其名為予人方便，自己也獲利，但從潛意識上來分析，是從施予的過程中，突顯個人的優越感和存在感。

● 吐氣揚眉

六月十一日是少山生命中光輝燦爛的一天。一早妻和台北阿媽、小芝、中強夫婦、外孫、多玲，前呼後擁到政大。抵校門，熱鬧非凡，一排排賣鮮花的，人潮擠滿校園。披上藍學士袍，隨人潮與家人合照，一會又與同學合照，穿梭在人群中，最後進入體育館畢業禮堂，儀式隆重。一天後照片出來，穿著夢寐以求的學士袍，留下生命的光環，榮耀主！

六月三十日下午，班長侯東高送來少山的畢業證書。拿著這張國立政治大學教育學系的畢業證書，感觸良多，少山感驕傲，自豪，感恩，四年終於熬過了，果實纍纍。一生的夢想，終於成真。久久不能壓抑內心的興奮。任何事，只要不怕困難挫折，奮勇向前，一定會成功。

四年了，回想當年投考師專因學歷問題，一波三折，不覺淚水盈眶，教育部認為少山所持的特種考試中檢及格不能視作高等考試，可參加同年高中學歷鑑定考試作補償。當時教育部覆函粉碎了少山的希望，難過又悲憤。徹夜難眠，半夜起來上書蔣經國院長，力陳教育部的不負責任。主旨是：證明已讀完三年師專，成績在 86 分以上。過去按規定他本是一等傷殘，不能自理，但蔣緯國准予報考，打破規條。考試院既然認定甲種考試相當於高等試，為何教育部卻不承認。少山於無奈中，仍報名學歷鑑別試。

其後收到行政院秘書處將少山上書院長的陳情表移給教育部覆信，與前相

同，仍説資格不合，極度失望。師專註冊組兩人來勸少山勿作其他陳情，只參加學力鑑別試便得，以免觸怒教育部承辦人。

往台北赴考那天。二百餘人應考，考了一天國文數學英文。其後，收到教育部寄來學歷考試及格證書，大喜！

政大入學資格

報名政大入學試後拼命看書，反覆的讀，比較的讀，將兩三本不同編著者，看相同題目，有不同見解。就要披掛上陣，好緊張！九月七日下午，師專李營長母親打電話來告訴少山，説他考取了政大進修班！好高興啊！一直對大學很嚮往，連續兩年失利，該年是第三次再叩門。妻親自去一趟，回來説沒有錯，是真的，全部錄取 45 人，少山排在 45 名，感謝主！

學校同人得知，都羨慕不已，也稱讚不已，如投石水中激起漣漪，都説容老師深藏不露，有人敬佩也有人酸溜溜。有人認為容少山這麼大年紀敢去考，且成功了，真了不起，他們條件都比少山好，但都不敢貿然嘗試，而少山竟以殘缺之軀去出戰，由衷佩服。

政大的課程，少山最沒把握的就是英語。學英語難，少山靈機一觸，何不請神父幫忙將課文錄音。雖然下班疲倦，仍堅持每天早晚聽一段。神父説他的發音不準，推薦了外籍修女。

目標既定，然後一切時間都集中在學英文上，一篇期末要考默寫的英文對話，少山一句句的讀寫背十處，二十次，三十次……誓要把它背熟默寫出來。雖然記憶力減退，常常讀熟了，但過不了一會又忘了，年紀大，但不灰心，再讀再背，再默寫，非要熟練不忘。一有時間就讀寫英文，早上、晚上、上班教課的空檔，凡能利用的時間都投放在英文上，將勤補拙，花上比別人多十倍二十倍，甚至百倍的功夫亦在所不惜。報紙電視不看了，只看七點半至八點的電視新聞。

人望高處，少山心頭癢癢，師專畢業後，又想入研究院，因此寫信索章，很

想一試，不停向自己挑戰，永不認老。研究所申請表寄出後，心中充滿了希望。及後，知道暫列候補。能讀就讀，聽其自然。

少山有自知之明，瞭解自己在學校中的地位——缺乏一般的優勢，而且年紀大，又是大殘障，外省人，因此瞭解，自己在本單位的價值是缺乏和別人擁有的條件，被人看輕，總之要化悲憤為力量，在學校儘量把工作做好，把負責的社會科教好。

求學進退維谷

六月十日，申請研究所的通知來了，是未被錄取。少山盤算是否要參加國中教師甄別試。年齡也是一個考慮。已達六十歲了。也怕邵媚反對，身體的缺陷是否適應偏遠的地區國中。但心裡總是癢癢的。邵媚說了一番大道理，指出少山年紀屆退休，工作做生不如做熟，不要報了。

可是，申請研究所的念頭，早上升旗時又閃入腦中。報載高雄師範大學，中小學教師進修研究所，開始辦理申請。讀研究所自78年政大畢業時就有這念頭，現瀕臨退休，多年來想讀之夢想一直徘徊不去。

高師大研究所之申請表及簡章來了，立即準備，怕人見笑，就推說是想見識見識。小芝中強週末回來，提起小忠在電話裡要錢，小芝不滿，說孩子的不好乃是少山沒有從小教好，批評少山只顧自己讀大學，有什麼用。年紀這麼大，讀完都快六十歲了，一點用也沒有！少山聽了實在難過，邊說，「你也不瞭解，我進修並非是自私，不愛孩子，我是為求生存，提高自己的社會地位與學識，免得被淘汰，免被人看不起，將來退休後還可轉到私立中等職校任教。」好在邵媚支持、瞭解少山。少山也問心無愧，已盡了為父的職責。

面對衰老

少山越來越感健康大不如前，幾十年來不停自我評價，自我挑戰，忘卻年

齡，有時猛然看到身邊的競爭者，年齡差距十幾歲，覺得孤單落寞。心頭一陣辛酸，要自我調節了。鏡中的頭髮漸漸花白，鬍子也漸白了。快十天了，情緒一直在激動，繃得緊緊的，沒有笑容，只剩下憂愁。近日發現前列腺肥大，小便不暢通兼尿頻，晚上要多次起床。

蔣經國逝世

容少山一直有，「國家興忘，匹夫有責」的心理負擔。七十七年一月十四日，圖校長來串門子。一見面就長嘆一聲，「少山，壞消息！蔣經國沒了，吐血，心臟衰竭，積勞成疾，可惜呀！」少山在電視上得知，整個人都垮掉了！蔣先生是少山最敬愛的人之一，來台後勵精圖治，推行法治，帶領十大建設，是民國最後的希望。今撒手塵寰，從此綠島多事矣！

台灣社會近年一片亂象，百業蕭條，不景氣彌漫，金融風暴即至，兩岸關係劍拔弩張，反對黨上台半年，經濟一落千丈，失業人口升至 3.9%，股票從一萬點跌至五千點。

少山覺台灣人民太功利，好涼薄，例如雙十節，政府沒有強制要掛旗，許多人就不掛了。掛國旗是舉手之勞也做不到。別人怎樣管不了，反正那天尚在拂曉，天濛濛，少山就率先將國旗掛於門前了。

十二月二日為投票日，少山與妻上午一同去投票，他是忠實的黨員，他的一票一定投給黨提名的候選人。投票前一天，為拉少山的票，有人要請他上飯館，被他嚴詞拒絕了。

指腹為婚

一天，李運鈞自新竹來，晚上兩人在旅舍同床夜話，又談起初到馬公島為兒女指腹為婚的諾言。「老李，世事好像早有安排，我很久都不知中強是你兒子，真是機緣巧合，聽小芝說，當時到高雄唸書，人生路不熟，約好了同學哥哥接車，

站了半小時，連個人影都不見。此時中強出現，冒冒失失上前尋問，以為小芝就是要接的同學妹妹。」「我知道，」運鈞興奮地接上去，「結果學妹沒出現，反而接到了素未謀面的小芝。後來交往，始知彼此父親為世交。連老天爺也幫我們！」兩人相視大笑。

民國七十年，一九八一年十月十日，小芝與中強訂婚了，辦了三桌，要五千元為酒席費。有連襟幫忙料理。本來按少山的本意，不想花費如此多。中午李中強與他的阿姨來了。朱廣濟也來了。但除了請假，放下工作，還多帶來一枚一錢二分的金戒指做禮物，少山很過意不去，所收的聘金三萬五千元悉數退回。

三月二十七日是小芝與中強舉行婚禮的日子，在新竹天主堂行禮。請客在營區張伯倫餐廳，小芝選了新竹大教堂，結婚照花了一天，要一百多。老長官、同學客人共廿一桌。副連長黃德信得到消息就說：「容少山嫁女兒，不要說下雨我要來，就是下刀子我也要來！」可見老長官愛護關懷之情。這次請客，有一半客人是衝著少山而來，令他感動不已。

◗ 一段情劃句號

一天，忽然接到張淑子來信，這人少山早已放下。今天又寄來一封，她說：「沒有找到你之前，每晚聽到女兒玲玲拉提琴，就想起你，不知你在何方，一直尋找你，可惜相逢恨晚」。三十多年前認識，早已忘了，而她卻這樣的想少山，可能與不美滿的婚姻有關。本月初她問人找到容家來。春天，少山隨學校自強活動到高雄去看她，始知她丈夫於八年前丟下她和兩個女兒、一個男孩，去了阿根廷，一去不返，現在最小的男孩也二十一歲了，真是命苦。三十多年前曾愛過他，但沒有明顯表示出來，可以說連手都沒有碰過，姻緣是注定的。

一晚，接高雄張淑子長女樂樂電話，說她母親四月二十二日中風住進醫院加護病房，於五月十一日過世了，將護送她骨灰回台東安放在民航路 155 號懷思堂，屆時希望少山能參加他們家族的祭祀儀式……說她母親之前有糖尿病，心臟病，引致中風而過世，享年六十一歲，少山聽到後驚愕難過，後悔這幾年沒

有關心過她，雖然也為了避嫌。

把日記翻出來，是民國四十五年，少山回憶她曾傾慕，愛過自己，但知道當時她已有一郭姓男友，不欲影響她，故毅然退出，只保持淡淡的友誼。

結語

　　隨著張淑子的逝去和兒女成家立室，容少山意識到生命的短促，人和事如一葉輕舟，漸漸遠去，生命最終會被畫上句號。作者翻到容少山老先生日記的最後一本最後一頁，不期然想起孔子的名言：「逝者如斯，不捨晝夜。」生命又似煙火在夜空綻放，隨著噼噼嚦嚦的爆裂聲，散開，漸次消失，一切復歸於平靜。

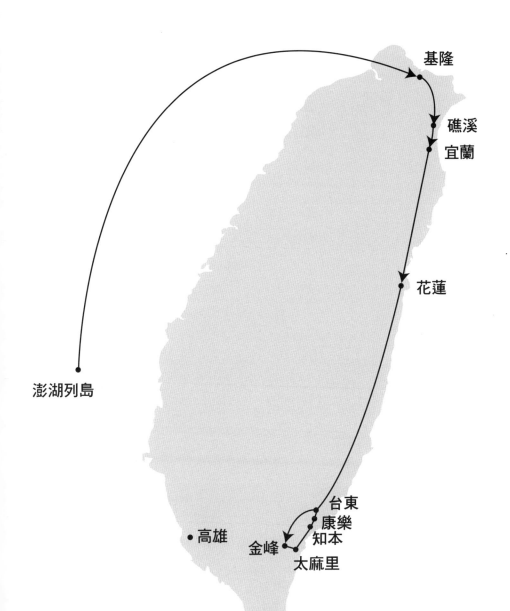

容少山生命軌跡

基隆

礁溪

宜蘭

花蓮

澎湖列島

台東

康樂

知本

高雄

金峰

太麻里

大
江
大
海
中
的
一
滴
水

作者
胡漢蕃

編輯
吳春暉

美術設計
Carol Fung

排版
Rosemary

出版者
識出版
香港鰂魚涌英皇道1065號東達中心1305室
電話：2564 7511
傳真：2565 5539
電郵：info@wanlibk.com
網址：http://www.wanlibk.com
　　　http://www.facebook.com/wanlibk

發行者
香港聯合書刊物流有限公司
香港新界大埔汀麗路36號
中華商務印刷大廈3字樓
電話：2150 2100
傳真：2407 3062
電郵：info@suplogistics.com.hk

承印者
美雅印刷製本有限公司

出版日期
二零一九年二月第一次印刷

萬里機構

萬里 Facebook